바람과 구름과 비

바람과 구름과 비 4

ⓒ 이병주 2020

초판 1쇄   2020년 5월 15일
초판 2쇄   2020년 9월 16일

지은이   이병주
펴낸이   이정원

펴낸곳   그림같은세상
등록일자   1995년 5월 17일
등록번호   10-1162
주소   경기도 파주시 교하읍 문발리 파주출판단지 513-9
전화   031-955-7374 (마케팅)
           031-955-7384 (편집)
팩스   031-955-7393

ISBN   978-89-960020-6-2 (04810)   978-89-960020-0-0 (세트)
CIP   2020017399

이 도서의 국립중앙도서관 출판예정도서목록(CIP)은 서지정보유통지원시스템 홈페이지
(http://seoji.nl.go.kr)와 국가자료공동목록시스템(http://www.nl.go.kr/kolisnet)에서 이용하
실 수 있습니다.

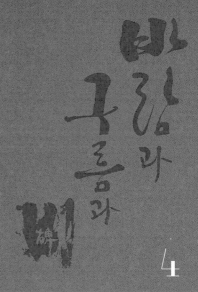

바람과
구름과
碑

4

이병주 대하소설

도서출판 세상

차례

陰地

群像

음지의 군상

밥상을 물린 뒤, 연치성은 초롱불의 반사를 받고 상기된 듯 분홍빛으로 물들어 있는 처녀의 얼굴을 넋을 잃고 한동안 바라보다가 정신을 차렸다.

"뜻하지 않게 폐를 끼쳤소이다."

가볍게 고개를 숙여 절을 하곤,

"언제 이 은혜를 갚을 날이 있을지 모르겠소만, 오늘은 이만 물러가야겠소."

하고 일어서려고 하자, 처녀는 황급히 돌아앉으며,

"안 되오이다."

하고 몸을 떨었다. 그리고 이어진 말은,

"지금 나가시면 포졸을 만나든지, 도둑을 만나든지… 하여간 밤길은 위험하오이다."

"그런 것쯤이야…."

연치성이 웃음을 머금었다.

"소녀, 선비님의 기량은 보았소이다. 그러니 포졸들이야 문제없겠사옵니다만, 도둑들이 두려울까 합니다."

처녀의 음성은 나직했으나 또렷또렷했다.

"도둑이 겁나서 갈 길을 가지 못한대서야, 어디 장부의 체면이 서겠소이까?"

"아니오이다. 요즘의 도둑들은…."

처녀의 애절한 말투를 통해 연치성은 기필 무슨 사정이 있는 것이라고 보았다. 사실 그 무렵 장안의 밤거리는 도둑들의 천지라고 해도 과언이 아니었다.

도하절발지환都下竊發之患 만근우심挽近尤甚… 차불엄금此不嚴禁
폐유소난언자弊有所難言者 분촌형한양사급포도청分村刑漢兩司及
捕盜廳 사지각별사포使之各別詞捕 조법감단照法勘斷
(도하에 도둑들의 환이 근래 우심하다. 이를 엄금하지 않으면 그 폐해는
이루 말할 수가 없게 될 것이다. 형조와 한성부 포도청에 분부하여 법에 비
춰 감단토록 하라)

고종실록 원년 2월 10일의 기록 가운데 보이는 대목이다.

이토록 조정에서 문제시할 만큼 되었으니, 당시 도둑의 횡행이 얼마나 심했던가를 알 수가 있다.

하나 조정의 영이 있어도 치이는 건 좀도둑들이고, 이른바 대도는 잡히질 않았다. 따라서 민심이 흉흉했다. 별의별 풍설이 나돌았다.

"안 잡는 것이 아니라 못 잡는 것이다."

하는 말도 있었고,

"못 잡는 게 아니라 안 잡는 것이다."

라는 말도 있었다.

앞의 말은 포도청, 즉 나라의 능력이 도둑떼의 힘에 미치지 못한다는 뜻의 핀잔이고, 뒤의 말은 나라의 기강이 되어먹지 않았다는 데 대한 핀잔이었다. 똑바로 말하면, 창궐하고 있는 도둑들을 잡을 수 있는 능력도 없었고, 그만한 능력을 갖도록 바탕이 되는 기강도 없었다. 오죽하면,

"정승부터 포졸에 이르기까지 몽땅 도둑놈들인데, 누가 누굴 잡는단 말여?"

하는 익살 섞인 말이 공공연하게 항간에 유포되었겠는가 말이다.

그렇다고 해서 그 도둑떼들을 연치성이 겁낼 까닭은 없었다.

"도둑을 만날까 걱정이라면 그런 염려는 안 하셔도 좋습니다. 보다도, 무슨 사정이 있으신 것 같은데 서슴없이 말씀하십시오."

연치성의 이 말이 있자, 처녀는 얼굴을 숙였다. 무엇을 생각하는 그런 모습이었다. 초롱의 불빛이 곱게 빗어 넘긴 처녀의 머리 위에 은은히 미끄러지고 있었다. 이윽고 처녀는 얼굴을 들더니 가냘픈 음성으로 물었다.

"'도도불불의'란 말을 들은 적이 있사옵니까?"

'도도불불의…'

연치성은 속으로 되뇌어보았다. 들은 적이 없을 뿐만 아니라 그 뜻을 해득할 수가 없었다.

"들은 적이 없소이다."

처녀는 고개를 갸웃했다. 이상하다는 몸짓이었다. 고쳐 물었다.

"그와 비슷한 말이 귓전을 스친 적도 없사오이까?"

연치성이 샅샅이 기억 속을 뒤졌으나 그런 적이 없었다.

"비슷한 말도 들은 적이 없사옵니다."

"이상하오이다."

처녀는 스스로 뭔가를 이해하려는 듯 옷고름을 만지작거리고 있더니,

"선비님은 한양에서 사시는 분이 아닌가 보옵니다."

하며 얼굴을 들었다.

"아닙니다. 난 한양에서 살고 있습니다."

하다가 연치성은 말을 고쳤다.

"그런데 참, 오랫동안 한양을 떠나 있다가 열흘 전쯤에 돌아왔소이다."

'그럼 그럴 테지' 하는 표정이 처녀의 얼굴에 솟았다. 그런데 다시 의혹의 그림자가 끼었다.

"그렇더라두…."

연치성이 열흘 전에 한양에 돌아왔다고 해도 오늘에야 집밖으로 나왔을 뿐, 그동안 죽 양생방의 집에 있으면서 허병섭과 강직순을 상대로 권법 수련을 하고 있었던 것이다. 허와 강에게 한양 구경을 시킨 사람도 구철룡이었다. 그래서 다음과 같이 말했다.

"열흘 전에 돌아오기는 했으나 오늘 바깥에 나왔다 뿐이지, 줄곧 집 안에만 있었소이다."

"그러시다니 알 만하오이다. 내일에라도 아이들이 놀고 있는 골

목길을 걸어보시면 아실 것입니다. 한양의 골목마다에 도도불불의란 말이 쫙 퍼져 있사옵니다. 아니, 그렇게 들었사옵니다."

"도대체 '도도불불의'란 말뜻이 뭣입니까?"

"진서로 쓰면 도도불불의盜盜不不義가 되는 말이오이다. 아이들과 무식꾼은 그 뜻을 모르고 '도또뿔뿔이'라고 한다고 하오이다."

"도도불불의."

연치성은 다시 한 번 들먹여보았다. 선뜻 그 뜻을 이해할 수가 없었다.

"도도불불의."

하고 몇 번을 되풀이해봐도 역시 알 수가 없었다. 처녀가 말했다.

"도적놈의 재물은 훔쳐도 불의가 안 된다는 뜻일 것이오이다."

"그런 뜻이겠군요."

연치성이 고개를 끄덕이며 물었다.

"그런데 그 말을 누가 퍼뜨렸다고 하옵니까?"

"'장삼성'이란 이름을 들은 적이 있사오이까?"

대답 대신 처녀가 되물었다. 그 이름은 들은 적이 있었다.

연치성이 여주 신륵사에 머물고 있을 때 행상꾼 노인으로부터, 지금 한양에선 도둑들이 판을 치고 있는데 그 괴수의 이름을 장삼성張三星이라고 한다는 이야기를 들었다. 그러나 난세에는 도둑이 있게 마련이란 생각도 있어, 연치성은 별반 관심을 갖지 않았던 것이다.

연치성이 물었다.

"그래, 장삼성이 어쨌단 말입니까?"

"장삼성이 지나가고 난 뒤엔 어디엔가 '도도불불의 장삼성'이란 방이 붙어 있다고 하더이다."

처녀는 한숨을 쉬었다.

"하나, 그것과 낭자가 무슨 관련이 있사옵니까?"

연치성이 따지듯 물었다. 대답은 없고 처녀의 한숨 소리만 무거웠다. 연치성이 고쳐 물었다.

"필유곡절인 것 같은데 서슴없이 말씀해보옵시오."

"…"

"나는 갈 길이 바쁜 사람입니다."

그러자 처녀는 얼굴을 들었다. 그 큰 눈동자엔 애원의 빛이 눈물과 함께 괴어 있었다. 그리고 다시 얼굴을 숙이며,

"심히 거북하오이다."

하는데 말꼬리가 떨렸다.

연치성은 다음의 말을 기다렸다.

처녀는 옷고름을 매만지며 얘기를 시작했다.

"보름 전인가 하오이다. 아침, 하인이 중간사랑을 청소하려다가 보니, 대청 가운데 기둥에 대전大箭이 한 대 꽂혀 있었는데, 빼어 보니 그 화살에 쪽지가 붙어 있었사오이다."

연치성이 갑자기 긴장을 느끼며 귀를 기울였다.

"…그 쪽지엔 …돈 20만 냥을 내놓으란 공갈이 적혀 있었사옵니다."

"그래서?"

하다가 연치성은 입을 다물었다. 처녀의 말이 이어졌기 때문이다.

"만일 그 돈을 내지 않으면…."

처녀는 옷소매로 눈을 가렸다. 눈물이 쏟아져 내린 것이다.

연치성은 섣불리 말을 끼울 것이 아니라 생각하고, 계속 긴장하며 귀를 기울였다.

"만일 돈을 내지 않으면 명진일 데리고 가겠다고…."

"명진이가 누군데요?"

"저예요. 제 이름이 명진이오이다."

처녀는 울먹임 사이로 겨우 이렇게 말했다.

"그런 무리한 요구를 하는 놈이 도대체 누굽니까?"

연치성은 흥분을 느껴 거친 말투가 되었다.

"그 쪽지 끝에 '도도불불의 장삼성'이라고 적혀 있었사오이다."

처녀는 소매로써 눈물을 막다 못 해 얼굴을 치마폭에 묻었다.

"그런 터무니없는 공갈이면 포도청에 알리면 될 것 아닙니까."

연치성은 포도청을 싫어했지만, 말을 그렇게 하지 않을 수가 없었다.

"아버님께선 그렇게 하실 수가 없는 사정이 있는가 하오이다."

처녀는 간신히 침착을 되찾았다.

"그럼 20만 냥을 도둑놈에게 주실 의향인가요?"

"아버지한텐 그런 돈이 없는가 하오이다."

"그럼?"

하고 연치성은 처녀를 바라보았다. 처녀는 연치성의 시선을 피했다.

명진이란 이름의 그 처녀가 도둑놈에게로 가야 할 사정이 되어 있다는 것을 짐작할 수가 없었다.

아직 깊은 사정은 알 수가 없었지만, 이만한 큰 집을 지니고 사니, 어림짐작으로도 전임 대관 아니면 현임 대관일 것 같은 아버지가 도둑놈 괴수에게 굴복하여 딸을 바쳐야 한다는 것은 있을 수 없는 일이라고 연치성은 흥분했다. 그럴 까닭이 없다. 연치성의 말투가 억세게 나왔다.

"그래, 낭자는 도둑놈 괴수에게로 갈 각오를 하셨소?"

처녀는 답이 없었다.

연치성은 다시 한 번 거칠게 물었다.

"그래, 도둑놈 괴수한테로 가실 작정이오?"

"지금으로선 도리가 없는가 하오이다."

모기 소리 같은 처녀의 답이었다.

"피하실 생각은 없으시오?"

"…"

"체신을 아는 숙녀는 체신과 생명을 맞바꾸기도 한다고 나는 들었소."

연치성의 가슴은 격한 마음으로 이글이글했다.

"피신할 줄도, 죽을 줄도 모르는 바는 아니오이다. 그러나 그것으로는 아버지의 난처함을 구할 수가 없사오이다."

자기를 희생하고라도 아버지의 곤란한 입장을 구하고자 하는 마음이라고 연치성은 짐작할 수가 있었다. 그러나 밸이 풀리진 않았다.

"도대체 어떤 사정이기에 이런 꼴을 당해야만 하는 겁니까?"

"장삼성은 아버지의 기왕의 잘못을 알고 있는가 하오이다. 화살에 붙은 쪽지에 두량杜良의 일에 관해 증거까지 잡고 있으니, 만일

요구에 불응하면 흥선대원군에게 샅샅이 고하겠다는 조목이 있었
사오이다. 그 일이 탄로 나면, 아마 아버지는 살아남지 못할 것이라
고 하더이다."

"그 일이란 게 또 뭐요?"

"소녀는 알 까닭이 없사오나 그런 일이 있었는가 보옵니다."

연치성은 그저 답답하기만 했다.

"이왕 말씀이 나왔으니 속 시원하게 사정을 말하시오. 대체 낭자
의 아버지는 누구십니까?"

"심沈 종자 후자라고 하옵니다."

"심종후?"

"예."

"무슨 관직에 계셨소?"

"동관冬官으로 참판을 하시다가 지난겨울 하관하셨사옵니다."

"기왕의 잘못은 그럼 그때 저지르신 일인가요?"

"아닌가 하오이다. 아버지께선 함경도관찰사를 하신 적이 있사온
데, 그때의 일이라고 하더이다."

"아버지는 지금 계십니까?"

"와병하고 계시오이다."

"관찰사에 참판 벼슬까지 하신 어른이 돈 20만 냥이 없어 따님
을 도둑놈 괴수에게 보내려고 해요?"

"돈이 없진 않았사오나, 장차의 처신을 위해 있는 돈을 모조리
갖다 바쳤다고 하더이다. 전지田地를 팔아도 20만 냥 만들기는 힘
겹고…, 아무리 서둘러도 놈들이 정한 기한 내에 20만 냥 만들기란

무망한 일이라고 하더이다."

"그때 아버지께서 낭자더러 그놈에게 가라고 하셨소?"

"아니오이다. 아버지께선 이런 사정을 소녀가 알고 있다는 걸 모르오이다. 소녀가 하인들과 청지기를 족쳐 알아낸 일이오이다."

"그렇다면 아버지는 어쩔 작정으로 계십니까?"

"말씀도 안 하시고 식음을 전폐하고 계시니…. 기한이 차는 날 돌아가실 각오를 하고 계시는 게 아닌가 하오이다."

"그 기한이 언젭니까?"

"바로 오늘이오이다. 오늘 밤 삼경에 사람이 온다고 하더이다."

"오늘 밤 삼경?"

연치성은 돌연 주위가 살펴지는 마음이 되었다. 바람이 인 모양으로, 나뭇잎이 떨고 나뭇가지가 휘어지는 소리가 바깥에 요란했다.

삼경이 되려면 아직 멀었다. 그러나 송연한 기분으로 연치성은 일순 숨을 죽였다.

무거운 침묵이 흘렀다. 바깥의 바람 소리는 여전했다.

연치성은 언제까지 처녀와 단둘이 호젓한 별당에 앉아 있어야 하는 것일까 하고 자문했다.

'이런 정황이니, 그냥 가버릴 수는 없다.'

는 생각이 일기도 했고,

'그렇다면 나는 어떻게 해야 하나?'

하고 망설이는 마음도 있었다.

'괜한 일에 말려들어선 안 된다.'

하는 마음이 표면에 나섰다.

18

'도둑놈에게 굴복해야 할 정도로 나쁜 짓을 했다면 응당 그 보 갚음을 해야지, 내가 알 바가 아니다.'

라는 생각이 잇따랐다.

그런데도

'그러나⋯.'

하는 한 줄기 마음의 가닥이 연치성으로 하여금 결단 있는 행동을 취하지 못하게 하는 것이었다.

"오늘 밤 삼경에 그 장삼성이란 자가 온다는 겁니까?"

하고 연치성이 침묵을 깨뜨렸다.

"장삼성이 올지 그 수하가 올진 알 수가 없사옵니다."

"혹시 오지 않을지도 모르는 일 아니겠습니까? 공갈만 해놓고 말입니다."

"그러지는 않을 것 같사옵니다. 장삼성은 일단 한다고 해놓은 일 은 꼭 하고야 만다고 들었사옵니다."

"지금 사랑엔 장정들이 몇이나 있습니까?"

"아버님께 시중드는 하인 하나가 있을 뿐, 아무도 없사옵니다. 아 버님께서 이런 일이 탄로 날까 두려워 외인은 일체 물리쳤는가 하 옵니다."

처녀의 말은 또박또박 침착했다.

연치성은 생각에 잠겼다.

'탄로 나면 죽음의 벌을 받아야 하는 죄가 있었다고 하면 외인 을 물리쳐버린 것도 당연한 일이다. 그런데 도대체 어떠한 잘못을 저질렀단 말인가! 그러고 보니 장삼성이란 놈은 예사 도둑놈이 아

니다. 그놈이 잡히질 않는 것도 그런 데 까닭이 있는 것 같다. 홍선
군이 집권하자, 이 기회에 대관들의 비위 사실을 틀어잡고 그 약점
을 이용하여 재물을 우려내려는 노릇이 아닌가. 홍선군은 지금 대
관들의 비위 사실을 캐내려고 하고 있을 것이니 말이다. 한데 혹시
장삼성이란 놈은 이 집에 사원私怨을 품고 있는 놈이 아닐까?'

연치성은 생각이 이에 이르자,

"혹시 다른 대관 댁에서도 이런 화를 당했다는 말을 들은 적이
있사옵니까?"

하고 물었다.

"듣지 못했소이다. 그러나 하인의 말론 더러 있는 것 같다고 하더
이다. 얼마 전 김 정승 댁에도 도둑이 들었다고 들었사옵는데, 사람
을 시켜 문안을 했더니 그런 일 없다고 하더이다."

"김 정승도 한둘이 아닌데…."

"좌자 근자 하는 정승올시다."

"김좌근? 그럼 현임 영의정이 아닙니까?"

"그러하오이다. 그 댁의 진수란 마님과 소녀는 친숙히 지내는 사
이어서, 도적을 틀림없이 맞았다고 들었는데, 그런 일 없다고 하더
이다."

연치성은 자신의 짐작이 틀림없다고 자신할 수 있었다. 현임 영
의정까지 꿈쩍 못 하고 당하고만 있다면, 장삼성이란 놈은 대관들
의 비위 사실을 포착하고 있음이 틀림없었다.

홍선대원군은 정권을 잡자 정사를 올바르게 하려고 애쓰게 되었
다. 그러자면 전현前現의 구별 없이 대관들의 비행을 가려내어 신

상필벌의 기강을 세워야 하는 것이다.

그러니 대관들이 그들의 비행을 숨기려고 할 수밖에 없다. 그런데 비행 없는 대관이란 있을 수가 없다. 장삼성은 바로 그 점에 착안했을 것이다.

"낭자의 아버지께서 잘못이 있었다면 화를 당해도 자기가 당할 일 아니겠소. 따님의 마음은 십분 짐작할 수 있사오나 별도리가 없는 것 같습니다. 게다가 아버지께서 외인이 이 사실을 알까 두려워한다니 어쩔 수가 없지 않겠습니까. 나는 그만 물러갈까 하옵니다."

하고 연치성이 일어섰다. 아무리 생각해도 그렇게 결단을 내려야만 했다.

연치성이 방문에 손을 대려고 하자, 소녀는 그의 도포자락을 잡았다.

"너무나 뻔뻔스러운 청이오나 그들이 올 때까지 이 집에 머물러 있어주사이다. 낮에 본바 선비님의 기량이면 다칠 일도 없을 것이온즉, 먼빛으로 일이 돼나가는 모습만이라도 지켜보아주옵소서. 그러시다가 우리 아버님이 다칠까 할 땐 도와주사이다. 소녀 평생의 소원이옵니다, 선비님."

연치성은 자기의 도포자락을 쥔 처녀의 손을 차마 뿌리칠 수가 없었다. 잠자코 아까의 자리로 돌아가 앉았다.

"제 아버님의 죄가 얼마나 무거운 죄이건 제겐 단 한 분의 아버님이옵니다. 인자하신 성품으로 보아 비록 죄를 지으셨다고 하더라도 인간의 도에 어긋난 파렴치한 죄는 아닐 것이옵니다. 이렇게 만나뵙게 된 것도 전생부터의 인연이라고 생각하시고 저희들에게 도움을 주사이다. 선비님!"

처녀는 일어서서 큰절을 하고 그 이마를 방바닥에 댄 채 울먹거리며 탄원을 했다.

"내게 무슨 힘이 있을 것이라고 그러시오."

하면서도 연치성은 각오를 하지 않을 수 없었다. 기왕지사야 어떠했건 아비를 위해 희생하려고 하는 처녀에게 힘이 되어주어야겠다는 생각이었다.

"같이 계셔만 주셔도 큰 힘이 되겠소이다."

처녀의 어깨는 계속 들먹거리고 있었다.

"낭자께선 얼굴을 드시오. 그리고 침착하게 마음을 가라앉히시오."

처녀는 부복한 자세에서 고쳐 앉았다.

"한데, 이렇게 앉아만 있어선 안 되지 않습니까. 내가 사랑에 나가 낭자의 아버지와 만나봄이 어떻겠소?"

"그건 안 되겠소이다. 소녀는 모르는 일로 되어 있소이다. 경과를 보시고 거동하셔야 될 것이옵니다."

"그렇더라도 그 가까이엔 가 있어야 될 게 아니겠소."

"삼경이라고 하였으니 아직 이른가 하오이다. 조금 이따가 나가셔도 되지 않을까 하오이다."

연치성은 팔짱을 끼고 눈을 감았다. 닥칠 대강의 경우를 예측해 보려는 것이었다. 뇌리의 한구석을 스치는 상념이 있었다.

'운명!'

처녀, 즉 심명진沈明眞의 사정을 설명해둘 필요가 있다.

심창深窓에서 자란 열여덟의, 어머니의 훈도薰陶와 천성의 총명으로 그때 벌써 사서오경에 통해 있었을 뿐만 아니라, 명모호치明眸皓齒, 세요연신細腰軟身*의 출중한 미색과 몸매로 해서, 제대로 된다면 왕비 간택의 수위에 설 만한 재원이었다. 그런데다 무남독녀였으니 부모들의 사랑이 얼마나 지극했는가를 짐작할 수가 있다. 심 참판은 누가 열 사람 아들을 둔 자운子運을 베풀겠다고 해도 그 딸 하나와 바꿀 생각이 없을 만큼 명진을 애지중지했다.

이러한 딸이었고 보니 아버지 심 참판이 당하게 될 화를 숨기려고 해도 재빨리 알아낼 수 있었다. 그때부터 명진의 고민이 시작되었다. 아버지가 알리길 싫어하는 것을 자기가 알았다고 내색할 수도 없었으니 그 고민은 더욱 심각했다. 고민한다고 해서 무슨 해결책이 생겨나는 것은 아니다.

드디어 마지막 날을 당하게 되었는데, 그 전날 밤 명진은 캄캄한 하늘에 무지개가 걸려 있는 꿈을 꾸었다.

그 꿈은 반드시 무슨 뜻을 가진 것이라고 생각했지만 확실한 해몽을 할 순 없었다.

명진은 어머니에게 그 꿈을 알렸다. 어머니는

"네게 무슨 좋은 일이 있으려나 보구나."

하면서도 쓸쓸하게 웃었다.

어머니는 남편에게 생긴 일을 알고 있었지만, 딸에겐 말하지 않고 있어 명진이 알 까닭이 없다고 생각하고 있었던 터라, 명진이 길

---

* 명모호치는 '맑은 눈동자와 하얀 이', 세요연시는 '가느다란 허리와 부드러운 몸'.

몽을 꾸었다고 듣고도 씁쓸한 심정이었던 것이다.

"하늘의 무지개란 무슨 뜻일까요, 어머니."

명진은 그 꿈에나마 매달려보고 싶은 마음으로 물었다. 자기에게 좋은 꿈이면 아버지와 어머니에게도 좋은 꿈이 될 수 있으리란 짐작도 겹쳤다.

"고래로 무지개는 시집을 간 여자에겐 태몽이 되고, 처녀에겐 좋은 혼담이 있을 징조라고 하지만, 꿈이란 원래 덧없는 것이니…."

어머니의 말꼬리가 한숨에 묻히고 말았다. 어머니의 심뇌를 알고 있는 명진은 별당으로 나와 생각에 잠겼다.

'설마 장삼성이 좋은 혼담의 상대일 수는 없을 테고….'

그런데 자기도 모르게 무슨 기적이 있을 것만 같은 자신, 아니 바람 같은 것이 가슴에서 솟아났다.

그렇게 해서 기적을 기다리는 마음으로 가슴을 설레고 있었지만 하늘은 허허하게 맑았고, 꽃은 무심히 피어 있고, 나무들은 속수무책인 명진의 심장처럼 가지를 펼치고 있을 뿐, 시간은 덧없이 흘러만 갔다.

그래서 명진이 꿈을 잃어갈 무렵이었다. 돌연 골목이 소연했다. 황급히 몸종을 불러 등말을 만들게 해서 골목 쪽을 넘어다보았다.

그 찰나, 연치성의 시선과 마주쳤다.

'저기 기적이 있다!'

명진의 머릿속에 반짝한 상념이었다. 넘어오라는 신호를 해야겠다고 생각한 것도 순간의 기지였다. 뛰어넘어 다치지 않을 만한 곳을 골라 수건을 걸어놓았다. 남의 눈을 겁내지 않아도 좋을 어둠이

24

차면 그 선비가 넘어오리란 믿음이 있었다.

밤이 되었을 때, 명진은 초롱 하나를 밝혀 들고 숲 사이에 서서 멀찌감치 낮에 수건을 걸어두었던 담 위를 응시하였다.

기적을 기다리는 마음이었다.

그 선비가 넘어오기만 하면 만사가 해결될 것이란 그런 터무니없는 생각이 어떻게 명진의 가슴에 괴었는진 알 까닭이 없다.

수십 명의 장정을 상대로 싸우던 늠름한 그 선비의 수려한 얼굴이 눈앞에 완연했다. 그는 송 대감 집으로 가는 모양이었지만, 끌려서 간 것이 아니고 자발적으로 갔다. 그러니 언제이건 무사히 돌아올 수 있을 것이었다. 그러면 담 위에 걸려 있는 하얀 수건을 볼 것이고, 그러면….

명진의 생각은 쉴 새 없이 엮어지고 있었다.

'하늘이 내게 내린 배필!'

하다가 아무도 보는 사람이 없는데도 얼굴을 붉히곤,

'하늘이 우리 집에 내린 은총.'

이라고 마음을 고쳐먹었다.

그런데 두 시간은 너무도 길었다. 천년이나 만년을 지난 것 같은 기다림! 명진이 이 세상에 태어나기 아득한 옛적부터 기다리고 있었던 것 같은 영원하고 간절하고 애절한 기분 속에서 명진의 눈은 줄곧 그 담장 위에 못 박힌 듯 꽂혀 있었다.

"아가씨."

하고 몸종이 근심스럽게 불렀다.

"내 걱정하지 마. 내 거동을 누구에게도 알리지 마. 어머니에게도 누구에게도. 넌 가서 저녁 진지를 준비시켜라. 지체 않고 밥상을 올릴 수 있도록. 곧 손님이 오실 거다. 식모에겐 내 밥상을 차린다고 하고서…."

명진이 눈을 안쪽으로 보낸 채 나직이 몸종에게 일렀다.

몸종이 떠났다.

다시 혼자가 되었다.

간혹 터무니없는 바람이 아닐까, 헛된 기다림이 아닐까 하는 생각이 문득 고개를 쳐들었지만, 명진은 그 불길한 생각을 얼른 지워 버렸다.

'그럴 리가 없다. 그분은 꼭 오신다. 캄캄한 하늘에 떠 있는 무지개를 보지 않았던가!'

아닌 게 아니라, 명진은 밤하늘의 무지개를 기다리고 있는 격이었다.

'밤하늘의 무지개? 이건 허황한 꿈이란 얘기가 아닌가!'

'아니다. 결단코 아니다. 나는 분명 어젯밤 캄캄한 밤하늘에 걸린 무지개를 보지 않았던가. 그것은 결단코 꿈일 수가 없다. 계시다. 신령님의 계시다. 그분은 오실 거다. 꼭, 꼭…'

이러한 마음의 승강이가 얼마나 되풀이되었을까. 명진의 귀는 어슴푸레 무슨 소리인가를 포착했다. 그것은 산마루를 스치는 바람 소리를 닮아 있었다. 아득히 해변에 유착하는 바닷소리와도 같았다. 이윽고 그것이 사람들의 아우성 소리, 발자국 소리임을 짐작했을 때, 명진은 자기도 모르게 오싹 긴장했다.

바로 그때였다.

캄캄한 어둠 속에 포물선 무지개가 그려졌다. 순간의 순간에 있었던 일이다. 명진이 응시하고 있는 담장의 바로 그곳에 일순 찬란하게 그려진 무지개!

명진이 정신을 차리기엔 수 순간이 있어야 했다. 드디어 기다렸던 기적이 나타났다고 생각하기에도 약간의 시간이 필요했다.

이제 명진은 완전히 침착을 되찾았다. 이심전심, 명진은 연치성의 마음속에 다져지고 있는 결심을 느낄 수 있었던 것이다. 그 느낌은 또한 아침부터 자기가 바라고 있던 것과 일치된다는 것도 알 수 있었다.

그런 까닭에서인지, 명진의 감정은 이상한 방향으로 물들어갔다.

'이 선비와 같이 있으면 어떠한 사태가 되어도 좋다.'

이 생각엔 물론 아버지에게 닥칠 화를 이 선비가 막아줄 수 있을 것이란 막연한 기대가 묻어 있었지만, 설혹 그 화를 막지 못한다고 해도 이 선비와 같이 있는 것만으로써 그저 좋다는 마음의 빛깔로 되었다는 것이다. 다시 말하면, 마음의 중점이 아버지의 위난을 구해야 한다는 데서부터 이 선비와 같이 있는 상황이 갸륵하다는 데로 옮겨졌다는 뜻이다.

그만큼 명진의 가슴엔 불안감이 없었다. 연치성을 바라보는 눈에 광채가 더했다. 닥칠 앞일만 생각할 것이 아니라 나를 좀 보아주세요, 하고 아양을 떨고 싶은 충동마저 솟았다. 그러나 그럴 순 없는 일.

명진이 간신히 입을 열었다.

"선비님의 존함을 알고자 하오이다."

"아참, 낭자의 이름만 알고서⋯."

연치성이 잠에서 깨어난 사람처럼 어마지두한* 태도로 말했다.

"내 이름은 연치성이라고 하옵니다."

연치성은 여기서 일단 말을 끊었다가 덧붙였다.

"하오나 나는 대감 댁의 요조숙녀와 가까이할 수 없는 천출이옵니다."

"무슨 황공한 말씀을⋯."

명진이 당황해서 연치성의 입을 봉하려고 했다.

"아닙니다. 미리 알아두시는 게 좋을 것 같아서 감히 말씀드리는 것이올시다. 내 아버지는 명색이 양반이지만, 내 어머니는 노비였습니다. 그러나 노비 아닌 어떤 사람과도 어머니를 바꿀 생각은 없습니다."

연치성의 도도하리만큼 당당한 말이었다. 명진은 나부시 읍하는 자세가 되었다.

"선비님의 어머니라면, 소녀 하늘처럼 우러러 받들 수가 있겠사오이다."

연치성의 눈에 처량한 빛이 돌았다.

"선비님께선 지금 어머니를 모시고 있사오이까?"

"그렇게만 되어 있다면 내가 이처럼 슬플 까닭이 있겠습니까."

"돌아가셨사오이까?"

---

* 얼떨떨한.

"생사와 행방을 모릅니다. 그러나 어디엔가 살아 계실 것으로 믿고 있습니다."

"하루빨리 어머니를 찾으시길 소녀도 기원하겠나이다."

"고마우신 말씀, 그러나 오늘 밤은 낭자의 아버님 걱정만을 하셔야 할 줄 압니다."

하고 연치성이 귀를 기울였다.

어느덧 바람 소리는 죽어 있었다. 벌레 소리도 들리지 않았다. 적막의 소리만이 천지에 꽉 차 있었다.

"낭자, 불을 끄시오."

연치성의 나직한 말이 있었다.

명진이 재빠른 동작으로 초롱의 불을 껐다. 연치성이 명진의 귀에 대고 일렀다.

"낭자의 아버지께서 유하시고 계시는 사랑으로 나가봐야겠소."

"아니 되옵니다."

명진이 엉겁결에 한 말이었다.

"왜 안 된다고 하옵니까?"

"아버님께선 오늘 밤 아무도 사랑으로 나오지 못하도록 엄하게 금하였사옵니다."

명진의 입김이 연치성의 귓전을 간지럽게 했다.

"아버님의 위급을 구하라고 나를 만류한 것이 아니었소?"

"그러하오나, 선비님의 신상에 혹시 위난이 있으면…."

"그것은 장부가 이미 각오한 바이오."

하고 연치성이 도포를 벗으며 속삭였다.

"흰 옷은 밤눈에 띄니 물감 옷이 있으면 주십시오. 낭자의 장옷이라도 좋사옵니다."

명진이 의장을 더듬어 장옷을 꺼냈다. 연치성은 그 장옷을 어깨에 둘렀다. 그리고 일어섰다.

"안 되오이다, 선비님. 아버님은 자기의 일로 위난을 당하시지만 선비님께선…"

"그럼 낭자 아버님의 위난을 이렇게 가까이에 있으면서 보고만 있으란 말요?"

연치성의 말이 거칠게 나왔다.

"선비님은 어머님을 찾아 모셔야 하지 않습니까?"

명진은 그사이 자기 아버지에 대한 걱정보다 연치성을 걱정하는 마음으로 바뀌어 있었던 것이다.

연치성은 명진의 그러한 마음의 움직임을 가슴으로 느낄 수가 있었다. 그것은 깊은 감동이 아닐 수가 없었다.

'이 여자를 위해선.'

하는 용맹이 솟았다.

"낭자, 걱정하지 마십시오. 나는 아직 미숙하지만 나 자신을 지킬 수는 있습니다. 낭자의 아버님을 구할 여력도 있습니다. 그러니 걱정 마시고 낭자는 어디 깊은 곳에 숨어 계십시오. 자 그럼, 저 문을 가만히 여십시오. 벌레 소리가 죽은 것을 보면 벌써 집 안에 놈들의 무리가 잠입해 있을지도 모릅니다."

이 말에 명진은 오싹했다. 그러나 곧 침착을 되찾고 조용조용 방문을 열었다. 그때 연치성의 손가락이 명진의 입술에 십자十字로

와 닿았다. 말하지 말라는 뜻으로 알았다.

　연치성은 열린 문으로 바깥을 응시했다. 눈을 어둠에 익숙하게 하기 위해서였다. 한참을 그러고 있더니 연치성은 미끄러지듯 문지방을 넘어섰다. 명진이 살큼 머리를 내밀었지만 연치성의 모습은 온데간데가 없었다. 짙은 어둠 속에 묻혀버린 것이다.

　명진도 살그머니 방을 벗어났다.

　몸채의 부엌 뒷문으로 들어가서 앞문으로 빠져나왔다. 몸채의 방들은 불이 죄다 꺼져 있었다. 아버지의 분부에 따른 것이었다.

　아버지가 거처하는 중간사랑과의 문은 굳게 닫혀 있었다. 중문 안에 서 있는 매화나무를 타고 담장에 붙어 섰다. 사랑 아버지의 방엔 환히 불이 켜져 있었다. 명진은 담을 넘어볼까 했으나, 매화나무의 무성한 잎이 자신을 감싸고 있을 뿐만 아니라 필요에 따라 고개를 내밀기도 하고 움츠릴 수도 있어, 누구의 눈에도 띄지 않고 중간사랑에서 일어나는 일들을 볼 수도 있었기 때문에 그 위치에 머물러 있기로 했다.

　명진은 그런 자세로 연치성의 행방을 찾았으나 찾질 못했다. 우러러 하늘을 보았다. 구름이 끼었는지 별빛도 볼 수가 없었다. 캄캄한 적막 속에 아버지의 방 불빛만이 유난히 밝았다. 가슴이 떨렸다.

　"슈웃."

하는 소리가 난 듯하더니,

　"캉."

하는 소리가 들렸다.

　먼저 소리나 곧 이어진 소리가 그다지 높진 않았으나 명백히 무슨 이변을 알리는 소리였다. 명진은 가슴이 철렁하는 것을 느꼈다.

한편, 참판 거실의 들창 틈으로 눈을 바싹 대고 있던 연치성은 그 소리의 정체를 알았다.

강궁의 화살이 대청 어딘가의 기둥에 와 박힌 것이다.

"나가서 뽑아 오너라."

방안으로부터 심 참판의 침울한 소리가 들렸다. 심 참판도 그 소리의 의미를 알아차린 모양이었다.

심 참판의 하인이 마루로 나갔다. 그리고 기둥에 꽂힌 화살을 빼었다. 화살을 들고 하인은 방으로 들어왔다.

"화살에 달린 쪽지를 읽어라."

심 참판의 말이었다.

조금 있다 하인의 소리가 들렸다.

"지금 곧 그곳으로 간다. 대문을 열어둘 필요는 없다. 옆에서 사람을 죄다 물리쳐라. 하인, 몸종까지도 물리쳐라. 이것은 내 사정으로 말하는 것이 아니다. 당신의 사정을 봐서 하는 말이다. 어김이 없도록 하라!"

이어 심 참판의 말이 있었다.

"넌 네 방에 가 있거라."

"하오나 대감님!"

"시키는 대로 햇!"

"예."

하인이 나가는 소리가 있었다.

연치성은 바로 가까이에 인적기를 느꼈다. 재빨리 벽을 미끄러져 내려 들창을 조금 비낀 벽 아래에 착 붙어 벽 길이대로 길게 누웠다. 벽 아래를 쓸어보지 않는 한 밤눈으론 들키지 않을 곳이었고 자세였다.

창을 든 사내가 하나둘 연치성의 바로 옆을 지나갔다. 발자국 소리가 나지 않는 것은 삼미투리를 신은 때문이라고 짐작했다. 반대편으로부터도 창을 든 사나이가 둘 나타나더니 연치성이 누워 있는 바로 옆을 지나갔다. 모두들 안에 갑옷을 입고 겉에는 검정 옷을 입은 모양으로, 들창에서 흘러나오는 불빛의 반영이 없었더라면 도저히 판별할 수 없는 모양들인데, 속에 갑옷을 입었다고 짐작할 수 있는 것은 덩치들이 모두 거창하게 부풀어 있었기 때문이다.

'보통의 칼이나 활로썬 안 되겠군. 그 대신 민첩하게 움직이진 못하겠지.'

연치성은 이런 요량을 했다.

마루 쪽에서 소리가 났다.

이어 심 참판 방의 문이 열리는 소리도 있었다. 주위에 사람이 없어진 것을 확인하고 몸을 일으킨 연치성은 가볍게 몸을 날려 아까 뚫어놓은 구멍에 눈을 갖다대었다.

복면한 사나이가 눈빛이 쏘는 듯 날카로웠다. 그런데 입고 있는 옷은 금위영 장교의 복색이었다.

'흠!'

하는 마음으로 연치성은 벽에 붙어 선 채 생각했다.

'금위영 군사 차림으로 거동을 하고 다니니 붙들릴 까닭이 없을 수밖에…'

하다가, 다음과 같은 짐작으로 바뀌었다.

'아니다. 예사로 저런 복색을 할 순 없지. 아마 금위영에 내통하는 자가 있을 거다. 그것도 상당히 높은 자리에 있는 자가….'

연치성은 바싹 귀를 들창에 갖다댔다.

"…그게 무슨 소린가?"

한 것은 복면의 사나이일 것이었고,

"없는 건 없다."

라고 한 것은 심 참판일 것이었다.

"아라사 놈들과 상거래를 했다는 사실도 알고 있고, 그놈들로부터 모피와 금덩어리를 받은 사실도 알고 있다. 그렇게 해서 빙관치부憑官致富한 자가 돈이 없다니 될 말인가."

"하여간 지금 내 수중엔 돈이 없다."

"그런 배짱이 통할 것 같은가?"

"통하지 않아도 별수 없다."

"그럼 좋다. 당신 딸을 내놓아라."

"안 된다. 그렇겐 못 하겠다."

"돈도 내지 않겠다, 딸도 못 주겠다, 그 따위 뻔뻔스러운 말이 어디에 있단 말인가."

"뻔뻔스러운 건 네놈들이다."

"관직을 빙자하여 치부한 네놈은 뻔뻔스럽지 않고?"

"네놈들이 간섭할 일은 아니다."

"좋다. 네 딸을 데리고 가겠다."

"안 된다. 그리고 내 딸은 집에 없다. 미리 피신을 시켰다."

연치성의 추측은 빨랐다. 심 참판은 딸을 어디엔가 피신하라고 했고, 그리고 딸이 피신한 것으로 믿고 있는 것이다.

"이놈 봐라."

하더니 복면의 사나이가 호통을 쳤다.

"이놈, 네가 어떻게 될지 알지?"

"내 한 몸 죽으면 될 게 아닌가. 어서 죽여라."

"그렇게 간단히 될 일은 아니다. 네놈 하나 죽여봤자 아무런 보람도 없다. 네 딸을 찾아내고야 말 거다."

하더니 복면의 사나이는

"이자를 묶어라."

하고 부하들에게 일렀다.

연치성은 장정 둘이 심 참판을 묶고 재갈을 물리는 광경을 문틈으로 보았다.

심 참판을 묶고 난 뒤, 복면의 사나이는 다시 영을 내렸다.

"집 안을 샅샅이 뒤져라. 이자의 딸은 이 집 안 어디엔가 숨어 있을 것이다. 아까까지 내가 들은 바에 의하면 이 집 딸 명진이 집 밖으로 나간 흔적은 없다."

적어도 7, 8명은 되어 보이는 장정들이 집 안을 뒤지기 시작했다. 연치성은 아까의 장소로 미끄러져 내려 숨을 죽였다.

벽에 몸을 붙여 땅바닥에 엎드려 있으면서도 연치성은 궁리를 계속하였다.

'지금 당장 심 참판을 구해내도 문제는 해결되지 않는다.'

'명진이 놈들에게 붙들렸을 때 행동을 시작하는 편이 낫지 않을

까…?'

'잠자코 있다가 그들의 행방을 쫓는 것이, 그리고 그들의 거처를 확인해두는 것이 현명한 일 아닐까…?'

'놈들을 모두 죽여버리지 않는 한, 이 집 안에서 서둘러보았자 아무런 소용이 없다…'

이때 연치성은 여자의 비명소리를 들었다. 짤막한 순간의 일이었다. 마음의 탓으로 환청한 것 같은 느낌마저 없지 않았다. 연치성은 몸을 일으키려다가 말고 다시 귀를 기울였다.

"잡았습니다."

하는 소리가 앞쪽으로부터 들려왔다.

"부녀를 가마에 태워라!"

그 음성은 복면한 사나이의 것임에 틀림없었다.

집 안에 들어와 있던 도둑의 무리는 7, 8명으로 보였는데, 바깥엔 십 수 명이 사방에 깔려 있었던 모양으로, 가마 두 개를 사이에 두고 전후 십여 명이 호위하는 형태가 되었다.

모두들 밤의 어둠엔 익숙한 모양으로, 그 행렬의 걸음은 날쌨다. 연치성은 그 행렬의 뒤꽁무니를 놓치지 않을 만한 거리를 두고 뒤를 따랐다.

큰길로 나왔을 때 야순夜巡하는 순라병과 행렬의 선두가 마주친 듯했는데, 낮은 소리가 짤막하게 오가는 것 같더니 행렬은 속도를 줄이지도 않고 통과했다. 그 낮은 소리가 암호일 것은 분명했다. 도둑들과 순라대가 암호를 주고받는 것 자체가 기이한 일이었다.

행렬은 어느덧 동대문 가까이에 이르러 오간수 징검다리를 건너기 시작했다. 가마를 멘 채 어둠 속의 징검다리를 낮에 평지를 걷는 것과 마찬가지로 건너간다는 것은 보통의 일이 아니었다. 오간 수다리를 건너자 행렬은 좁은 골목을 기어들고 거기서 또 큰길로 빠져나오고 하길 몇 번인가 했다.

시구문이 있는 곳이 아닐까 짐작되는 지점 가까이에서 행렬은 오른편으로 방향을 잡아 남산을 향해 골목을 누볐다.

이윽고 나지막한 초가집 문으로 행렬이 빨리 들어갔다.

연치성은 그 초가집 돌담을 차근차근 더듬듯 살펴보았다. 지붕과 돌담이 이어져 있을 뿐 아니라, 지붕 끝이 돌담을 덮고 있어 담을 넘어 집 안으로 들어가긴 불가능했다.

연치성은 그 집 문을 명념해두고, 좌우로 이어져 있는 집들을 살펴보기 시작했다. 좌우로 각각 십여 동의 집이 늘어서 있는데, 집은 모두 따로따로인데도 집과 집 사이에 끼어들 틈새가 없었다.

연치성은 남산으로 이어져 있는 끝집의 담장으로 해서 지붕으로 기어올랐다. 그리고 발견한 것은, 그 집으로부터 시작한 이십여 동의 집 한쪽이 전부 성벽과 밀착되어 있다는 사실이었다. 성의 규칙으로 보아, 성벽과 민가와의 사이엔 차마車馬가 통할 만한 길이 나 있어야 하는데, 성벽에 밀착하도록 집을 지을 수 있었다는 사실 자체가 벌써 이상한 것이다. 하기야 시구문 근처의 변방이고 보니 관의 간섭이 그만큼 해이해 있는 것인지도 몰랐다.

그러나 그런 것보다는 어떻게 그 집 안으로 들어가느냐 하는 문제가 연치성에겐 다급했다. 그는 지붕을 타고 아까 명념해둔 집에까지 왔다. 집은 길 쪽으로 문을 틔워놓고 네모꼴로 되어 있었는데,

그 한가운데가 역시 네모꼴로 하늘로 통해 있었다. 연치성은 지붕에 몸을 누이고 머리를 처마 끝으로 내밀어 아래의 동정을 살폈다. 문 안쪽으로 두 명의 장정이 서 있다는 것을 어둠 속에서도 알 수가 있었다. 그런데 그 밖엔 사람의 움직임도 없었고 말소리도 들리지 않았다.

연치성은 문간에서 지키고 있는 놈들의 눈이 미치지 않을 구석을 찾아 지붕 위를 기었다. 초가지붕이 되어 바스락거리는 소리를 죽이기가 무척 힘들었다. 그러나 그는 노린 곳까지 가선, 서까래를 붙들고 순간 몸을 가까운 기둥으로 날려 기둥을 안고 사뿐히 땅으로 내려설 수가 있었다. 건너편 방문에 희미한 호롱불의 그림자가 보였다.

마루 밑을 기었다.

불이 켜진 방 밑에까지 왔다. 귀를 기울였다. 도란도란 말소리가 들려왔다. 그 말소리로 보아 마루에 잇따른 방에서가 아니고 그 안쪽의 방에서 들려오는 것이라고 짐작되었다.

"허탕을 친 셈 아닌가."

"허탕은 아니지. 두령님이 노린 건 그 처녀일 테니까."

"그건 그렇구…. 아무래도 참판 녀석은 죽여야 할 것 아닌가."

"이러나저러나 두령님의 장인이 될 사람인데 죽이기야…."

"아무튼 두령님이 알아서 할 일이지만…. 참 오늘 밤 두령은?"

"은파 집에 계실 거야."

"그럼 그리로 알리러 갔나?"

"주 서방이 알고 있으니까 알아서 했겠지."

연치성은 복면한 사나이를 장삼성으로 알았는데 그렇지 않다는 것을 확인했다. 장삼성은 오늘 밤 행동엔 참가하지 않고 은파란 기생집에 있는 모양인가 했다.

"노인에겐 신양이 있는 것 같던데. 물이라도 먹여놔야 할 것 아닌가?"

"하여간 그놈의 영감 기가 대단하더면."

"재물에 욕심이 대단한 거지."

"아닌 것 같애. 돈은 진짜 없는 것 같았어."

"그 많은 돈을 다 어떻게 했을까?"

"논 사고 밭 사고 했겠지. 또 벼슬하려고 흥선한테 몇 만 냥쯤 갖다 바쳤을 거고."

"그렇다고 해도 보름 전에 통고해놓았는데 돈 20만 냥을 못 만들어 생명과 바꿀 생각을 해?"

"글쎄 말이다."

"처녀는 예쁘던데."

"두령님이 탐낼 만해. 그런 것 보면 두령님 눈이 높아."

"모르는 게 없는 두령님께선 심 참판 따님을 노리고 없는 돈을 내놓으라고 떼를 쓴 것 아닐까?"

"모르지. 두령님의 속을 어떻게 알아?"

"우리도 슬슬 눈을 붙여보지."

"낮에 실컷 잤더니 잠이 안 오는걸."

"그럼 노인과 처녀에게 물이나 떠다 줘. 잘못 대접했다고 두령님께 혼날라. 안 그래?"

한참 있더니 방문이 열렸다.

"복쇠 있나?"

"예."

어두운 건넌방에서 소리가 있었다.

"복쇠, 자네 물 한 사발 떠 갖고 영감한테 가봐."

"예."

하더니 건넌방 문이 열렸다. 걸대가 큼직한 사내가 나왔다. 그리고 바로 옆의 판자문을 열고 들어가더니 물을 한 사발 떠 들고 집 뒤쪽으로 돌았다.

연치성은 다시 마루 밑을 기기 시작했다. 그렇게 해서 복쇠라고 불린 사나이가 사라진 곳으로 갔다.

판자문이 열린 곳이 있었다. 연치성은 그 틈새로 미끄러져 들어갔다. 캄캄한 어둠이라 지척을 분간할 수 없었는데, 저 안쪽에서 말이 들려왔다.

"물이라도 마시라요."

하고 이어,

"여기에 물그릇 두었은깨 목마르거든 마시라요."

하고 뒤적뒤적하는 소리를 내더니 삐걱 소리가 두 번 났다. '광 안에 또 광이 있는 모양이로구나' 하고 연치성은 벽에 착 붙은 채 몸을 움츠렸다.

사나이가 밖으로 사라졌다. 판자문에 밖으로 빗장을 지르는 소리가 들렸다. 그러고 난 뒤 적막이 왔다.

자기의 숨소리가 거칠게 들리는 절대적인 적막이다.

연치성은 아까 삐걱했던 소리의 방향으로 갔다. 민감한 그는 소리만 듣고도 방향과 거리를 짐작할 수 있었던 것이다. 다행히도 그 문은 잠겨 있지 않았다. 미는 대로 살며시 판자문이 열렸다. 숨소리가 들렸다. 그 방향으로 몸을 옮겼다.

"낭자."

나직이 불렀다.

대답은 없고 몸부림 소리만 있었다.

연치성이 더듬는 손끝에 치맛자락이 잡혔다. 결박한 밧줄의 마디가 느껴졌다. 연치성은 입언저리를 더듬어 먼저 물려놓은 재갈부터 풀었다.

"오오, 선비님."

하는 흐느낌 소리가 새어나왔다.

"조용히 하십시오."

연치성이 나직이 말했다.

"뉘기냐?"

심 참판은 재갈이 풀어져 있었던 모양으로 가래가 섞인 신음이 들렸다.

"아버님, 우리를 구해주실 선비님이에요."

처녀의 감격에 어린 말이었다.

"사정 얘기는 천천히 합시다. 이곳을 빠져나갈 궁리를 해야죠."

연치성이 이렇게 말하자 심 참판은,

"날 구할 생각은 마슈. 한데, 당신께 수단이 있거든 내 딸아이나 데리고 가주슈."

하는 뜻의 말을 중얼중얼했다.

"아니 되옵니다, 아버님."

"안 돼. 이놈들에게 걸려든 이상 도리가 없다. 이곳을 빠져나간들 내겐 갈 곳이 없다. 닥칠 화만 남는다. 내가 죽어야만 해결이 날 일이다. 그러니 이 선비에게 힘이 있거든 내 일에 구애 말고 너나 빠져나가거라…"

"누가 들을까 두렵습니다. 가만히들 계십시오. 내가 곁에 있는 한 너무 걱정 마십시오."

"조용조용 하는 말이면 상관이 없을 걸세. 이 근처엔 놈들의 귀가 있는 것 같진 않으이."

노인의 말이었다. 연치성이 물었다.

"그럼 묻겠습니다. 이곳을 빠져나가 당분간 은신을 하면 될 일이 아닙니까. 그런데 안 된다는 뜻은 무엇입니까?"

"조정에 알려지면 삼족의 멸을 받을 그런 일이 있었소. 그것을 놈들이 알고 덤비는 거요. 내가 도망을 쳐서 은신하면 놈들은 필연코 관에 고발할 것이니, 내가 놈들의 손에 죽는 것이 삼족을 위해 나은 일이오."

"도대체 어떤 일입니까?"

"국법을 어긴 사람들을 몇 명 월경시켜준 일이 있고, 인삼을 팔아 대신 재물을 받은 것인데 그렇게 한 데는 까닭이 있었소. 결코 내 사복을 채우려는 것은 아니었소. 그러나 그 사정 자체를 발설할 수 없으니 딱한 일이오. 발설을 하면 대궐에도 누가 미칠 것이오. 현임 대관들 가운데서도 난을 당할 사람이 있고. 그러니 나는 놈들의 손에 죽을 수밖에 없소. 살인을 하고는 고발하지 못할 것 아니겠소. 내가 스스로 목숨을 끊지 못한 까닭도 그 때문이오. 죽고 난 뒤에도 죄가 남을 것이니 삼족을 위해 난 스스로 죽지도 못하오…."

"국법을 어긴 사람들이란 천주학 교도들을 말합니까?"

연치성이 가능하다면 심 참판에 대한 이해를 깊게 하기 위해 물었다.

"그런 건 알아서 무엇 하려우?"

심 참판의 말은 가래에 뭉개어 들릴까 말까 했다.

"마지막 각오까지 하셨다면 사태의 진상을 따님에게나마 말해두시는 게 좋지 않을까 해서 하는 말입니다."

연치성이 비위가 거슬렸다는 투로 말했다. 한동안 대답이 없더니 어둠 속에서 다시 가래 섞인 말이 솟아났다.

"내 입으로 할 얘기는 아녀. 그러나 어떻게 해. 어릴 적부터의 친구의 아들딸이 멀리 회령 땅에까지 와서 부탁하는걸…."

연치성은 대강 짐작할 수가 있었다. 천주교 신도로 몰려 관의 추적을 받는 사람들을 심 참판은 관찰사의 직책에 있었으면서도 월경도록 편의를 보아준 것이었다.

인간으로선 결코 나쁜 짓이라고 할 수 없지만, 탄로가 나면 큰일이 날 일이었다. 그런데 그런 일을 장삼성이 문제로 삼고 있지 않은 것 같아서 연치성이 물었다.

"놈들은 돈을 바라고 있는 것 같던데, 돈으로 해결할 수 있는 일이면 그렇게 하는 것이 어떻겠습니까?"

"토지는 있어도 돈은 없어."

하더니 심 참판은 갑자기 생각이 났다는 듯 말투를 바꿨다.

"야야, 잘 들어라. 만일 네가 무사히 돌아가거든, 내 방 벽장의 천장을 살펴라. 거기에 모든 문서가 다 있느니라. 토지문서를 비롯한 재산의 명세서가 거기에 간수되어 있다…"

"아버님, 그런 걱정 마세요."

처녀는 울음소리를 죽였다.

노인의 말이 연치성에게로 돌아왔다.

"오늘 밤 우리와 같이 고생을 하게 된 당신의 내력을 알고 싶소."

"제 이름은 연치성이라고 합니다. 전에 강릉부사를 한 연 백자 호자 하는 어른의 아들입니다."

그러자 심 참판은 숨이 넘어갈 듯 놀랐다.

"그럼 연백호의 아들이군! 이게 무슨 인연일꼬. 나와 자네 춘부장과는 둘도 없는 사이라네. 그런데 어떤 연고로 이곳에 오게 되었는고?"

"제 선생님의 심부름으로 조 좌의정 댁에 심부름을 갔다가 돌아오는 중…"

하고 얘기를 시작하려 하자 처녀가 연치성의 말을 가로채어 어제 낮부터 있었던 일을 차근차근 설명했다.

얘기를 듣고 심 참판의 기억이 되살아난 것 같았다. 무과에 낙방하여 시관을 욕보이려 하다가 의금부에 갇힌 적이 있는 아들이 연백호에게 있었다는 것을.

"뛰어난 무술가라고 들었네. 그런데 그런 인재를 이와 같은 곳에서 만나다니. 부디 내겐 관심 쓰지 말구 내 딸을 구해주게. 구한 연후엔 연공 마음대로 하게. 이미 성인*을 했으면 측실이라도 좋으니 평생 버리지나 말아주게. 도둑의 손때가 묻은 여식이 어찌 감히 남의 정실이 되길 바라겠는가."

"도둑의 손때가 묻었다는 말씀은 과하십니다."

연치성이 불만 어린 말을 했다.

"아니네, 비례非禮를 보는 것만으로도 더럽혀진 걸세. 놈들에 의해 포박까지 당하고 이런 데까지 끌려오는 욕을 당했는데 어찌 성하다고 할 수 있겠는가."

이런저런 얘기로 고통을 한시나마 잊을 수 있었던 것은 피차에 다행한 일이었다.

어느덧 날이 밝아온 모양으로, 닫혀진 광 속인데도 사물의 윤곽을 알아볼 정도로 어둠이 엷어졌다. 심 참판은 혼신의 힘을 모아 연치성의 얼굴을 살피려고 했다. 애지중지하는 외동딸의 운명을 송두리째 맡긴 사람이고 보니 생의 마지막 순간인 만큼 관심이 쓰였던 것이다. 한참을 그러고 있다가 뚜벅 한마디 했다.

"과연 장부이로고!"

그리고 덧붙였다.

"연공이 내 딸을 맡아준다면 나는 안심하고 눈을 감을 수가 있겠어."

그러더니 주머니를 뒤져 무언가를 입에다 털어 넣고 앞에 놓인

---

* 成姻: 성혼.

물 사발을 들었다.

연치성은 불현듯 이제 먹은 것이 독약일 것이라고 짐작하고 심 참판의 몸을 흔들며 나직하게나마 다급하게 서둘렀다.

"이제 입에 넣으신 것을 토하십시오."

"아니다, 삼켰다. 잠시 후엔 내 생명은 없을 것이다."

처녀가 혼겁하여 아버지의 무릎에 엎드려 몸부림쳤다.

"아버님, 이게, 이게 무슨 짓이옵니까!"

"조용히 해라. 소리 내지 말거라. 놈들의 광 속에서 내가 죽었은 즉, 놈들은 뒤탈을 부리진 않을 것이다. 앞으론, 지금 이 마당에서 부터 연공의 지시대로 침착하게 거동하거라."

그렇다고 해서 처녀의 당황과 슬픔이 가셔질 까닭이 없었다. 처녀는 몸을 떨면서 울었다.

심 참판은 그러한 딸의 머리를 쓰다듬으며,

"명진아, 아비가 나쁘지 않다는 것은 벽장 천장에 있는 문서를 보면 알 수 있을 것이다. 그러니 아비를 탓하지 말거라. 이렇게 불행한 가운데서도 연공과 같은 귀인을 만난 것이 다행이로구나."

하고 중얼거리는데, 차츰 혀가 꼬부라져 말뜻이 불분명하게 되어갔다.

"…언제라도 좋다. 기회를 봐서 나를 선산에 묻어…"

하곤 상체가 쓰러졌다.

연치성이 맥을 짚어보니 이미 운명한 뒤였다. 눈을 감기고 노인의 옷고름을 찢어 코와 귀와 입을 막았다. 통곡을 터뜨리려는 처녀의 입에 손바닥을 갖다대며 귀에다 대곤 소곤거렸다.

"두 놈이 들어올 때까지는 절대로 소리 내지 마시오. 세 놈째 들어올 때도 내가 손을 들지 않거든 울지 마시오. 손을 들거든 그땐 마음놓고 통곡을 하시오."

이어 대강의 상황을 예측해서 이럴 땐 이렇게, 저럴 땐 저렇게 하는 식으로 상세한 지시를 했다.

"내가 한 말 잊어선 안 됩니다. 어떤 일이 있어도 침착해야 하오."

이렇게 당부해놓고 연치성은 판자문 왼편에 붙어 섰다.

그러고도 상당한 시간이 지났다.

이윽고 바깥문의 빗장을 뽑는 소리가 났다. 바깥문이 열렸다. 발자국 소리가 가까워졌다.

판자문이 열렸다.

넘쳐들 듯 밝은 빛이 어두운 광으로 쏟아져 들어왔다. 걸대가 큼직한 사나이가 성큼 들어섰을 때 연치성의 날쌘 동작이 있었다. 큼직한 사나이는 썩은 나무토막처럼 바닥에 털썩 쓰러졌다.

연치성은 뻗어 있는 사나이에게 재갈을 물리고 노인을 묶었던 밧줄로 그놈을 묶었다. 그러고는 짚이 쌓여 있는 광 한구석으로 끌고 가서 짚으로 덮었다. 그사이의 동작이 놀랄 만큼 빨랐다.

그렇게 해놓고 한참을 기다리고 있는데 밖에서 소리가 났다.

"이자가 뭣을 하고 있어? 곧 두령님이 오실 건데."

하고 투덜투덜하는 소리가 있더니, 열려 있는 바깥문 앞에 서서 소리쳤다.

"복쇠야."

대답이 없으니 의아한 듯 한 번 더 불러보곤,

"이놈이 어딜 갔어?"

하고 광으로 들어섰다.

그리고 연치성이 안으로 기대 서 있는 판자문을 밀었다. 그 찰나, 연치성은 조금 전에 찾아 든 몽둥이를 그놈의 목덜미를 향해 내리쳤다.

연치성은 그놈도 아까 놈과 같은 방법으로 처치해놓고 다시 판자문에 기대섰다.

"모두들 어떻게 된 거냐?"

하고 셋째의 사나이가 나타났을 때, 연치성은 몽둥이로 후려쳐서 그놈을 뻗게 하곤 밖으로 뛰어나가며 손을 번쩍 들었다. 처녀가 통곡하기 시작했다.

그사이 연치성은 지붕 위로 기어올랐다. 울음소리가 나자 이 방 저 방에서 장정들이 튀어나와 광으로 모여들었다.

뻗어 있는 사내를 보고 모두들 놀라 저마다 고함을 질렀다. 노인의 죽음을 발견하곤 더욱 놀랐다. 이윽고 온 집 안이 술렁대기 시작했다.

"큰일났다."

"어떻게 된 거고?"

"빨리 두령님께 알려야지."

"복쇠는 어딜 갔어?"

"판돌이도 간 곳이 없구나."

소란이 한창일 때 연치성이 지붕에서 마당으로 뛰어내렸다.

마당과 마루에서 웅성거리고 있던 놈들의 혼이 빠질 지경이었다.

돌연 하늘에서 사람이 내려왔기 때문이다.

연치성이 뛰어내린 자리에 버텨 서서 고함을 질렀다.

"심 참판 나으리와 그 따님을 어떻게 했느냐."

모두들 혼을 빼인 터라 겁에 질려 멍청히 그를 바라보고만 있었다.

"빨리 말하라. 심 참판과 그 따님을 어떻게 했느냐."

다시 한 번 이렇게 외치자 겨우 정신을 차렸는지 한 놈이 입을 열었다.

"도대체 당신은 누구냐?"

"내가 누군지 알기 전에 심 참판 나으리를 내놔라."

"그런 사람 모른다. 무슨 까닭으로 그런 엉뚱한 소릴 하느냐."

그 사나이도 제법 당당하게 나왔다.

연치성이 귀를 기울이는 듯하더니,

"그럼, 저 울음소리는 뭐냐?"

하고 날쌔게 몸을 돌려 집 뒤로 돌아갔다. 그리고 열린 광문 앞에 서서,

"낭자, 빨리 이리로 나오시오."

하고 소리쳤다.

명진이 뛰어나와 연치성의 옷소매에 매달렸다.

"아버님은 어떻게 되셨소?"

"아버님은 돌아가셨사오이다."

그러자 우우 몰려온 사내들을 둘러보며 연치성이 가슴을 치며 울부짖었다.

"아아, 네놈들이 살인을 했구나. 내 장인어른을 죽였구나."

"네놈들이 성할 줄 아느냐. 살인을 할 놈들이 성할 줄 아느냐."

연치성이 계속 고함을 지르자 그 가운데서 두목인 듯싶은 사나이가 눈을 부릅뜨며 수하들에게 호통을 쳤다.

"저놈 아가리를 닫혀라. 저놈을 묶어라."

한 놈이 성큼 다가서더니 연치성의 팔을 잡으려고 했다. 찰나, 그놈의 팔이 연치성에게 되잡혀 공중을 한 바퀴 도는 듯하더니 땅바닥에 쿵 하고 넘어졌다.

이번엔 두 놈이 덤볐다. 그러나 어림없었다. 한 놈은 팔꿈치로 가슴을 채고 한 놈은 발길로 배를 채어 그 자리에 거꾸러졌다.

그렇게 되자 십 수 명이 손에 손에 몽둥이를 들고 일제히 덤벼왔다.

"낭자는 저편으로 비켜서시오."

라는 말을 해놓고, 연치성은 그 대중을 상대로 종횡무진으로 뛰기 시작했다. 그야말로 신기라고 할 수 있었다. 몽둥이로 내리치면 내리친 자가 자기의 몽둥이를 맞고 기절하는 꼴이니 모두들 제대로 덤비질 못했다.

"그놈 한 놈을 처치하지 못하느냐."

중간 두목쯤으로 보이는 놈이 마루에서 발을 구르며 호통을 쳤지만 보람이 없었다.

그러자 몇 놈이 장창을 들고 나왔다.

"창을 치워라."

연치성이 연방 몸을 날려 막으면서 고함을 질렀다.

"그 창으로써 너희들이 찔려 죽는다."

그러나 연치성의 이 말을 들을 리가 없었다. 한 놈이 연치성을 향해 힘껏 장창을 내밀었다. 연치성이 옆에서 덤비는 놈을 재빠른 동작으로 창날이 들어오는 방향으로 밀었다.

"악!"

하는 소리와 함께 그놈은 창날을 등에 맞고 쓰러졌다. 자기편의 창에 찔려 넘어진 것이다.

"이러니까 창을 치우라고 하지 않더냐."

연치성이 다시 한 번 호통을 쳤다.

"뭐라구?"

하고 또 한 놈이 창을 휘둘렀다. 그 바람에 찔린 놈은 역시 놈들 가운데의 하나였다. 그렇게 되고 보니 자기편의 창을 피해 모두들 마당 한구석으로 비켜버리고 창을 든 세 놈과 연치성이 대결하게 되었다.

세 개의 창날이 노리는 사이로 연치성이 기민하고 민첩하게 움직였다. 드디어 한 놈으로부터 창을 뺏어 들었다. 그리고 그 창으로 그놈을 찌르려고 하는 찰나,

"두령님 오신다."

하는 소리가 바깥으로부터 들렸다.

놈들은 모두 주춤했다.

연치성도 동작을 멎고 방어의 자세를 취했다.

대문을 들어선 사나이는 큰 갓에 도포를 입고 호박 속대를 한 양반 차림이었다. 그런데 마당에서 벌어지고 있는 광경을 둘러보는 눈빛은 날카로웠다. 연치성은 한눈에 그자가 이만저만한 무술가가 아님을 간파했다.

"두령님."

하고 한 놈이 사태를 설명하려고 하자,

"얘긴 나중에 듣겠다. 싸움의 결말을 내라."

하고 두령이란 자가 연치성을 쏘아보았다. 창을 든 두 놈이 와락 연치성을 덮쳤다. 전광석화의 사이였다. 한 놈의 창은 연치성의 창을 맞아 땅에 떨어지고, 한 놈은 연치성의 창날에 가슴을 찔릴 촌전의 상태가 되어 있었다.

"죽여도 좋은가?"

하고 연치성이 두령을 쏘아봤다.

"맘대로 하시오."

두령의 싸늘한 말이었다.

"나는 살생을 좋아하지 않는다."

하고 연치성이 창을 내리곤 주위를 둘러봤다. 덤벼들려는 놈은 없었다.

이때 두령의 말이 있었다.

"손님을 내 방으로 모셔라."

그러고는 두령은 그 가운데의 한 놈을 손짓해 부르더니 어딘가로 사라졌다. 연치성은 졸개 놈이 이끄는 대로 명진을 데리고 어느 방으로 들어갔다.

널찍한 방 한쪽에 산수화 병풍이 쳐져 있고 그 앞에 보료가 깔려 있을 뿐 다른 조도는 없었다. 연치성은 명진을 동쪽 벽을 향해 앉히고 자기는 명진을 등진 자세로 자리를 잡고 앉았다.

수각이 지나 두령이 들어와 보료를 피하고 연치성을 마주 보는

자리에 좌정하더니,

"무술의 기량, 출중함을 보았소."

하고 가벼운 웃음을 띠었다.

"나는 무술의 기량을 토론할 생각이 없소."

연치성이 퉁명스럽게 나왔다.

"인재를 존중하는 뜻에서 말하는 거요."

두령의 표정은 어디까지나 부드러웠다.

"죄 없는 사람을 협박하고 납치하는 주제에 인재를 존중한다 하니 심히 가소롭소."

"죄 없는 사람에게 우리가 해를 입힌 적은 없소."

"죄가 있건 죄가 없건 그런 일을 당신들이 관여할 까닭이 없지 않소."

"우리는 혼탁한 난세에 파사현정破邪顯正하기로 뜻을 세운 사람들이오."

"협박과 노략질이 파사현정과 어떻게 통한단 말요?"

"우리는 참간구빈斬奸救貧하고 있소. 나쁜 놈의 재물을 털어다가 기아에 허덕이는 빈민을 먹여 살린단 말요."

"나는 그런 토론을 듣고 있을 시간이 없소. 당신들은 내 장인인 낭자의 아버지를 죽였소. 이 일을 어떻게 감당할 것인지 말해보오."

"죽은 사람은 매장하면 그만이오."

두령의 표정은 어느덧 쌀쌀하게 굳어져 있었다.

"그 살인의 죄를 어떻게 감당할 거냐 말이오."

"내가 본바, 병사한 것이지 살해당한 건 아니오."

"무리한 행동이 그 어른을 죽게 한 원인이 된 것 아니겠소. 그러니 살인죄는 면하지 못할 것으로 보오."

"억지를 쓰는 말엔 대꾸할 입이 없소. 보다도, 당신의 신분을 물읍시다."

"살인죄를 따지는 건 차후로 미루더라도 시신을 집으로 돌려주는 도리만은 다해야 될 게 아니오."

"그 걱정은 마오. 오늘 밤 시신을 돌려줄 것이오. 한데, 알아둬야 할 것은 심 참판이 이곳에서 죽었다는 사실을 발설하지 말 일이오. 이곳에서 죽었다는 사실을 발설하면 우리는 심 참판이 왜 집밖에서 죽어야 했던가 하는 사실을 천하에 공표하겠소. 심 참판이 역적이었다는 사실을 증거와 함께 제시하겠단 말이오."

"시신에 매질하는 무엄한 짓은 없었으면 하오."

"그건 당신들의 태도에 달렸소. 살인 운운하고 억지를 쓰고 우리의 일을 발설하면 부득이 우리도 우리의 입장을 밝히겠다는 거요."

연치성이 맹렬한 비난의 말을 퍼부었으나 장삼성이란 이름을 가진 도적단 괴수의 적수는 못 되었다.

"의분이 없는 자는 장부가 아니며, 의분을 푸는 길엔 갖가지가 있다. 정사를 손아귀에 넣으려고 애쓰는 길도 있고, 식산을 일으켜 생민生民을 돕는 길도 있다. 그러나 현하의 정세를 보라. 정사는 일부 간신층에 의해 농단되었으니, 그 길은 막혔다. 식산을 일으키려고 하나 방도가 없을 뿐 아니라, 모처럼 일으켜놓아도 토색의 대상이 된다. 권력과 재물을 독점하고 있는 간신배를 그냥 두곤 장부의 의분을 풀 길이 없다. 그래 우리는 의사가 되어 간을 응징하고 도적이 되어 간의 재물을 뺏어 난민을 구하기로 작정했다. 우리의 기치는 그러므로 파사현정이고 도도불불이다. 견불의見不義하고도 속수불행束手不行하는 자는, 비록 성현의 가르침을 숭상할지라도 나는 부유腐儒라고 일컫는다. 우리는 적명賊名을 겁내지 않는다. 적이로되 의적義賊으로서 자처한다. 그리고 부유완 절대로 바꿔주지 않는다."

장삼성의 장광설은 이처럼 유창했다. 연치성이 따졌다.

"비도非道이면 불구不久가 아닌가."

"우리의 길이 결코 온전하지 못하고, 그러니 오래 지탱될 수 없다는 것도 안다. 그러나 우리의 행동이 경세警世의 보람은 다할 것이다. 인간이란 생명이 있는 동안의 인간이다. 우리는 생명이 다할 때까지 우리의 뜻을 관철한다. 왕조도 망할 날이 있는 것을, 하물며 우리의 모임이랴! 그러나 우리가 밝힌 경세의 뜻은 우리가 죽은 뒤까지 영원할 것이다."

"의를 빙자하여 사邪를 행한 증거가 바로 저 낭자를 데리고 온데 나타나 있지 않은가."

"나는 의사인 동시에 도둑이란 사실을 알아야 한다. 내게도 욕심이 있다. 심 참판을 응징해야 하되 그의 딸에겐 혹했다. 나는 아직 정실을 갖지 않은 몸, 낭자도 누군가에겐 시집을 가야 할 몸, 장부가 재원을 탐하는 게 나쁜가? 그러나 그 마음은 버렸다. 정혼한 상대가 당신이란 것을 알고도 내 어찌 연연할 수 있겠는가."

장삼성은 이렇게 말해놓고 쾌활하게 웃었다.

"생각이 정 그렇다면 낭자를 집으로 지금 곧 돌려보내도록 하시오."

연치성이 이렇게 나오자,

"그렇겐 못 해."

하고 장삼성이 험상이 되었다.

"왜 그런가."

연치성이 대들었다.

"이곳을 안 사람을 호락호락 돌려보낼 수는 없지."

"그럼 장례는 누가 치르는가."

"그런 것까지 내가 알아야 할 까닭이 없지 않은가."

"그럼 언제까지 여기 있어야 하는가."

"아직 정할 수가 없다."

"그럼 좋다."

하고 연치성이 일어섰다. 그리고 덧붙였다.

"내 힘으로 낭자를 구출하겠다."

"뭐라구?"

장삼성의 도포 소매가 들썩하는 것 같더니 연치성의 발목에 오랏줄이 걸려 있었다.

"무술은 당신만이 가진 게 아닐세."

장삼성이 오랏줄을 당겼다. 연치성은 그 자리에 도로 앉을 수밖에 없었다. 그러나 연치성은 당황하지 않았다. 침착한 솜씨로 오랏줄을 풀곤 그 끝을 장삼성에게로 던졌다.

장삼성이 오랏줄을 사려 도포 소매에 넣는데, 그 도포 소매 속에 있는 반짝이는 것을 연치성의 눈은 놓치지 않았다. 그것은 수리검

이었다.

연치성은 첫눈에 장삼성을 무술가라고 보았는데, 이번의 그의 행동은 장삼성의 무술 정도를 시험해보기 위한 짓이었던 것이다. 그 결과 장삼성이 만만치 않다는 것을 알았다.

그렇다고 해서 자기보다 월등하다고 판단한 건 아니다.

"서툰 수작은 하지 않는 게 좋을걸. 순순히 이편의 말을 들어주면 다치지 않고 풀려나갈 날이 있을 테니까."

"그럼 좋다. 나는 이곳에 당신이 시키는 대로 머물러 있을 테니까 저 낭자만은 집으로 돌아가게 해라."

장삼성이 생각하는 빛이 되었다. 그러더니 말했다.

"오늘 밤 심 참판의 시신과 함께 보내주지. 그러나 이곳에서 있었던 일을 발설한다거나 어젯밤부터의 일을 발설하기만 하면 생명이 없어질 것을 각오해야 될 거요. 당신의 생명은 물론이고."

하고 턱으로 연치성을 가리켰다.

그러고 있는 사이에 밥상이 들어왔다. 각 상으로 해서 세 개의 밥상이었다.

"빈객의 예우로서 밥상을 드리는 거요."

장삼성은 상 하나를 들어 명진 앞에 놓고 하나는 연치성 앞으로 밀어놓았다.

"진지들 드슈."

하고 장삼성이 숟갈을 들며 말했다.

"맥반소찬이라 미안하오만, 요즘 빈민들은 이렇게도 못 먹는다오. 명색이 의적이라고 자처하는 우리가 어찌 호의호식할 수 있겠소."

아닌 게 아니라 밥은 보리밥이었고 찬은 소금에 절인 나물 한 접시와 푸성귀를 넣어 끓인 국 한 사발이었다.

그러나 시장기가 든 연치성에겐 그것도 맛이 있었다. 한데 명진은 숟갈을 들려고도 하지 않고 멍청히 벽을 향해 앉아 있을 뿐이었다.

"낭자, 조금이라도 드십시오. 우선 기력을 차려야 할 것 아니오."

연치성이 이렇게 타일렀으나 명진은 끝끝내 숟갈을 들지 않았다. 아버지를 잃은 슬픔으로 식욕을 잃었는가 보았다.

밥상을 물리고 난 뒤 장삼성이 이런 말을 했다.

"심 참판에겐 미안하게 되었소. 사죄를 하죠. 따님의 슬픔, 동정합니다. 그러나 일이 이렇게 되어버린 걸 어떻게 합니까. 객사가 돼서 안됐지만 심 참판은 불원, 가실 어른이 아니었소? 당신들이 무슨 소릴 꾸며대도 나는 알고 있소. 이번 일로 해서 당신들 둘은 정혼이 된 것 같소. 그러고 보니 내가 월하빙인月下氷人*이 된 셈이오. 전화위복이란 이럴 때 쓰이는 말인가 하오. 자, 그러면 밤이 될 때까지 이 방에서 쉬고 계시구려. 무식한 사람들이 모여 있지만 실수는 없을 거요. 그리고 이곳을 빠져나가려는 무모한 생각은 않는 게 좋을 거요."

말을 마치고 장삼성은 일어서서 밖으로 나갔다. 명진은 연치성의 무릎 위에 엎드려 울기 시작했다. 연치성은 그 들먹거리는 어깨를 쓰다듬었다. 그의 눈에도 눈물이 있었다.

---

* 월하로(月下老)와 빙상인(氷上人)을 합친 말로, 혼인은 천생연분이 있다는 고사에서 비롯됨. 남녀의 인연을 맺어주는 사람.

한편, 이 무렵 최천중의 집에선 소동이 났다. 어제 낮에 나갔던 사람이 아무런 기별도 없이 밖에서 밤을 새우고 아직 돌아오지 않았으니 소동이 날 만도 했던 것이다.

구철룡을 시켜 조두순 좌의정 집엘 가보라고 했더니 어제 오후 편지를 전하고 그길로 돌아갔다는 얘기를 듣고 돌아왔다.

광장방에 있는 연치성 아버지의 한양 집에도 사람을 보냈더니 근래 연치성이 들른 적이 없다는 것이었다.

불길한 예감이 들어 최천중은 황봉련에게로 달려가보았다. 봉련의 말은 섬뜩했다.

"아무래도 무슨 함정에 빠진 것 같소."

"그렇다면 큰일이 아닌가."

그 출중한 무술가가 빠진 함정이라면 이만저만한 것이 아닐 것이었다. 황봉련은 또,

"길흉이 병재하고 있으니 생명엔 지장이 없을 것 같소."

라고도 했지만 안심이 되지 않았다.

황봉련의 연줄을 이용해서 의금부, 포도청 같은 데를 알아봤지만 거기에는 없었다.

'기생집에나?'

했지만 연치성은 그런 사람이 아니었다.

'어디서 뭇매나 맞고 갇혀 있는 게 아닐까?'

싶으니 안절부절못했다.

양생방으로 돌아온 최천중은 구철룡을 불러 조두순의 집으로부터 나온 길 근처의 사람들에게, 혹시 그 무렵 무슨 이변이 없었던

가 하고 챙겨보라는 지시를 내렸다. 구철룡과 같이 강직순과 허병섭도 가도록 했다.

구철룡은 조두순 좌의정의 집에서 나오는 두 갈래 길을 샅샅이 뒤져봤다. 골목의 양편엔 드문드문 대문이 굳게 닫힌 대갓집들이 있을 뿐 붙들고 물어볼 만한 사람도 없었다.

하는 수 없이 이 골목 저 골목을 강직순과 허병섭을 데리고 어슬렁거리고 있는데, 마침 대갓집의 상노로 보이는 젊은 사람을 만났다.

"어제 이 근처에 무슨 소동 같은 게 없었소?"

하고 구철룡이 물었다.

"이 골목에선 별일이 없었는데 저 골목에서 굉장한 일이 있었소."

하고 그 상노는 신이 나서 설명을 했다. 젊은 선비의 무술은 귀신이 탄복할 지경이더라고 입에 거품까지 뿜었다. 바로 그 사람이 연치성임에 틀림없었다.

"그래 어떻게 됐지?"

"우리 대감 댁까지 왔소."

"그러고는?"

"눈 깜짝할 사이에 없어졌소. 아마 둔갑술을 하는 사람인가 봐요. 쫓았지만 온데간데가 없었어요."

"당신 대감 집은 어디요?"

"저어기요."

구철룡은 그 상노를 따라 송 대감 집 앞에까지 왔다.

"혹시 이 집 안에 그 사람이 있는 게 아닐까?"

"아니라요. 그 사람은 갔어요."

하고 있는데, 대문 안에서 나온 장정이 덥석 구철룡의 멱살을 잡았다.

"옳지, 이놈이 어제 행패를 부린 놈과 한패거리구나."

구철룡은 꼼짝없이 그 집으로 붙들려 들어갔다. 허병섭과 강직순은 겁을 먹고 도망쳐 나왔다.

구철룡은 꽁꽁 묶인 채 대청 앞뜰로 끌려 나갔다.

"네 이름이 뭐냐?"

"구철룡입니다."

"어디에 사느냐?"

"묵정동에 삽니다."

"뭣을 하는 놈이냐?"

"지전 일을 보다가 지금은 아무것도 안 합니다."

"어제 여기에 왔던 놈과 한패거리지?"

"어제 누가 왔길래 그러십니까, 난 모릅니다."

"그런데 왜 그놈 일을 꼬치꼬치 물었나?"

"어제 이 근처에서 대판 싸움이 벌어졌다는 소문이 있기에 그저 재미삼아 물어본 겁니다."

"네 이놈, 거짓말 말고 바로 대라!"

대감의 고함이 쩡쩡 울렸다.

"참말입니다. 그것뿐입니다."

"저놈을 쳐라!"

명령이 내리자 장정 하나가 다가서더니 곤장으로 구철룡의 어깨를 후려쳤다. 구철룡이 비명을 질렀다.

"어제 온 그놈의 이름이 뭣이고 어디에 살고 있는지 바른대로 대

라. 바른대로 대지 않으면 네놈은 뼈도 남지 않으리라."

사정없이 곤봉이 등을 쳤다. 구철룡이 마당에 뒹굴었다. 그러면서도 그는 이를 악물었다. 연치성의 이름과 거처를 말해선 안 된다는 것을 본능적으로 직감했던 것이다. 그런 까닭으로 구철룡은 무수하게 얻어맞고서도 입을 열지 않았다.

"그놈 고집이 여간 아니로구나. 요즘 장안을 어지럽히는 도둑떼의 한 놈인지 모를 일이다. 매우 쳐라!"

이윽고 구철룡은 피투성이가 된 채 정신을 잃고 말았다. 물을 퍼부어도 깨어나지 못했다.

"강단이 있는 놈인 걸 보니 반드시 무슨 곡절이 있는 것 같다. 저놈을 챙기면 도둑놈들의 소굴을 찾아낼 수 있을지도 모른다."
하고 송 대감은 다시 국문을 계속하라고 했지만 죽은 사람에게 매질하는 꼴이 되었다.

"정신을 차린 뒤에 하면 어떨까 합니다."
하는 장정의 말이 있자,

"광에 가둬두라."
하는 분부가 내려졌다.

허병섭과 강직순으로부터 구철룡이 잡혔다는 소식을 듣자 최천중은 더욱 당황했다. 연치성도 그 집에 잡혀 있을지 모른다는 생각이 들었다. 그 상노가 '그 사람은 갔다'고 되풀이했다는 것이 알조 아닌가.

'확실히 무슨 일이 있었던 거다. 아아, 이 일을 어떻게 한담.'

아무튼 섣불리 시작할 일은 아니었다. 최천중은 마음이 바빴지만 우선 사직동 권 진사의 집을 찾아갈 생각을 했다. 권 진사를 통해 송 대감 집의 동정을 살펴볼 작정이었던 것이다.

양생방 집을 나와 최천중은 휘청휘청 육조 앞 길을 걸어갔다. 혼이 빠진 것 같은 허탈 상태였다. 송 대감 집에 붙들렸다면 연치성이나 구철룡은 병신이 될 만큼 얻어맞았을 것이다. 그걸 생각하니 가슴이 뭉클했다.

'하기야 연치성은 그런 봉변을 당할 위인이 아니지.'

하고 희망적인 생각을 돋우어보려고 했지만 마음은 자꾸만 어두워졌다.

'아아, 이 일을 어떻게 한담!'

최천중으로부터 사정 얘기를 듣자, 권 진사는 팔짱을 끼고 생각에 잠겼다. 생각하는 시간이 너무나 길었다. 최천중은 조바심이 나서 물었다.

"진사님과 송 대감은 서로 친한 사이가 아닙니까?"

"친한 사이이긴 하지. 그렇지만서두….."

"친한 사이라면 뭐 그렇게 어려워하실 게 있습니까?"

"아냐. 송 대감은 청백한 그만큼 법도에 대해선 지나칠 정도로 엄한 어른이다. 더욱이 자기가 모욕을 당했다고 생각하면 한 치의 관용도 없는 사람이야. 청이각淸而刻*이면, 백성이 생로生路를 잃는다고 했는데 그건 바로 송 대감을 두고 하는 말이다."

---

* 깨끗하지만 각박하다.

"그러나 제 사정을 봐서 한 걸음 해주셔야겠습니다."

최천중의 호소는 간절했다.

권 진사는 그 호소에 못 이겨 일어서서 도포를 입고 관을 고쳐 쓰면서 다음과 같은 얘기를 했다.

"십 년 전쯤의 일이지. 당시 영상이었던 정 대감이 송 대감한테 상노를 심부름 보낸 일이 있었지. 그런데 그 상노가 영상인 자기 상전의 위세를 업고 한 짓이었는지 원래 경망해서 그랬는지는 몰라도 청하배를 하지 않고 불쑥 편지를 내밀었다. 당시 송 대감은 동관의 참의였으니 영상의 친서를 받았으면 상노의 그만한 무례쯤은 아랑곳할 것 없이 그저 황공해야 하는데, 송 대감은 그 상노를 붙들어 놓고 심한 매질을 했다. 결국 전갈을 받고 정 대감 집 사람들이 와서 백배사죄하고 그 상노를 떠메고 갔다는 거다."

"그래도 정 대감은 가만있었습니까?"

"어떻게 하겠나? 상노 하나를 두고 말썽을 일으킬 수도 없지 않은가. 그리고 정 대감은 원래 관인*한 사람이라서 별일 없이 지나쳐 버렸지."

"관인하기로서니 자기의 수족같이 쓰는 하인의 봉변을 그냥 보아 넘긴대서야 어디 인정이 그럴 수가…."

"원래 그 상노가 무례했던 것이니 어떻게 하겠나? 하여간 송 대감이란 사람은 그런 사람이란 얘기다."

권 진사는 내키지 않는다는 기분을 전신에서 뿜어내며 대청을

---

* 寬忍: 너그러운 마음으로 참음.

내려섰다.

　상노가 달려와서,

　"교군을 대령할깝쇼?"

하자 권 진사는,

　"여기서 삼청동은 지척인데 교군은 필요 없다."

하고 씁쓸하게 답했다.

　"저도 같이 동행하겠습니다."

　최천중이 뒤따르자 권 진사는,

　"자넨 여기서 기다리게. 또 무슨 봉변이 있을지 모르는 일 아닌가."

하고 하인 하나를 데리고 대문을 나섰다.

　최천중은 힘없이 돌아와 대청에 앉아 멍청히 하늘을 쳐다봤다. 푸른 하늘에 흰 구름이 소리 없이 흘러가고 있었다.

　어디선가 벌레 소리가 들렸다.

　'구철룡이 병신이 되지나 않았을까?'

하는 걱정이 겹쳐,

　'연치성은 어디로 갔단 말인가, 무슨 탈이…'

　뒤이어지는 불길한 추측을 얼른 지워버렸다. 만일 연치성과 구철룡의 신상에 무슨 변이라도 있다면 그 불행을, 그 슬픔을 감당하지 못할 것 같은 두려움으로 최천중의 가슴은 쥐어짜는 듯 아팠다.

　"권 진사께서 이게 웬일이십니까?"

　송 대감이 반기는 것은 막상 의례적인 태도만은 아니었다.

"지나는 길에 한번 들러본 것입니다. 그동안 인사도 없이 미안했습니다."

송 대감이 다섯 살 연하였지만, 권 진사는 이렇게 깍듯이 경어를 썼다. 상대방의 벼슬에 대한 경의라고 할 수 있었다.

피차간의 집안에 관한 문안의 말이 오고간 후 송 대감이 물었다.

"그런데 뜻밖의 행차를 하신 건 무슨 까닭입니까?"

권 진사는 섣불리 그 일을 입 밖에 내놓을 수가 없어,

"세상 되어나가는 일이 어떤지 궁금하기도 하고, 송 대감의 근황도 살펴볼 겸 문안한 것이지 타의는 없소이다."

하고 얼버무렸다.

"황공하기 이를 데 없는 말씀입니다."

송 대감은 자족한 듯 웃음을 띠고 하인을 불러 주안상을 차려 오도록 일렀다.

"작폐*하러 온 건 아닙니다. 괘념 마십시오."

권 진사는 사양했으나,

"아닙니다. 때마침 고향에서 송순주를 가지고 왔습니다. 그래서 진사님의 음미를 부탁하고자 하는 뜻도 있습니다."

하고 송 대감은 술상을 재촉했다.

세상 얘기로 화제가 돌았을 무렵 술상이 나왔다. 한 잔을 받아 마신 권 진사는 술보다도 그 송순의 향에 취했다.

"가히 귀댁의 송순주는 신선주라고 할 만합니다."

---

* 폐를 끼침.

권 진사는 감탄했다.

"과찬의 말씀을."

그러나 송 대감은 권 진사의 찬사가 듣기에 좋았던 모양으로,

"이 송순주는 제 선친께서 각별히 좋아하셨던 술이라서, 매년 이맘때가 되면 고향에선 정성껏 이 술을 빚습니다."

하고 내력을 설명했다.

원래가 호주하는 권 진사는 사양 없이 서너 잔을 마셨다.

취기가 얼근하게 전신을 감싸는 기분이 되었을 때, 다음과 같이 말을 꺼냈다.

"들어오면서 보니, 바깥사랑 근처에 꽤 많은 장정들이 모여 있는 것 같던데 혹시 무슨 경사라도 있는 것 아닙니까?"

"경사가 있으면 왜 권 진사께 알리지 않겠습니까?"

하더니 송 대감은 살큼 미간을 찌푸렸다.

"말씀드리기 거북하지만, 바로 어제 맹랑한 일이 있었습니다."

"맹랑한 일이라니, 무슨 그런…?"

권 진사는 부러 놀란 표정을 지었다.

"창피한 일입니다."

송 대감은 뱉듯이 이렇게 서두를 꺼내곤 말을 이었다.

"엊그제 제 자식 놈이 며느리와 함께 처가엘 갔다 오는 길에 어떤 놈의 침노가 있었습니다. 그런데 그놈이 보통 놈이 아니더라, 이겁니다. 장정 십 수 명이 달려들었는데도 잡질 못했습니다. 아마 근간에 장안을 어지럽게 하고 있는 화적떼의 패거리가 아닌가 합니다. 어떡하든 그놈을 잡아들이라고 포도청에 일러는 놓았습니다만,

아직 소식이 없습니다. 그러나 한 놈은 붙들어두었습니다. 이 근처에서 얼쩡거리는 놈을 잡아 국문을 했는데, 이놈이 자기 패거리의 이름은커녕 무엇을 하는 놈인지도 밝히지 않습니다. 심한 국문을 했는데도 이름마저 대지 않는 걸 보면 기필 무슨 까닭이 있는 놈 아니겠습니까?"

송 대감의 말이 이러니, 권 진사는 자기의 용건을 꺼낼 엄두도 낼 수가 없었다. 그래서 기껏 한다는 말이 이랬다.

"그렇게 심한 국문을 해도 말을 하지 않는다면 혹시 그자는 벙어리일지도 모르는 일 아닐까요?"

"벙어리는 아닙니다. 그놈이 우리 아랫것한테 어제 있었던 일을 물었다고 하니까요."

권 진사는 더욱 말문이 막혔다. 권하는 술만 받아 마셨다. 그러면서도 이대로 그냥 돌아갈 수 없다는 마음으로 가슴 졸였다.

"내가 알 까닭이 있겠습니까만, 괜히 억울한 놈 붙들어 경을 치다가 모처럼 덕문德門으로 알려진 귀댁이 실인심失人心이나 할까 두렵사옵니다."

"결단코 그런 일은 없을 겁니다. 어제의 그놈과 지금 붙들어놓은 그놈 사이에는 기필 관련이 있습니다. 그렇지 않으면 무엇 때문에 이 근처에서 얼쩡거리며 그 후의 동태를 알아내려고 했겠습니까? 그놈이 행패를 부리고 돌아가서 그 뒤 어떻게 되었는가, 즉 몇 사람이나 죽었는가, 앞으로 어쩔 작정으로 있는가를 알아내려고 보낸 게 틀림없습니다."

송 대감은 자신만만했다.

"그건 그렇다 치고 앞으로 그놈을 어떻게 할 작정입니까?"

"오늘 밤에라도 한 번 더 국문을 해보고 포도청으로 넘기든지 우리 집 광에 가둬두든지 할 작정입니다. 두고 보십시오. 그놈을 단서로 해서 화적떼를 일소하고 말 테니까요."

"혹 화적떼가 아니면 어떻게 하시렵니까?"

"화적떼가 아니면 어떻게 하느냐구요?"

송 대감도 얼근하게 취한 탓인지 언성이 높아졌다.

"화적떼가 아닐 까닭이 없습니다. 화적 아닌 놈이 어떻게 양반에게 덤벼듭니까? 한 길 반이나 되는 담장을 어떻게 뛰어넘습니까? 십 수 명 장정이 포위하고 있는데도 당당하게 버티어 서서 내 앞에 무엄한 응수를 할 수 있겠습니까? 진사께서도 그런 꼴을 당하면 억장이 무너질 겁니다. 창피해서 말을 못 하겠습니다만…. 하여간 그놈은 화적의 패거리입니다. 포도청이 쉽사리 놈들을 잡지 못하는 까닭도 알 것 같구요. 비상한 놈이었으니까요."

"도대체 어떻게 생긴 놈이었습니까?"

권 진사가 건성으로 물었다.

"이상한 일입니다. 키는 작지도 크지도 않은, 드물게 보는 미장부였으니까요. 나는 평생 그런 얼굴을 본 적이 없습니다. 여자가 되었다면 천하의 미인이 되었을 그런 얼굴이었으니까요. 악인이 미상美相을 지니면 요기를 발한다는 말이 있는데, 그놈의 몸에선 요기가 발하고 있었습니다. 담대하다고 자처하는 난데도 등골이 오싹했으니까요."

이때다 싶어 권 진사가 말했다.

"그렇다면 요인妖人이라고 할 수밖에 없는데, 그런 요인의 한패거리를 가둬놓으면 귀댁에 화가 미칠지 모릅니다. 풀어주시오."

"천만의 말씀입니다. 나는 그놈을 미끼로 화적떼를 유인해서 박살을 낼 작정입니다. 권 진사가 보셨다는 바깥사랑의 장정들은 그 목적으로 모은 당당한 무술가들입니다."

결국 권 진사는 저녁 식사까지 대접을 받을 만큼 버텨 앉아 기회를 노렸지만 결정적인 말 한 번 꺼내보지 못하고 돌아왔다. 하인의 부축을 받으며 대문을 들어선 권 진사는 마중 나온 최천중의 초조한 얼굴을 보곤 나직이 중얼거렸다.

"술만 실컷 얻어먹었다. 그 말을 끄집어내지도 못했어."

방으로 들어와 좌정했을 때 최천중이 물었다.

"무슨 방법이 없겠습니까?"

"화적의 한패거리로 몰고 있는데 어떻게 하겠어."

"화적으로요?"

최천중의 얼굴에서 핏기가 가셨다. 화적으로 몰린다는 것은 참斬을 당해 효수된다는 뜻이었다.

권 진사는 띄엄띄엄 송 대감의 말을 전했다. 요인 운운한 것은 연치성을 가리켜 하는 말이 틀림없었다. 그런 가운데서도 연치성이 붙들리지 않았다는 사실을 안 것만은 불행 중 다행이었다.

'그렇다면 연치성은 어디에 가 있단 말인가!'

최천중은 자리에서 일어설 수밖에 없었다.

"힘이 못 되어 미안허이."

권 진사의 말을 뒤로 듣고 최천중은 그 집 대문을 나섰다. 칠흑의 밤이 깔려 있었다.

　최천중은 잠깐 동안을 서 있다가 어둠에 눈이 익숙해지자 천천히 걸음을 떼어놓았다.

　육조 앞으로 해서 다동골로 접어들었다. 우선 불빛이 그리웠던 것이다.

　여란의 집을 찾았다.

　여란은 버선발로 뜰에 내려서며 반기다가 최천중의 너무나 음울한 표정에 놀랐다.

　"나으리, 어떻게 된 것입니까요?"

　"빨리 술상이나 차려 오구려."

　최천중은 퉁명스럽게 한마디 하고 마루로 올라갔다.

　까닭을 알고 싶어 하는 여란의 물음엔 아랑곳하지 않고 두어 잔 술을 들이켠 후 최천중이 물었다.

　"여란이, 화적 얘기 들은 적이 있나?"

　"지금 장안이 화적 얘기로 들끓고 있는데 왜 듣지 못했겠어요?"

　"좀도둑이 끓는다는 소리는 듣지 못했는데."

　"그건 나으리께서 한양을 오래도록 비워둔 까닭이에요."

　"그럴는지도 모르지."

　"하기야, 소문엔 높은 대관들 집만 턴다는 거예요. 그런데 모두들 쉬쉬하는 바람에 아는 사람이나 알까, 모르는 사람이 많을지도 모르죠."

　"화적에 털리고도 쉬쉬한다?"

　"그렇다는 얘기예요."

"그것 참 이상하군. 한데, 화적이면 두목이란 게 있어야 할 것 아닌가. 누가 두목이래?"

"장삼성, 장삼성이라고 했지 아마…"

"장삼성? 듣지 못했던 이름이군. 물론 별명이겠지만."

여란은 술좌석에서 손님들로부터 들은 얘기라면서, 장삼성은 무술에 탁월한 미장부이며 대관들 집 재산을 털어선 가난한 사람을 도와주는 의적이라고 했다.

'무술에 탁월한 미장부면 바로 연치성 아닌가. 그가 장삼성일 순 없구…'

혹시 연치성이 장삼성으로 오인 받아 관에 붙들린 것이나 아닐지 최천중은 답답해서 견딜 수가 없었다.

여란의 집에서 나온 최천중은 일단 집에 들렀다. 연치성의 소식은 없었다. 그는 선 자리에서 집을 나와 회현동 황봉련에게로 걸음을 떼어놓았다.

대강의 사정을 알고 있는 황봉련은 황봉련대로 가슴을 태우고 있는 터였다.

"이젠 임자의 신통력밖엔 믿을 것이 없소이다."

하고 최천중은 술을 청했다.

"벌써 많이 드신 것 같은데요."

하면서도 황봉련은 조촐한 술상을 차려 내왔다.

"보세요, 나으리. 뜻하지도 않은 일이 생기지 않았소. 그러니 매사에 조심해야 합니다. 그런 뜻으로 이번 일은 좋은 교훈이 되는 거예요."

황봉련이 술을 따르며 한 소리다.

"구철룡이나 살려놓고 그런 충언을 하시구려."

최천중은 거칠게 술잔을 들이켰다.

"그럴 때의 당신은 꼭 아기 같구려."

하고 황봉련이 미소를 띠었다.

"아기가 아니면 또 어떻게 하겠소? 만일 그놈에게 무슨 탈이 나 있으면 나는 견딜 수가 없을 것 같소."

"세상일엔 마음대로 되는 것도 있고 마음대로 안 되는 일도 있는 거예요. 마음대로 안 되는 일을 두고 노심초사한들 무슨 소용이 있겠어요?"

황봉련이 침착하게 말하자 최천중의 얼굴에 노기가 서렸다.

"지금 철룡이가 죽을 등 살 등 하고 있는데 임자는 그런 태평한 소리를 늘어놓을 수 있단 말요?"

"경우가 그렇다는 얘기지요."

"경우고 뭐고 다 집어치우고 구철룡을 살려낼 궁리나 합시다."

황봉련은 눈을 아래로 깔고 한동안 생각에 잠기는 듯하더니 얼굴을 들었다.

"송 대감은 강직, 청백, 거만하기로 소문이 나 있는 사람이오. 내 당에도 일절 잡인을 들이지 않는 것으로 이름이 나 있구요. 그러니 나로선 손을 쓸 수단이 없어요."

"그러니까 당신은 이 일엔 참견 않겠단 얘기로구려."

"그렇게 흥분하실 게 아니라 얘기를 끝까지 들으세요."

하고 공손한 몸짓으로 술을 따르고 난 황봉련이 다음과 같이 말했다.

"구철룡이 액사할 그런 상을 지녔어요? 그렇지 않죠? 구철룡이 병신이 될 상을 지녔어요? 그렇지도 않죠? 그렇다면 지레 겁을 먹을 게 아니라 찬찬히 방법을 생각해야 할 것 아뇨."

"그 생각이 나질 않는다 이거요."

최천중의 풀이 죽은 소리였다.

황봉련은 어이가 없다는 듯, 그러한 최천중의 태도를 보다가 물었다.

"이 일이 있게 된 시작은 조 대감에게 편지를 전한 데 있지 않소?"

"따져보면 그렇지."

"송 대감이 연공과 구철룡을 화적으로 몰고 있다는데, 조 대감은 자기에게 편지를 전한 사람이 화적이 아니란 사실을 알고 있을 게 아녜요?"

"그렇겠지."

"그렇다면 수월한 일 아녜요? 내일 새벽에라도 조 대감을 찾아가, 며칠 전 편지를 전한 사람의 동생이 송 대감 집에 화적으로 몰려 붙들려 있으니 풀어달라고 하면, 미원촌에서 편지를 보낸 조 진사의 체면을 봐서도 서둘러줄 것 아니겠어요?"

황봉련이 차근차근 말하는 것을 듣고 있으니 오늘 오후 권 진사를 찾아갈 것이 아니라 조 대감을 찾아갔어야 했다는 후회가 일었다.

사실 황봉련의 말 그대로인 것이다.

조 대감은 자기 친척의 편지를 전한 사람을 화적이라고 생각할 리가 없고, 따라서 그 아우를 화적 취급할 리가 없다. 송 대감이 아무리 콧대가 세기로서니 조 대비의 동생이자 측근인 조 대감의 청을 소홀히 할 순 없을 터였다.

그래 마음을 놓으면서도 연치성의 일이 여전히 궁금했다.

"그런데 도대체 연치성은 어떻게 되었을까?"

"그분 걱정은 할 필요가 없을 거예요. 부득이한 사정으로 잠시 몸을 피하고 있을 뿐이지, 별일 없을 테니까요."

황봉련의 말을 듣고 보니 그럴듯했다. 연치성과 같은 기량을 가진 사람이 호락호락 궁지에 몰릴 까닭이 없는 것이다. 최천중은 다소 마음이 놓이기도 해서,

"혹시 임자, 장삼성이란 이름 들은 적이 있소?"

하고 물었다.

"소위 의적이라고 뽐내고 있다는 사람 말인가요?"

"그렇다고 하더구먼."

"듣건대 고관대작들을 상대로 하는 도적이라고 하대요. 보통 도둑은 아닌 것 같아요. 그렇지만 소문만 그렇게 나 있는 건지 사실인지 알 수가 있나요? 세상엔 별의별 뜬소문이 돌아다니고 있으니까요."

"무술이 출중한 미장부라고 하니 우리 연치성이 그 장삼성으로 오인되어 화를 당하고 있는 게 아닌가 하는 생각도 들거든."

"그렇지 않을 거예요."

"하여간, 그 장삼성인가 하는 도둑의 두목이 마음에 걸려."

"아까도 말했지만, 뜬소문일지도 몰라요. 어떻게 그렇게 얘기책에나 나오는 것 같은 사람이 실제로 있을라구요."

"난세가 되고 보면 기상천외의 일이 생기듯 기상천외의 사람도 나타나는 거요."

"당신과 같은?"

"이 사람이."

하고 최천중은 팔을 뻗어 황봉련의 어깨를 안았다. 봉련이 쓰러지 듯 최천중의 품 안으로 들어왔다. 그 눈엔 정염이 타고 있었다.

"당신이 원망스러워…."

하는 탄식이 봉련의 입에서 새어나왔다.

"그건 또 왜?"

"광풍에도 임의 생각, 노도에도 임의 생각, 내 마음은 오직 한곳 으로 쏠려 있는데 당신의 마음은 갈래갈래 나누어져 걷잡을 수 없 으니…."

"장부의 마음은 대수大樹와 같은 거요. 대수의 가지가 아무리 많고 그 잎이 무성하기로서니, 그 근간은 하나일 수밖에 없는 것이 오. 그처럼 내 마음의 뿌리는 오직 임자에게 박혀 있단 말이오."

이윽고 그들의 애희愛戱는 서장序章으로 들어섰다.

맥맥하고 무진한 사랑의 샘! 최천중과 황봉련은 드디어 모든 것 을 잊고 서로의 사랑만을 확인하는 것이었다.

이 무렵, 연치성은 시련의 고비에 있었다.

밤이 되자 집 안팎이 술렁대는 것 같더니 소두목인 듯싶은 사나 이가 연치성을 불러냈다. 연치성이 밖으로 나가면 명진 혼자 방에 남게 된다. 그것이 불안해서 연치성은 망설였다.

그런 마음의 동요를 알아차린 듯, 소두목은 빙그레 웃으며 말했다.

"두령님으로부터 당신들 두 사람에게 극진한 대접을 하도록 분부를 받았소. 그러니 아가씨 혼자 여기 남는다고 해도 두려워할 일은 없소. 그리고 잠깐 나가 시신의 입관을 보아달라는 것이지 다른 뜻은 없소."

"그럼 여기서 입관한단 말요?"

연치성이 다급하게 물었다.

"별도리가 없소. 심 참판의 시신을 거적때기에 싸서 옮길 순 없잖소. 댁에 가서 개관改棺을 하시더라도 우리들은 우선 관을 준비했소. 관에 넣어 운구해야 할 것 아뇨."

"그럼 내 잠깐 나가서 입관을 지켜보고 올 테니, 여기서 기다리시오."

하고 연치성이 일어섰다.

향목으로 된 관은 격식에 맞았다.

심 참판의 시신을 염을 하지 않은 채 입관하고, 못질 대신 밧줄로 동여 운구할 수 있도록 마무리지을 때까지 연치성은 그저 허허한 감정으로 지켜보았다. 어쩌다 말려든 일이지만, 일이 이렇게 되었으니 끝까지 보살펴주어야 한다는 책임감을 느끼지 않을 수 없었다.

"초경이 지나면 거동할 거요."

하는 말과 아울러, 그때까지 방에 가 있으란 말을 듣고 연치성은 명진의 곁으로 돌아왔다.

소리를 죽여가며 울고 있는 명진의 모습은 애처롭기 한이 없었으

77

나 위로의 말 같은 것은 하지 않았다. 말이 필요한 경우가 아닌 것이다.

술렁거리던 집 안이 다시 고요하게 되었다. 수십 명은 넘게 있는 듯싶은 집이 이처럼 고요할 수 있다는 것은, 그만큼 도당徒黨들의 훈련이 잘되어 있다는 쪽으로 풀이할 수 있었다. 연치성은 장삼성이란 사람에게 대해 새삼스럽게 두려움을 느꼈다. 장삼성은 점심을 같이 한 후,

"모든 것을 잘 일러두었으니 심 참판의 시체와 함께 오늘 밤 돌아가도록 하시오. 어떤 일이 있어도 나와 상관이 있었다는 말을 발설해선 안 될 것이오. 어쩌다 인연이 있으면 또 만날 날이 있겠죠."

하는 말을 남겨놓고 떠나버렸는데, 곰곰이 생각하니 이편의 가슴을 열어 그의 사람됨을 좀 더 살펴보았어야 할 것을 하는 아쉬움이 남았다.

밤이 깊어가는 소리가 들리는 듯했다. 연치성은 울다가 지친 듯 숙인 머리를 벽에 기댄 채 앉아 있는 명진의 안타까운 모습을 보다가, 천장을 쳐다보다가, 바깥 동정에 귀를 기울이다가 하며 시간이 가기만을 기다렸다.

대문이 열리고 닫히는 것 같은 소리가 들리더니 뭔가 심상찮은 동정이 느껴졌다. 이곳저곳으로 흐트러지는 발자국 소리, 소곤대는 말소리, 연치성의 판단으로선 대단히 당황하고 있는 듯한 동정이었다.

연치성의 신경도 자연 곤두서지 않을 수 없었다. 도포자락을 걷어 올려 허리춤에 차고, 철추가 들어 있는 주머니를 살그머니 풀어 거기에 바른손을 집어넣은 자세로 문 쪽을 응시했다. 가벼운 기침

소리와 함께 장지문이 열렸다. 홍가란 소두목이 방안으로 들어섰다.

"큰일났소."

방바닥에 앉자마자 소두목이 한 말이었다.

"큰일이라뇨?"

연치성이 침착하게 되물었다.

"아무래도 오늘 밤의 거동은 안 될 듯하오."

소두목의 대답이었다.

"까닭을 말해보시오."

"어찌된 영문인지, 삼청동 일대에 군관들이 물샐틈없이 깔려 있다는 전갈이 방금 들어왔소."

"…."

"포도청의 포졸들만이 아니라 훈련단원의 병사까지 합세해 있다고 하니, 오늘 밤의 운구는 안 될 것 같소."

"그렇다면 우리를 놓아주지 않겠다는 말이오?"

연치성의 말에 약간의 노기가 섞였다.

"우리가 놓아주지 않겠다는 것이 아니라, 사정상 운구가 불가능하게 되었다는 얘기일 뿐이오."

"그럼 당신에게 운구를 부탁하지 않겠소. 내게 맡겨두면 사람들을 데리고 와서 운구하겠소."

"그건 안 되오. 이곳엔 외인이 드나들 수 없게 돼 있소. 두령님의 분부도, 어떤 일이 있어도 심 참판의 시신은 우리가 댁에까지 운구하라는 것이었소."

"두령님을 만나게 해주시오."

"두령님은 계시질 않습니다."

"여기 없어도 있는 곳은 알 것 아니오?"

"지금 이 시각엔 연락을 할 수 없게 돼 있소."

"결국 나와의 약속을 지킬 수 없다는 얘기가 아니오? 나는 장 두령이 그런 사람이라곤 생각하지 않았소."

"우리가 약속을 지키지 않으려는 것은 결단코 아니오. 제반 사정이 그렇게 되었다는 거요. 오늘 밤 우리가 거동하면 기필 무슨 사건이 일어나고 말 것이오. 우리는 필요 없는 소란을 일으키지 않는 것을 방침으로 하고 있소."

하고 홍가란 소두목은 다음과 같이 설명을 보탰다.

"믿기 어려운 일인데, 어제 낮 송 대감 집에 화적 한 사람이 들어 행패가 있었다오. 그랬는데 오늘 그 패거리로 보이는 또 한 사람이 어제 일을 물으려 송 대감 집 동정을 살폈다는 거요. 그래서 그 사람을 송 대감 집에 붙들어두고 국문을 하는 판인데 붙들린 사람은 좀처럼 입을 열지 않는 모양이오. 송 대감은 그자를 붙들어두었으니 그 패거리가 나타날 것이라고 해서 군졸을 삼청동 일대에 풀어 놓은 모양이오. 챙겨보니 우리 일당 가운덴 붙들린 사람이 없었소. 아마 다른 파가 또 있는 모양인데, 말하자면 우리는 그 화 중엔 끼기 싫다 이거요."

연치성의 얼굴에서 핏기가 가셨다. 그는 단번에 사태를 파악했다. 조 대감 집에 심부름을 갔다가 자기가 돌아가지 않았으니 최천중이 구철룡, 강직순, 허병섭 가운데 누군가를 시켜 그곳으로 보내 본 것이 화근이 되었으리라는 것을.

순간 연치성은 송 대감 집에 붙들려 있는 사람을 빼내 오려면 장삼성의 힘을 빌릴 수밖에 없다는 생각을 했다. 그래 연치성은 어제 있었던 일을 간략하게 설명하곤,

"장 두령을 만나게 해주시오."

하고 간청했다.

"그건 안 될 일입니다."

소두목의 대답은 냉정했다.

"장 두령의 말을 듣건대 당신들은 의리를 위해선 수화도 불사한다고 했소. 그런데 억울한 처지를 당하고 있는 사람을 구해달라 하는데 어떻게 그렇게 냉정할 수가 있소?"

연치성의 말소리가 흥분으로 말미암아 떨렸다.

"억울한 사람이 세상에 어디 한두 사람이겠소. 선비가 만일 우리의 일당이면 또 모르되, 그렇지도 않은 사람을 위해서 우리는 경경히 거동할 수 없소."

소두목의 말에는 일리는 있었다.

"하여간 장 두령을 만나게 해주시오. 의논이라도 해봤으면 하오."

연치성은 애원하다시피 했다.

"법도라는 것이 있소. 우리들 사이에서는 지금 이 시각에 그런 일로는 결단코 두령님께 연락할 수가 없소."

"그렇다면 나를 이곳에서 풀어줄 수 없소?"

연치성이 비장한 각오를 얼굴에 비쳤다.

"원하신다면 언제라도 나가시오. 당신과 낭자를 돌려보내는 것은 두령님이 이미 분부하신 일이니까요. 그러나 저기 있는 시체는 어

떻게 하실 거요?"

소두목은 명진 쪽으로 시선을 던지며 선선히 말했다.

"그렇게 다급한 일이 있다면 뒷일은 괘념 마시고 떠나도록 하세요."

명진이 한 말이었다.

"낭자, 낭자도 나와 같이 갑시다."

"…"

"그렇게 하시오. 낭자를 두고는 이 선비가 떠나지 못할 것이 아니겠소."

소두목도 이렇게 거들었다.

"그러나 어찌 아버지의 시체를 두고…"

"낭자가 나와 같이 가시지 못하겠다면 나도 여기 머물러 있을 수밖에 없소."

연치성의 말은 간절했다.

"여기 계셔도 상주 노릇을 못 하시는 형편이 아닙니까. 지금 이 선비는 심정이 대단히 급한가 보오. 심 참판의 시신은 우리가 잘 지켜드릴 터이니 내일 낮에라도 오셔서 운구하실 작정을 하고 같이 떠나시오."

소두목의 이 말이 명진을 일으켜 세웠다.

방밖으로 나왔다. 뜰은 캄캄했다. 방방에 사람들이 들어 있을 터인데도 이제 막 있다가 나온 방을 제외하곤 불빛이란 없었다.

대문을 열기에 앞서 소두목의 나직한 말이 있었다.

"내일 사람을 데리고 와서… 되도록 밤이 좋을 거요. 남의 눈에 띄지 않게 운구해 가십시오. 그런데 우리를 원망하지 마십시오. 심 참판의 죽음은 자결이며, 그 자결의 원인은 딴 곳에 있소. 그리고 우리에겐 심 참판을 따져보아야 할 까닭이 있소. 그의 죽음으로 해 서도 끝낼 수 없는 일인데도 우리 두령께서 당신의 출중한 무술과 사람됨을 가상히 여겨 관대한 처우를 한 거요. 아침에 두령님이 말 씀하신 것처럼, 앞으로 우리와의 상관을 어떤 일이 있어도 발설해 선 안 될 것이오. 만일 이 언약을 어길 땐 다른 의미로 당신을 찾 을 날이 있을 것이오."

말이 끝나자 대문이 소리 없이 열렸다. 그리고 두 사람이 밖으로 나오자 문은 소리 없이 닫혔다.

어두운 길을 손을 잡고 내려오다가 두 남녀는 잠깐 동안 섰다. 어디로 가야 하느냐를 결정짓기 위해서였다. 군졸이 깔려 있다는 삼청동으로 갈 수는 없는 일이고, 연치성이 다급한 사정이 있었으 니 행방은 그로써 정해질 수밖에 없었다.

연치성의 목소리를 듣고 뛰어나온 강직순과 허병섭은 대문을 열 기가 바쁘게 그에게 매달려 울음을 터뜨렸다. 그러다가 바로 뒤에 서 있는 여인의 모습을 보자 움찔하는 눈치였다.

긴 설명을 할 것도 없이 연치성은 명진을 내당으로 데리고 들어 가 축담에 서서 대강의 사정을 숙녀에게 알렸다. 그렇게 명진은 숙 녀에게 맡겨놓고 사랑으로 나온 연치성은 강직순, 허병섭으로부터 소상한 경과 설명을 들었다.

송 대감의 집 구조는 이미 알고 있는 터이라, 연치성은 단신으로 그 집에 뛰어들어 구철룡을 구해낼 계획을 세웠다. 그러나 무사와 군졸이 철통같이 싸고 있는 곳에 들어가 광에 갇혀 있는 사람을 데리고 나온다는 것은 연치성의 무술이 아무리 출중하기로서니 지난한 일이었다.

그런데다 허병섭과 강직순이 선생님과 의논하기 전엔 행동을 삼가는 것이 좋다고 극구 말렸다. 결국 최천중이 돌아오길 기다릴 수밖에 없었는데, 연치성은 그동안 잠을 자두어야겠다고 마음을 먹었다. 어제 이래 그는 한숨도 자지 않았던 것이다.

어느덧 잠에 빠져든 연치성은 꿈을 꾸었다. 참으로 이상한 꿈이었다.

한적한 산길을 걷고 있는데 어떤 여인이 손을 흔들며 오라고 했다. 가 보니 그 여인은 어머니였다. 어릴 적에 본 모습 그대로의 청초하고 아름다운 얼굴이었다. 연치성은 단번에 그 여인이 어머니임을 알아차렸다.

"어머니."

하고 외마디 소리를 지르곤 울음을 터뜨렸다.

뒤에 허병섭의 말을 들으면 그때의 연치성의 '어머니' 하고 부르는 소리가 너무나 컸기 때문에 깜짝 놀라 잠을 깨었노라고 했다. 그리고 울음을 터뜨리기에 나쁜 꿈을 꾸고 있는 거로구나 하고 깨우려고 했지만, 곧 기쁨이 활짝 핀 부드러운 얼굴로 변하는 바람에 그만두었다는 것인데, 연치성은 꿈속에서 그것이 꿈인 줄 알면서도 한없이 행복했다. 그런데 그 꿈이 이상한 것은, 연치성이 어머니를 보고 여태껏 어디에 계셨느냐고 물으려고 하자 어머니는 저걸 보라며 산속의 집에 불이 나 있는 것을 가리키곤 그리로 달려갔다. 연치성이 어머니의 걸음을 따르려고 해도 어찌된 일인지 그렇게 되질 않았다. 연치성이 겨우 그 불타는 집 앞까지 달려갔을 때, 어머니는 불꽃 사이로 어떤 사나이를 안고 나왔다. 그 사나이는 피투성이가 된 구철룡이었다. 연치성이 철룡을 어머니로부터 받아 안고 '철룡아' 하고 불렀다. 그랬더니 죽은 것처럼 축 처져 있던 철룡이 눈을 번쩍 뜨며 '형님' 하곤 웃었다. 그리고 벌떡 일어나 샘을 찾아가더니 말끔히 낯을 씻고 돌아왔다. 피투성이가 된 얼굴과는 딴판인 싱싱한 얼굴이었다. 그런데 돌아보니 어머니의 모습이 보이질 않았다. 연치성은 구철룡과 더불어 어머니를 찾기 시작했다. 골짝 골짝을 헤맸다. 그래도 어머니의 모습은 다시 나타나지 않았다.

그렇게 어머니를 찾아다니는 꿈만으로 잠길을 가득 채운 셈이 되었다.

아침에 연치성은 멍청한 기분으로 잠을 깼다. 잠을 깨고도 어머니를 찾는 꿈길을 걷고 있는 기분이었다.

'이상한 꿈이다.'

하고 두리번거리고 있을 때,

"선생님이 오셨다."

하는 허병섭의 소리가 귓전을 울렸다.

최천중은 방으로 들어서기가 바쁘게 연치성의 손을 잡곤 큰 눈물을 방울방울 쏟았다. 연치성도 마찬가지였다. 서로 헤어져선 살수가 없는 극진한 인연을 두 사람은 새삼스럽게 확인한 셈이었다.

마음이 진정되자 최천중이

"도대체 어떻게 된 거냐?"

하고 물었다.

"얘길 하자면 깁니다. 보다도 철룡을 어떻게 하면 좋겠습니까?"

연치성이 떨리는 목소리로 말했다.

"그 얘길 할 참이었다."

하고 최천중은 냉수를 한 사발 들이키곤 다음과 같이 시작했다.

"이상한 일도 다 있지. 구철룡을 살려낼 요량으로 오늘 새벽 조 대감 집을 찾아 삼청동엘 가지 않았겠나. 그런데 삼청동 근처에 가자 연기가 물씬물씬 나고 있는 집이 있었어. 불에 탄 집에서 여전히 나고 있는 것이었어. 야무지게도 탔더구먼. 다섯 채 되는 집이 모조리 대들보가 내려앉았을 정도로 탔으니까. 누구 집인가 했더니 그게 글쎄 송 대감의 집이라고 하잖아. 가슴이 쿵 하고 내려앉았지. 구철룡의 생각이 나서 말야. 그래 부랴부랴 달려가 잿더미를 뒤져보았어. 정신이 빠질 노릇이었어. 가까이에 있는 사람들에게 사람이 타 죽지는 않았느냐고 물었더니 그런 일은 없었다는 거라. 소문에 화적 패거리를 하나 송 대감이 광에 가두어두었다던데 하고 묻는 것 같지도 않게 중얼중얼했더니, 사람들 얘기가 화적들이 광에 갇힌 그 화적 패거리를 뺏어가기 위해 불을 질렀다고 하더란 말야. 그 말을 듣고 난 어리둥절했어. 그래 시침을 떼고 또 물었지. 어젯밤 이 근처를 지났더니 군졸들이 우글우글하던데 어떻게 화적들이 불을 지를 수 있었을까 하니, 군졸들은 삼경이 지나자 대부분 철수를 했대. 불이 난 것은 첫새벽이구. 어디서 어떻게 불이 났는지도 모두들 몰라, '불이야' 하는 고함이 들렸을 때는 벌써 불바다가 돼 있었다는 거야. 화적들의 소행임이 분명한 것은, 불길이 일자 달려가 광을 부쉈다는 거야. 거기에서 사람을 끌어내는 걸 본 사람도 있어. 재물도 물론 훔쳐 갔겠지만 화적들이 구철룡을 구출한 건 사실인 것 같애. 그런데도 그놈이 나타나질 않으니…. 묵정동 그 애 집을 들러봤는데 거기에도 아직 소식이 없다는 얘기였어. 하여간 이상한 일이야. 화적들이 무슨 연고로 구철룡을 살리기 위해 그처럼 대담한 짓을 했겠느냐 말이다. 아마 모르면 모르되 송 대감인가 뭔가 하는 놈, 그 고집과 거만 때문에 망한 거야. 화적, 화적 하고 주둥아리를 함부로 놀리다가 화적 맛을 한번 보라구 화적들이 본때를 보여 준 것인지도 모르지. 구철룡만 살아온다면야 이처럼 통쾌한 일이 또 있겠나만…."

연치성이 넋을 잃고 듣고 있다가 뚜벅 말했다.

"구철룡은 살아 돌아올 것입니다."

"그걸 어떻게 아는가?"

"장삼성이 한 짓이 틀림없으니까요."

"장삼성? 자네, 장삼성을 아는가?"

연치성이 자초지종을 얘기하기 시작했다. 이번엔 최천중이 넋을 잃을 차례였다.

구철룡이 무사하다는 것을 확신할 수 있었다. 기다리면 언젠가 나타날 것이었다.

급한 문제는 심 참판의 운구였다. 최천중과 의논한 결과 남의 눈에 띄지 않게 운구하려면 이삿짐으로 가장하는 것이 좋을 것이란 결론을 얻었다. 달구지를 구해 빈 농짝이며 가구들을 싣고 연치성이 강직순과 허병섭을 거느리고 장삼성 일당이 모여 있는 집 앞에 도착한 것은 해가 질 무렵이었다. 거기 가면 구철룡의 소식도 알 수 있을 것이었다.

그런데 연치성은 어젯밤 자기가 나온 대문 앞에 섰을 때 기이한 감을 가졌다. 굳게 닫혀 있어야 할 문이 반쯤 열려 있었던 것이다.

조심조심 그 문을 들어섰다. 순간 그곳은 무인의 집이란 것을 알 았다. 뿐만 아니라, 어젯밤까지 사람이 살고 있었다고는 도저히 생 각할 수 없을 정도로 집 안이 황폐해 있었다. 마루는 먼지투성이고, 어젯밤까지 자기와 명진이 머물러 있던 방의 방문 장지는 갈기갈 기 찢어져 있었고, 방바닥은 장판도 없이 마른 흙냄새만 물씬했다.

연치성은 자신을 의심했다. 도깨비에 홀린 것이라고 생각할 수밖 에 없었다. 그러나 심 참판의 관이 있을 광을 들여다보지 않을 수 없었다.

그랬더니 광 한구석에 쌍촉이 켜져 있고, 그 불 그늘에 하얀 관 이 안치되어 있는 것이 아닌가. 연치성이 약간의 거리를 두고 그 관 을 멍청히 바라보고 있었더니 한구석에서 사람의 그림자가 꾸물꾸 물 나타났다. 칠십을 훨씬 넘어 보이는 노인이었다.

"당신은 누구요?"

연치성이 물었다.

"아까 어떤 선비가 돈 열 냥을 주며 이 관을 지켜달라기에 여기 에 이렇게 있는 겁니다요."

하는 대답이었다.

"이 집 사람들은 모두 어디로 갔소?"

"이 집에 사는 사람은 없소. 수년 전부터 이 집은 비어 있는 집이오."

연치성은 그럴 리가 없다고 따지고 싶었으나 무슨 까닭이 있는 것으로 알고 달구지에 관을 옮기는 일을 거들어달라고 일렀다. 무사히 관을 달구지에 싣고 그 위를 빈 농짝으로 위장하고 떠나려고 할 때, 노인이 품 안에서 쪽지 하나를 꺼내 연치성에게 넘겨주었다. 그러고는 한마디 말도 없이 어둠 속으로 사라져버렸다.

연치성은 광으로 들어가 촛불을 밝히고 그 쪽지를 읽었다.

'당신이 의리를 따지더라고 듣고 의제義弟를 구출하기로 했소. 송가 놈은 청백과 강직을 위장한, 기실 간악하기 짝이 없는 놈이라서 언젠간 중치하려고 하던 차인데 그 기회를 앞당기기로 한 것이오. 당신의 의제는 곧 집으로 돌려보낼 수도 있지만, 놈들에게 얼굴을 익혔을 뿐만 아니라 터무니없는 누명을 쓰고 있는 터라 위험이 닥칠 것으로 알고 본인 승낙 하에 당분간 우리 일당에 끼워둘 것이니 그리 아시오. 이로써 내가 의리를 다한 것으로는 생각하지 않으나 장부의 체면은 세운 것으로 아오. 장차 귀형의 의리를 요청할 날이 있을지도 모르오. 그땐 응분의 협력을 바라겠소. 앞으로 연락을 취할 일이 생겼을 때는 귀형의 의제를 보낼 것이니 피차 서운함이 없도록 바라오. 귀형의 신의가 무술과 비등하리라 믿소. 장삼성 씀.'

주저하고 있을 때가 아니었다. 일을 신속하게 처리해야 했다.

그런데 다행한 일은 불난 송 대감 집에 그 일대 주민들의 관심이 쏠려 있었기 때문에, 이삿짐을 가장한 심 참판의 운구는 사람들

눈에 띄지 않게 감쪽같이 처리할 수가 있었다.

　객사한 시체는 가빈소를 만들어 수용해야 하지만, 그런 관례에 구애될 순 없었다. 최천중의 지시로 시체는 내당에 모시기로 했다. 심 참판 부인도 생명이 경각에 있을 만큼 병이 위중했기 때문에 병실을 건넌방으로 옮기게 하고 바로 내실에 모신 것이다. 타인이 범접할 수 없도록 하기 위한 배려였다.

　상문喪問을 받는 접객처는 바깥사랑으로 정했다.

　이쯤 했으면 곡성을 내고 부고를 돌려도 무방했다. 그런데 문득 최천중이 생각한 바가 있었다. 염치 불구하고 명진을 찾았다.

　"일이 일인지라 예의를 차리지 못하는 것을 용서하시오. 이미 당한 슬픈 일은 어떻든 감내하셔야 하지만, 앞으로의 일이 궁금해서 이렇게 낭자를 찾은 것이오."

　최천중은 이렇게 서두하고 물었다.

　"듣건대 무남독녀라고 하시던데 양자로 정해놓은 사람이 있으신가요?"

　"누구를 양자로 할까 하고 생각하고 계시는 동안에 이런 변을 당했는가 하옵니다."

　명진의 말은 또박또박 침착했다.

　"그 가운데 누구를 가장 마음에 두셨는지요?"

　"제 사촌이 남자만 해서 일곱 있사옵니다. 그 가운데서 골라야겠다고만 말씀하셨지, 누구라는 말씀은 듣지 못했사옵니다."

　"낭자께선 누구를 양자로 하셨으면 합니까?"

　"삼촌이 세 분 있으니 삼촌들과 의논해서 정할까 합니다."

최천중이 부랴부랴 명진을 찾은 것은 바로 그렇게 될까 해서였다. 최천중이 더욱 정중하게 말했다.

"돌아가신 어른께서 연공과 결혼하도록 하라는 분부가 계셨다죠?"

"예, 그러하옵니다."

"그렇다면…"

하고 최천중이 망설이는 듯하다가 말을 이었다.

"삼촌들과 의논하면 아버지의 뜻대로 될 것 같습니까? 연공은 말 못 할 사정이 있는 사람입니다. 삼촌들이 그것을 꼬치꼬치 캐고 들면 양인의 혼사는 십중팔구 가망이 없을 겁니다."

"제 뜻에 있는 게 아니겠습니까?"

명진이 굳은 의지를 표명했다.

"그건 그럴 겁니다. 하오나 사촌 가운데서 양자가 들어서게 되면 그 양자의 의사를 무시할 수 없을 뿐더러, 그 사람의 아버지 되시는, 낭자에겐 숙부가 되시는 어른의 뜻을 거역하기 힘드는 사정이 될 것이옵니다. 그렇게 의견이 맞서면 집안에 분란이 날 것 아닙니까. 잘 생각해서 하셔야 할 겁니다."

명진이 생각에 잠겼다. 그러더니 다시 입을 열었다.

"그럼 어떻게 하는 게 좋겠사옵니까?"

"내가 이래라저래라 할 성질의 문제는 아닌가 합니다. 낭자께서 충분히 잘 생각하셔야죠."

최천중이 이렇게 말하고 명진의 답을 기다렸다.

"아무튼 숙부님의 의사를 좇아야 할 일 아니겠습니까?"

명진으로선 그렇게밖엔 답할 수가 없었다.

"아닙니다. 낭자의 마음에 드는 사촌이 있다면 그 사촌을 양자로 모시도록 낭자 자신이 정하는 게 좋지 않을까 합니다."

"숙부님들이 반대하시면…."

"돌아가신 어른의 유언이라고 하시오. 돌아가신 어른의 유언을 낭자가 전하는데 누가 감히 반대하겠소? 양자를 누구로 하느냐는 것이 낭자의 앞날에 중대한 결과를 가져오게 될 것입니다."

그리고 최천중은 사촌들의 나이를 물었다. 일곱 명 사촌 가운데 열일곱 살이 가장 어리고, 모두 결혼한 성인들이었다.

"그렇다면 나이로 봐서 아직 결혼하지 않은 열일곱 살 사촌이 적당할 것 같은데."

하다가 최천중이 물었다.

"굳이 사촌이 아니더라도 좋습니다. 혹시 현 친척들 가운데 아직 나이가 어리고 아버지가 계시지 않은 그런 사람은 없습니까?"

명진이 다시 생각하는 얼굴이 되었다. 한참만에야 말이 있었다.

"제 삼종이 되는 동생 가운데 일곱 살 난 아이가 있습니다. 그 아버지는 삼 년 전에 돌아가셨구요."

"그게 좋겠습니다. 그 아이를 양자로 삼도록 하시오."

"사촌, 육촌을 제쳐놓고 그럴 수가 있겠습니까?"

"당대면 무관합니다. 더욱이 아버지가 계시지 않는다는 점, 나이가 아직 어리다는 점이 좋습니다. 왕왕 대갓집에선 다소 촌수가 멀어도 그런 조건으로 해서 양자를 맞아들이는 수가 있습니다. 아직 어리니 이편 가문에 맞도록 교육을 시킬 수가 있고, 실부實父가 없어 간섭하는 사람이 없는 셈이니 양자로선 적격이라고 하겠습니다."

명진의 얼굴에 긍정하는 빛이 나타나는 것을 보자 최천중은 말에 좀 더 열을 가했다.

"그렇게 하면 낭자께선 이 집안에서 계속 어른 노릇을 하실 수 있을 것 아닙니까. 연공과의 사이도 마음대로 조절할 수 있을 것이구요. 곧 부고가 나가면 친척들이 모여들 것입니다. 양자를 누구로 하느냐가 문제가 될 것입니다. 장례를 치르자면 남자 상주가 있어야 하니까요. 그때 낭자께서 아버님의 유언이라고 하시고 그 일곱 살 난 동생을 양자로 지목하시오. 그렇게 하지 않으면 낭자와 연공과의 장래에 적지 않은 곤란이 있을 겁니다."

최천중은 이렇게 말하고 답을 기다리지 않고 일어서며,

"그럼 우리들은 물러가겠습니다. 곡성을 내고 부고를 돌리도록 하시오. 연공은 삼우제를 지내고 난 뒷날 낭자를 찾도록 하겠습니다."

하는 말을 남겼다.

그리고 최천중은 허병섭과 강직순을 데리고 사람들 눈에 띄지 않게 그 집을 빠져나왔다.

연치성이 불안한 마음을 가누지 못한 채 남대문 집에서 기다리고 있을 것이었다. 골목을 빠져나올 때 최천중은 심 참판 집 방향에서 곡성이 나는 것을 들었다.

인과청산류

因果菁山流

대사헌 송근수宋近洙의 거택이 화재를 만났다는 소식을 대원군 이하응은 아침 밥상을 물린 뒤에 들었다.

"얼마쯤 탔는고?"

"다섯 채나 되는 집이 주춧돌만 남기고 몽땅 타버렸다는 얘깁니다."

    측근의 말에 대원군은,

"흐음."

하며 이맛살을 찌푸렸다.

    신왕新王 등극 이래 경향 각지에서 도적의 도량*이 심하다고 듣고 마음이 별로 쾌치 않았는데, 대감의 집에서 화재를 내어 민심을 자극했다는 것이 그의 이맛살을 찌푸리게 한 원인이었다.

"송 대감은 몸가짐이 단단하다고 들었는데 어찌 그런 실수가 있

---

*   跳梁: 거리낌 없이 함부로 날뛰어 다님.

었을꼬."

이런 푸념이 나오기도 했다. 수신제가는 그런 화를 미연에 방지하는 마음먹이라야 한다는 함축이 그 푸념엔 있었다.

"화적들의 소행인가 합니다."

"화적들의 소행?"

대원군의 눈이 번쩍했다.

"송 대감의 집은 삼청동, 삼청동이면 대궐과는 지척이 아닌가. 그런 곳까지 화적이 침노해?"

하더니 대원군은 송근수를 부르라고 했다. 그리고 묵묵히 생각에 잠겼다. 도적떼를 일망타진하라고 그렇게 엄명을 내렸는데도 수천에 달하는 포졸들과 군관들을 거느린 관이 그러한 허점을 드러내고 있다는 것은 도저히 용서할 수 없는 일이었다.

송근수가 나타났다.

당시 고관들의 대부분이 그렇듯이, 이 사람도 아랫사람에겐 호랑이처럼 위세를 부리지만 웃어른에겐 고양이처럼 되는 습성을 가지고 있었다. 대원군 앞에 엎드려 고개를 들지 못한 채,

"소신의 미흡으로 세상을 시끄럽게 하와 황공무지로소이다."

하고 연방 머리를 조아렸다.

대원군은 그러한 송근수를 내려다보며 힐난하는 투로 말했다.

"송 대감은 제가齊家의 뜻을 아는가?"

한마디 위로의 말을 기대하지 않은 바도 아니었던 송 대감은 얼떨떨했다.

"천재지변이나 다를 바 없는 것이어서…."

하고 변명을 하려는데,

"듣건대 화적의 소치라고 하는데 그게 참말이오?"

하고 대원군이 송근수의 말을 중간에서 잘랐다.

"그러하옵니다."

"대감의 집엔 집을 보살피는 하인배도 없었던가?"

"있긴 있사옵니다만, 중과부적이라 손을 쓸 여유가 없었던가 봅니다."

"아무리 그렇기로서니 다섯 채나 되는 집이 주춧돌만 남기게 되도록 속수무책했단 말이오?"

"놈들은 신출귀몰하는 술법을 가진 화적들인가 하옵니다."

그래도 대원군의 표정은 누그러들지 않았다.

"십만 호 장안에서 하필이면 송 대감이 화적의 화를 입어야 할 까닭이 뭔고? 혹시 사원私怨을 살 만한 일이 있었던 것이 아니오?"

"아니올시다."

"아니지, 반드시 무슨 까닭이 있을 거요. 그렇지 않고서야."

대원군은 여전히 시무룩한 표정이었다.

송근수는 부복한 채 자초지종을 소상하게 설명하기 시작했다. 얘기가 연치성에 이르자, 물론 이름을 들먹일 순 없어서 신기를 가진 미동美童이란 말을 썼는데, 대원군은 어이가 없다는 듯 피식 웃고 말했다.

"송 대감이 얘기책을 꾸미고 있는 건 아니겠지?"

"그럴 리가 있겠사옵니까."

송근수가 자기의 얘기가 결코 황당무계한 것이 아니라는 사실을 증명하려고 애쓰면 애쓸수록 얘기책을 꾸미는 결과가 되고 말았다.

"그건 그렇다고 치고, 화적 패거리 하나를 잡았으면 지체 말고 포도청에 넘겼어야 할 것을 괜히 붙들어두었다가 송 대감만 화를 입은 것이 아닌가. 대신의 몸가짐이 중하다는 것은, 대신이 입은 화가 민심에 미치는 영향이 큰 까닭이 아니겠소."

"황공하오이다."

"한데, 그 화적들이 어떤 패거리냐 하는 것이 대강이라도 짐작이 가오?"

"전연 짐작되질 않사옵니다. 신출귀몰하는 놈들이란 것밖엔 아는 것이 없사옵니다."

"두목이 누구란 것도 모르겠소?"

"떠도는 소문으론 장삼성이란 화적의 두목이 있다고 합니다."

"장삼성?"

하고 대원군은 고개를 갸웃했다.

그것은 대원군의 기억에 있는 이름이었다. 당시 대원군은 장삼성의 이름으로 된 서장을 빈번히 받고 있었다. 그 서장은 지위의 고하를 막론하고 관직에 있는 자의 비행을 적은 것인데, 그 서장에 의거하여 암행어사를 보내어 조사하면 어김없이 범법자를 색출할 수 있었다.

전라감찰사 김시연金始淵, 의주부윤義州府尹 심이택沈履擇 등의 죄상도 장삼성의 서장에 의해 발각된 것이었다.

대원군이 앉아서 삼천리를 보고 그 안광眼光이 지배紙背를 뚫는* 어른이란 평판을 받게 된 것도 따지고 보면 장삼성이 비밀리 보내는 그 서장을 통한 정보 때문이었다.

'그 장삼성이 바로 그놈이란 말인가? 화적 두목 장삼성이 서장을 보내는 바로 그놈이란 말인가?'

대원군은 그럴 것이라고 판단했다.

그렇다면 장삼성은 여간 맹랑한 놈이 아닌 것이다. 그놈을 통해서 정확한 정보를 알 수 있는 이득이 있었다고 치더라도, 한편 그놈에게 농락당하고 있었다고 칠 수도 있었다.

'국사를 화적 두목이 제공하는 서장에 의해 하고 있었던 셈이 아닌가.'

대원군은 끓어오르는 분노를 가눌 수가 없었다.

"송 대감, 오늘부터 파직이오. 돌아가서 근신하시오. 중신의 자리에 있는 사람이 자기 거택 하나를 온전히 유지하지 못한다고 해서야 어떻게 사직을 지킬 수가 있겠소?"

하고 송근수를 돌려보내고 난 뒤, 대원군은 좌우변 포도대장을 불러들였다.

"너희들, 장삼성이란 화적 두목의 이름을 들은 적이 있느냐?"

"있사옵니다."

하는 양 포도대장의 대답이었다. 그러자 대원군은 팔걸이를 두드리며 호통을 쳤다.

"네 이놈들! 그 장삼성인가 하는 놈을 보름 안으로 잡아들여라.

---

* 안광이 종이를 뚫음.

그러지 못할 땐 네놈들의 목이 없어질 것으로 알아라!"

'장삼성을 잡아라!'

대원군이 직접 내린 호령이고 보니 광풍노도처럼 수사의 회오리가 일었다. 먼저 장삼성이란 이름을 가진 자에게 대공황大恐慌이었다.

장삼성이란 이름을 가진 자는 모조리 포도청에 붙들려 갔다. 붙들어 가선 가차 없이 곤장을 먹었다.

"너 장삼성이지?"

"네, 그렇습니다."

"너 화적의 두목이지?"

"아닙니다."

하면 스스로 화적의 두목이라고 말할 때까지 두들겨 팼다.

옹기전 장삼성은 곤장 열 대를 맞고,

"예, 제가 화적의 두목이오."

하고 자백했고, 엿장수 장삼성은 곤장 세 대째에 자기가 화적의 두목임을 자인했다.

노름꾼 장삼성은 끝내 화적의 두목임을 부인하다가 병신이 되었다.

이렇게 해서 포도청 감옥은 장삼성으로 꽉 찼다.

그러나 곤장이 겁이 나서 모두들 화적의 두목이라고 자백했을 뿐, 사실은 어떻게 할 수가 없었다. 화적의 두목이 아닌 것을 화적 두목으로 만들어낼 수는 없는 것이다.

포도대장은 자기들의 수사력이 모자란다는 뉘우침은 갖지 않고,

"원, 장삼성이란 이름이 왜 이렇게 많은고."

하고 그 이름이 많다는 사실에 신경질을 냈다. 하지만 자기들의 목

이 날아갈 판이니 서두르지 않을 수가 없었다. 장삼성만을 붙들어 들이기에도 부족해서 장가 성 가진 놈들까지 붙들기 시작했다.

"네 성이 장가라고 했지?"

"예."

"그럼 이름은 뭐냐?"

"도리올시다."

"아닐 테지, 네놈 이름은 삼성이 아닌가?"

"아닙니다요."

"이놈을 쳐라!"

처음에는 장삼성이라고 보면 모조리 화적의 두목으로 만들더니, 이젠 장가 성 가진 놈이라고 보면 모조리 장삼성으로 만들어댔다.

이렇게 되고 보니 장삼성이란 이름이 아닌 장삼성은 그 이름을 가진 자보다 배나 더 화를 입게 되었다. 장삼성 아닌 것을 장삼성이라고 자백하라며 곤장을 치고, 자백을 하고 나면 화적의 두목임을 자백하라고 또 곤장을 치기 때문이다. 그런 까닭으로 뒤엔 장가 성을 가졌대서 붙들려 오기만 하면,

"예, 예, 제가 장삼성입니다요. 사람들이 부르긴 장용석이라고 하지만 그건 거짓말입니다요. 예, 예, 바로 제가 장삼성입니다요."
하고 굽신거리는 놈이 나타나기도 했다. 뿐만 아니라 같이 붙들려 온 서너 놈이 제각기 장삼성이라고 버티어 서로 싸우는 장면도 있었다.

하여간 장가 성을 가진 사람들에게 닥친 화는 옆에서 보면 우습

고 당자들은 죽을 지경이었다. 오죽했으면 천하장안千河張安*으로
알려진 대원군 측근의 하나인 장이 대원군 앞에 가서,

"나으리, 이러다간 화적의 두목은 잡지 못하고 장가의 씨를 말리
겠습니다."

하고 애원까지 했을까 말이다.

그리고 열흘인가 지나서였다. 진짜 화적의 괴수 장삼성을 잡았다
는 보고가 충청도 천안에서 올라왔다.

화적의 두목 장삼성을 잡았다는 소문은 순식간에 장안에 쫙 퍼
졌다.

대원군이 영을 내렸다.

"그놈을 잡았거든 맨 먼저 내 앞으로 끌고 오너라."

연치성은 가슴속에서 다짐했다.

'어떻게든 장삼성을 구출해야겠다. 그렇게 해서 사나이의 의리를
다해야 한다.'

그리고 그 뜻을 최천중에게 알리고 전후사를 의논했다.

최천중이 살래살래 고개를 흔들었다.

"천안에서 잡혔다는 장삼성은 연공이 말하는 그 장삼성이 아닐
걸세."

"어떻게 그걸 아십니까?"

"연공이 말하는 대로의 인물이라면 천안 같은 곳에 있는 포졸들

---

* 이하응이 파락호 생활을 하던 시절 같이 어울렸던 시정의 무뢰한 천희연(千喜然),
  하정일(河靖一), 장순규(張淳奎), 안필주(安弼周)를 가리킴.

손에 잡힐 까닭이 있겠는가. 연공 같으면 그처럼 호락호락 그런 곳
에서 잡히겠는가."

듣고 보니 납득이 가는 말이었다.

"그럴 것도 같습니다만, 만일의 경우라는 것도 있으니 준비는 해
둬야 될 게 아닙니까?"

"또 한 놈, 같은 이름의 장삼성을 붙들었다는 것일 걸세. 두고 보
렴. 그러나 확인을 서두를 필요는 있지."

"그럼 제가 천안 쪽으로 가보아야겠습니다."

"그건 안 될 말일세. 연공도 의심을 사고 있다는 걸 잊어선 안 되
네. 그렇게 급한 일은 아니니, 한 이틀 기다려보는 것이 나을 걸세.
아무튼 천안에서 붙들렸다는 그자는 연공이 말하는 장삼성 그 사
람은 아닐 걸세."

연치성과 최천중이 이런 말을 주고받고 있을 무렵, 한림학사 하
준호河俊鎬로 불리는 젊은 선비가 다동 어느 기방에서 친구들과
더불어 술을 마시고 있었다.

그 술자리의 화제도 역시 장삼성이 천안에서 붙들렸다는 사건이
었다.

"장안을 이만큼 떠들썩하게 하는 놈인 걸 보면 비록 화적이긴
해도 꽤 난놈인가 보죠?"

기생의 하나가 한 말이었다.

"천안에서 붙들렸다니 그놈, 신수도 퍽이나 짧은 놈이군. 나는 이
나라에서도 수호지가 한 권 엮어질까 했더니 초장初章에서 끝나버

린 것 아닌가."

선비 가운데의 하나가 한 말인데, 그 말을 다른 선비가 받았다.

"대국과 소국의 차이라는 것 아닌가. 화적도 대국의 화적과 소국의 화적이 다른 법이야."

"법이 있는 세상이니 하는 수 없지만, 그 장삼성이란 사람 착한 일을 많이 했다잖아요."

금란이란 기생이 푸념처럼 말했다. 그때 하준호가 활짝 웃으며 다음과 같이 농을 걸었다.

"금란이 좀 이상한데? 모두들 장삼성을 그놈, 그놈 하는데 아까부터 들으니 금란이만은 놈자를 쓰지 않고, 그 사람 아니면 그분이라고 하더군. 금란이 그 장삼성이란 자와 통정이라도 한 것 아닌가?"

"어머나."

하고 금란은 지친 표정이 되었다.

"어떻게 제가 그런 분과 통정할 수 있었겠어요?"

"아냐. 듣건대 장삼성은 장안에 와서 자주 기방에 드나들었다고 하더구면."

"그래도 제겐 그런 일이 없어요. 그런 사람 만난 적도 없구요."

금란은 어리광을 부리듯 몸을 좌우로 흔들었다.

하준호는 금란의 어깨를 가볍게 두드려주며,

"내가 괜한 농담을 했지. 세상 사람들이 모두 화적, 화적 하고 지탄하는 사람을 금란이 혼자만 두둔하고 있는 듯하니 그런 농담을 해본 거다."

하고 술잔을 돌렸다.

"하 학사의 말이 옳아. 자칫 오해를 받을 수도 있는 거네."

이렇게 말한 선비는 현임 경기도관찰사로 있는 한정교韓正敎의 아들 복宓이었다. 그러자 판의금부사인 김학성金學性의 아들 용우容禹도 한마디 거들었다.

"금란이 조심해. 우리들처럼 너그러운 사람들이 모인 자리이기에 다행이지, 꼬장꼬장한 사람들이 그런 소릴 들어봐. 가만있지 않을 거다."

"죽이기밖에 더하겠어요?"

금란이 샐쭉한 표정이 되었다.

"원, 고집두."

하고 하준호가 웃었다.

"죽는 게 그렇게 쉬운 줄 아나?"

용우가 이렇게 쏘았다.

"쉽지 않으면요. 절 붙들어다가 죽이기만 해봐요. 도깨비가 되어 평생토록 앙갚음을 할 테니까."

금란이 말하자, 조금 연상인 여옥이란 기생이 가로챘다.

"징그럽게 너 무슨 소릴 그렇게 하니?"

"아니에요."

금란의 눈이 반짝했다. 그리고 말을 이었다.

"제 소원은 죽어서 도깨비가 되는 거예요. 야음을 틈타 장안의 골목골목을 누비면서 미운 사람들을 혼내주는 도깨비가 되고파요."

"아무래도 이 사람이 오늘 안 먹을 걸 먹었던지 무슨 일이 있었군그래."

한복이 그러면서도 너그러운 웃음을 담았다.

"너 그처럼 장삼성인가 뭔가 하는 화적이 마음이 걸리나?"

김용우가 정색을 하고 말했다.

"왜 말들이 이처럼 거칠어. 자, 노래나 하구 술이나 마시자."

하고, 하준호는 큰 잔을 들이켜고 시창을 뽑았다.

> 호소곡풍기虎嘯谷風起하니,
>
> 용약경운부龍躍景雲浮로다.
>
> 동성호상응同聲好相應하매,
>
> 동기자상구同氣自相求어늘,
>
> 아정여자친我情與子親이,
>
> 비여영추구譬如影追軀니라.*

하준호의 목청은 낭랑했다.

그의 시창이 시작되면 만좌에 황홀감이 도는 것이다.

영남 토호의 아들로서 명리에 초월하여 사는 하준호는 명문 귀족의 아들과 어울린 자리에서도 단연 출중한 풍채며 재질이었다. 장안 기생들 사이에서도 그 인기가 대단했다.

---

* '호랑이 포효하여 골바람 이니/ 용이 치솟아 상서로운 구름 뜨도다./ 같은 소리 잘 호응하매/ 같은 기운 절로 서로를 찾거늘/ 내 마음 그대와 친밀함이/ 비유하면 그림자가 몸을 따르는 것과 같으니라.'

금란의 화창이 있었다.

생위병신물生爲倂身物하고,
사위동관회死爲同棺灰할지니,
진씨자언지秦氏自言至로되,
아정불가주我情不可儔니라.

살아선 일신동체一身同體가 되고 죽어선 같은 관 속의 재가 되
겠다는 것이니, 그야말로 진씨녀秦氏女의 정성보다 지극하다고 하
겠다.
한복도 한마디 하고 김용우도 이에 응했다. 봄밤은 이렇게 깊어
만 가는데….

천안에서 꽁꽁 묶어 달구지에 담아 신고 이십 수 명 포졸이 장
삼성을 호송하고 오는데 서울 포도청에서도 인원의 차출이 있었다.
무려 3백 명으로 된 군사를 안양까지 파견했다. 안양에서 장삼성
을 인수받을 참이었던 것이다.
그런 삼엄한 경계를 하고 있었지만 천안에서 오는 포졸들은 그
다지 신경을 쓰지 않았다. 그 까닭은 장삼성이 자기 발로 천안의
관가로 들어와 자진하여 오랏줄을 받았기 때문이다.
그때 장삼성은 자기 때문에 수많은 양민들이 변을 당하고 있는
사실이 안타까워 출두했노라고 시원스럽게 말하고, 조금도 도주할
눈치를 보이지 않았다. 자기 때문에 억울한 변을 당하고 있는 양민

109

을 구하기 위해 자진 출두한 장삼성이 도망을 치겠는가 말이다. 게다가 꽁꽁 묶은 줄을 달구지 이곳저곳에 엮어놓았으니, 만일 도망을 친다고 해도 달구지째 도망을 쳐야 할 판이니 그것이 가능할 까닭이 없었다.

천안에서 온 포졸들은 도중의 주막마다에서 술을 마셔 모두 거나하게 취해 있었다. 장삼성이 자진 출두할 때 상당한 돈을 가지고 와서,

"어차피 나를 한양으로 데리고 가야 할 터이니 그때의 노자로 쓰라."

고 형방에게 맡겨두었기 때문에 모두들 풍족하게 먹고 마실 수가 있었다.

"화적도 두목쯤 되니 보통이 아니구먼."

"시기를 잘 타고났더라면 천하를 호령할 수도 있었을 것을."

"아닌 게 아니라 출장입상出將入相할 관상을 지녔어."

포졸들이 이런 말을 주고받을 수 있을 정도였으니 장삼성은 묶여 있다는 불편을 빼곤 악랄한 처우를 받진 않았다. 그러나 줄곧 포졸들이,

"어디가 고향이냐?"

"부모님은 없는가?"

"처자는 어디에 있는가?"

하고 성가시게 물었지만 장삼성은 말이 없었다. 장승처럼이라기보다는 그는 눈을 감고 깊은 잠에 빠져들고 있었다.

한편, 하준호의 주석에선 시창과 노래가 끝나고 다시 순배가 돌기 시작하면서부터 화제에 장삼성이 등장했다.

금란이 또 그 이름을 꺼낸 것이다.

"금란이, 너 아무래도 이상하구나."

한복이 말했다.

"이상할 게 뭐 있어요. 홍길동의 얘기는 누구나 재미있어 하잖아요?"

금란의 말은 그럴싸했다.

"그렇지, 홍길동의 얘기는 누구에게나 재미가 있지. 그렇다면 금란은 장삼성을 홍길동으로 치고 있는 건가?"

하준호가 물었다.

"홍길동을 닮았잖아요?"

금란이 되물은 말이다.

그러자 허준호는 정색을 했다.

"붙들린 걸 보니 장삼성은 홍길동이 아냐. 어차피 한양까지 압송되겠지만 그동안에 빠져나가지 못하면 그깐 대단한 놈이 아냐. 그런 게 어떻게 홍길동이겠어. 만일 한양까지 고스란히 압송되어 온다면 그깐 장삼성이도 아닐 걸세. 그자가 진짜 장삼성이라면 무슨 수를 써서라도 도망칠 거다. 그러니 금란이 너무 걱정 말라구. 네가 좋아하는 장삼성이면 무사히 도망칠 거구, 도망 못 한다면 금란이 그토록 대단하게 여길 놈이 아니니 말야…."

밤중이었다.

안양의, 불빛이 보이는 고갯마루에 장삼성을 묶어 실은 달구지를 내려놓고 천안의 포졸들은 한숨 돌렸다.

이 산 저 산에 횃불이 켜졌다가 사라졌다가 했다. 화적대를 경계한 선발대가 이상이 없다는 것을 알리는 신호였다. 그 가운데 한층 휘황하게 불빛이 빛나고 있는 곳은 한양에서 마중 나온 군사들의 둔영屯營일 것이었다. 포졸의 하나가 달구지 안을 들여다보고 말했다.

"장 두령, 우리가 이별할 시각이 가까웠구려."

또 하나가 거들었다.

"저승으로 가더라도 우리를 원망하지 마슈. 당신이 자초한 화니까요."

또 한 놈은 이런 말을 했다.

"다시 이 세상에 태어날 땐 부디 적심賊心일랑 먹지 마슈. 당신 같은 천품을 가졌으면 입신양명도 할 수 있는 일 아니겠소."

일행이 다시 거동을 시작하려고 할 때 인솔 책임자인 형방 제석호諸奭鎬가 달구지 가까이로 왔다.

"들거라, 장삼성. 곧 안양에 도착이다. 그땐 말할 겨를이 없을 것 같아 여기서 한마디 하겠다. 한양에 가거든 공구조신恐懼操身* 전일로 하라. 너의 죄상을 숨김없이 고하고 용서를 빌면 참형은 면하리라. 죽되, 육신을 온전히 하고 죽는 것과 각신분골刻身分骨하여 죽는 것과는 후생後生을 위해서도 다르니라. 명심하렷다! 장삼성, 필히 명심하렷다! 너의 죄는 가중하되 인생이 가련해서 내 충정으로 고하는 바이니 명심하렷다!"

"잔말 거두어라."

---

* 삼가 두려워하고 몸가짐을 조심하다.

달구지 속에서 대갈일성大喝一聲이 있었다.

제석호는 주춤했다. 이어 장삼성의 광설廣舌이 있었다.

"내 비록 지금 포박되어 있는 몸이나, 네놈들에 의해 죽임을 당하진 않을 것이니 잠꼬대 같은 말 집어치워라. 그리고 내게 죄를 빌라고 했는데 듣자 하니 무엄하구나. 상한 관속이 민을 등쳐 토색하는 도둑놈 나라에 내 무슨 죄를 지었다는 것이냐. 내가 네놈들에게 자진 포박된 것은 내가 아닌 사람을 나라고 해서 잡아들여 곤욕을 주는 꼴을 보지 못함이니라. 나 장삼성을 너희들은 똑똑히 보았은즉, 앞으로는 다시 무고한 사람을 건드리는 짓을 하지 말아라. 만일 앞으로 다시 무고한 양민을 괴롭히는 그 따위 짓을 하면 그땐 맹화猛火처럼 덤비고 노도怒濤처럼 들이닥쳐 네놈들을 몰살할 참이다. 이 뜻 필히 한양에서 온 놈들에게 전하라."

제석호가 화가 나서 달구지 속으로 곤봉을 밀어넣었을 때였다. 제석호의 몸이 빨리듯 달구지 속으로 넘어지더니 장삼성이 그 제석호의 등을 밟고 어둠 속으로 뛰어나왔다. 일순의 일이었다.

포졸들이 꿈인가 생시인가 분간을 못 하고 있는데, 조금 떨어진 어둠 속에서 장삼성의 고함이 있었다.

"네놈들 잘 듣거라. 나를 여기까지 데리고 오느라고 수고는 했다만 나는 더 이상 네놈들과 동행할 수 없다. 한 가지 부탁은, 앞으론 내가 아닌 사람을 나라고 붙들어 들이는 그런 어리석은 짓은 말도록 해라. 한양에서 온 놈들에게도 그렇게 일러라."

그러곤 소리도 흔적도 없이 장삼성은 어둠 속으로 사라졌다.

이윽고 소란이 있었다.

천안의 포졸들은 손에 손에 횃불을 켜 들고 근처를 찾기 시작했다. 한 패는 한양에서 온 군사들이 기다리는 둔영으로 달려갔다.

그러나 모두들 건성이었다. 그렇게 요불촌동搖不寸動하게* 밧줄로 꽁꽁 묶어놓은 것을 감쪽같이 풀고 달아난 신기의 사나이를 다시 붙들 수 있으리라곤 아무도 생각하지 않았다. 그저 건성으로 설치고 있을 뿐이었다.

제석호는 실신 상태에서 회복되어 근처의 풀밭에 주저앉았다. 한참 동안 영문을 알지 못했다. 장삼성의 가슴팍을 찌를 요량으로 곤봉을 달구지 속으로 들이밀었던 것인데, 어떻게 해서 자기가 엎어지고 등에 바위가 무너지는 듯한 압력을 느꼈는가 말이다.

그리고 장삼성은 온데간데가 없는 것이다.

제석호는 포졸에게 횃불을 가지고 오게 하여 달구지 안을 살폈다. 장삼성을 묶은 밧줄은 곳곳이 엮인 채 그냥 남아 있었다. 그런데 어떻게 그 얽히고설킨 밧줄 사이를 감쪽같이 빠져나갔단 말인가. 귀신이 곡할 노릇이란 정녕 이런 경우를 두고 쓸 문자였다.

그러나 이렇게 감탄만 하고 있을 순 없었다. 제석호는 사태의 중대성에 마음이 미치자 아찔하는 심정이었다. 형방 자리를 내놓는 것쯤은 문제가 아니었다. 적어도 곤장 백 대는 맞아야 할 것이니,

'아, 나는 죽었다.'

하고 저절로 신음 소리가 터졌다.

횃불이 산허리를 돌고 있었으나 장삼성을 다시 잡을 수 없을 것

---

* 꼼짝도 못 하게.

이란 짐작은 제석호도 포졸들과 마찬가지였다. 안양으로 간 연락졸이 돌아왔다.

"빨리 둔영으로 오라는 분부입니다."

하는 전갈이 있었다.

제석호는 새벽까지 근처의 산을 뒤져보라는, 자기 자신 요령을 느낄 수 없는 명령을 남겨놓고 후들후들 떨리는 다리를 이끌고 연락졸을 따라 안양으로 향했다. 사지로 가는 심정이었다.

바로 그 무렵, 하준호는 주석을 빠져나와 측간을 등진 모퉁이에서 남산 쪽을 바라보고 섰다.

남산 등마루에 횃불이 세 번 원을 그리더니 사라졌다. 하준호는 회심의 웃음을 띠고 다시 방안으로 들어와, 측간엘 갔다 오는 동안에도 흥이 깨지지 않았다는 듯 덩실덩실 춤을 추기 시작했다.

명고수 여옥이 북을 잡았다.

금란의 창이 있었다.

"곤명昆明의 야월夜月은 비단결 같고, 상림上林의 조화朝花는 그 빛, 놀을 닮았구나. 화조월야花朝月夜에 춘심春心이 동하니, 어느 누가 상사相思와 상견相見을 바라지 않을쏜가."

창이 끝나자 춤을 멈추고 하준호가,

"밤이 깊었으니 내일 또 재회를 기하자. 환락극혜애정다歡樂極兮哀情多**는 한무제漢武帝의 추풍사秋風辭다."

** 환락이 절정에 다다르면 서글퍼진다.

하곤 행장을 챙겼다.

그러다가 금란의 염연한 눈초리를 보며,

"금란은 화중화花中花, 장삼성의 꿈이나 꾸라."

하고 한복, 김용우를 재촉해서 기방을 나섰다. 그리고 다동골 어귀
에서 두 친구와 내일 또 만나자며 헤어졌다.

얼마 후의 일이다. 대원군의 거소인 운현궁에 한 개의 화살이 날
아들었다.

"꽝!"

망치로 기둥을 친 듯한 소리가 대들보까지를 울렸다. 적막한 야
심 때문일 것이다. 강궁의 화살 하나가 대청 기둥에 박히는 소리가
집안사람들을 깨울 정도로 컸던 것이다.

"게 무슨 소리냐!"

대원군의 고함이 터졌을 땐 아랫사람들의 거의 대부분이 뜨락에
나와 있었다.

"저기…."

하고 하인의 한 사람이 대원군이 거처하고 있는 방 바로 옆에 있는
기둥과 직으로 꽂힌 한 촉의 화살을 비춰내고 있었다.

젊은 하인이 날쌔게 그 화살을 뽑았다. 화살에 매어놓은 쪽지가
있었다. 그 쪽지를 받아든 사람은 오래전부터 대원군의 집에서 집
사 일을 맡아온 홍 영감이었다. 홍 영감이 쪽지를 펴려고 하자 대
원군의 방문이 '탕' 열렸다.

"그 쪽지를 이리 내놔라!"

대원군의 노기에 찬 음성이 있었다.

홍 영감이 국궁*한 자세로 쪽지를 내밀었다. 대원군은 그걸 받아 쥐곤,

"모두들 집 안팎을 잘 지키렷다."

하고 방문을 닫아버렸다.

그리고 등의 심지를 돋우곤 그 쪽지를 폈다. 단정한 세자細字로 아직 먹흔이 가시지 않은 쪽지의 문면은 다음과 같았다.

'생등生等은 소법小法을 짓밟고 대의를 행코자 함이니라. 관의 기강이 해이함은 이미 그 병病, 고질이 되었고 민생의 도탄지고塗炭之苦는 형언할 수 없는 바인즉, 오직 노공老公에 기대하는 바 크도다. 연이나 그 병과 고苦는 아무리 공公의 현명이 일월日月과 같다고 해도 치유키 어려울 것이라. 생등은 곡서야거谷棲野居하며 대법大法의 청명淸明을 기하고자 앞으로도 우리 스스로 족足하다고 확인할 때까진 나름대로의 파사현정破邪顯正을 할 것이니, 차후 장삼성에 대한 추궁은 당분간 불문不問함이 좋을까 하노라. 장삼성을 추궁하는 일보다는 탐관과 오리의 숙청이 급선무일 줄 믿노라. 생등의 행동, 때론 교격矯激**할 수 있을지라도 파사현정의 대도엔 어김이 없을 것이며, 골골 사직에 이利함은 있으되 손損은 없을 것이니라. 이 충정을 노공이 관찰하지 못하고 생들의 행동을 방해한다면 생들도 부득이 노공을 적으로 하지 않을 수 없노라. 생들

---

* 鞠躬: 존경하는 뜻으로 몸을 굽힘.

** 굳세고 과격함.

은 대의를 위해 신술神術을 행하는 자이기로, 노공을 적으로 했다고 하면 유명幽明은 경각에 있는 것인즉 존념여차存念如此에 유루없길 바라노라. 장삼성 지識.'

대원군은 그 쪽지를 구겨 팽개치며 치를 떨었다.

"무엄한 놈인지고…."

감히 내 처소에 화살을 쏘아 넣었다 싶으니 대원군의 노기는 심두에까지 올랐다.

'그런데 천안에서 잡았다는 장삼성은 또 누구란 말인가.'

대원군은 당장 포도대장을 불러들일 참으로 몸을 일으켰다. 그러나 그 감정을 억누르고 깊은 한숨을 쉬었다.

'국사를 전폐하는 한이 있더라도 이놈을 잡아야지.'

내가 자고 있는 방 앞 기둥에 화살을 쏘아 넣는 기술을 가진 놈이니, 그놈이 나를 해칠 뜻만 가지면 무슨 일이 있을지 모르겠다는 두려움이 묻었다.

아닌 게 아니라 대원군이 들은 대로만이라도 장삼성은 예사로 다룰 인물이 아닌 것 같았다. 그렇다고 치더라도 천안에서 붙든 놈은 틀림없는 장삼성이며, 내일 아침, 그러니까 오늘 아침까지 그놈을 자기 앞에 데리고 오겠다고 장담한 포도대장이란 놈은 도대체 무슨 잠꼬대를 하고 있었던 것인가 말이다.

대원군은 끓어오르는 충동을 억누르고, 아침에 포도대장이 어떤 얼굴로 나타나서 무슨 말을 할 것인지 보아두어야겠다는 심술 섞인 생각을 가졌다.

다시 침소에 들긴 했으나 대원군은 잠을 이룰 수가 없었다. 장삼성을 그냥 뒤둔다는 것은 그야말로 나라의 기강이 서지 않는 일이며, 앞으로 화적떼를 기르는 결과가 될 것이었다. 그렇다고 해서 붙들려고 들면 적잖은 국력이 소비될 것인데, 그렇게라도 해서 붙들 수가 있으면 다행이지만, 그렇지도 못하고 스스로를 위험한 골짜기로 몰아넣게 된다면 이래저래 손해만 보는 것이 아닌가.

대원군은 장삼성을 놓아두어 그를 이용하여 장동 김씨를 치는 방편으로 해볼까 하는 생각도 해봤다. 대원군의 장동 김씨에 대한 감정은 복잡 미묘했다. 대원군은 장동 김씨에게 만만찮은 원한이 있었지만, 동시에 만만찮은 신세를 지기도 했던 것이다. 원한대로라면 일시에 그 김씨 일문을 멸족시켜야 하겠지만, 그가 진 신세를 생각하면 계속 김씨를 등용해야 하는 것이다. 그러한 마음의 움직임이 김씨 일문에게 대한 엉거주춤한 태도로 나타났다. 예를 들면 전직 판서를 지낸 김병기金炳冀를 광주유수廣州留守로 좌천시켰다가 곧 내직內職으로 불러들인 따위의 처사다. 그런 만큼 자기는 앞으로도 계속 김씨의 인심을 사는 행동을 하고, 원한을 갚는 일은 장삼성에게 맡겨버릴 수 있지 않을까 하는 생각에 솔깃하기도 했던 것이다.

한편 장삼성 같은 놈을 심복으로 해서 측근에 데리고 있으면 천인력千人力, 만인력萬人力이 되지 않을까 하는 마음으로도 되었다. 월왕越王 구천句踐에게 있어서의 범려范蠡와 같은 사람, 대원군이 필요로 하고 있는 사람은 분명히 범려와 같은 사람이었다.

대원군이 이런 시름으로 잠을 이루지 못하고 있을 때, 하준호는 이제 막 솟은 늦은 달이 비추는 명륜동 뒷골목을 시를 흥얼거리며 걸어가고 있었다.

> 춘종하처래春從何處來인고,
> 불수부경매拂水復驚梅로다.
> 운장청쇄달雲障靑瑣闥인데,
> 풍취승로대風吹風吹承露臺로다.
> 미인격천리美人隔千里하니,
> 나위폐불개羅幃閉不開이고….*

이렇게 흥얼거리며 어느 지점에 이르렀을 때였다. 길 옆 대갓집의 샛문이 소리 없이 열렸다. 하준호의 모습이 그림자처럼 그 속으로 빨려 들어갔다. 골목은 다시 무인지경이 되었는데, 수각 후 그 골목의 아래위에서 한 사람씩 나타나더니, 서로 신호를 하곤 하준호가 빨려 들어간 집의 돌담을 가벼운 깃처럼 뛰어넘었다.

포도대장으로부터 자초지종을 보고받은 대원군은 불쾌한 빛을 숨기려 하지 않고 물었다.

"정녕 그 장삼성인가 하는 놈을 잡기나 했는가?"

"틀림없이 잡았사옵니다."

포도대장은 이마를 땅에 대고 아뢰었다.

"잡은 놈이 정녕 장삼성이더냐 말이다."

대원군의 음성이 거칠어만 갔다.

"틀림없사옵니다."

"어떻게 그것을 알 수 있었느냐?"

"장삼성이 아니고선 그처럼 굳은 결박을 풀고 감쪽같이 사라지는 요술을 부리겠사옵니까?"

"어리석은 말."

하고 대원군은 다시 언성을 높였다.

"어젯밤 자정에 안양에서 장삼성을 놓쳤다고 했는데 꼭 그때쯤 놈은 내 방 앞에 화살을 쏘아 넣었다. 그럼 그놈이 안양에서 활을 쏘았단 말인가?"

"아마 그 수하의 놈이 활을 쏘았을 것으로 압니다. 천안에서 붙든 놈은 정녕 장삼성으로 알고 있습니다."

"그렇다면 그 수하가 장안에 우글거리고 있다는 말 아닌가?"

"예, 그런 짐작이옵니다."

"그렇게 짐작을 했으면 앞으로 어떻게 할 텐가?"

"분골쇄신, 놈들을 일망타진하겠습니다."

"뭐라고? 일망타진? 붙든 놈도 놓치는 주제에 일망타진하겠다고?"

"황공하오이다."

포도대장은 몸 둘 바를 모르겠다는 듯 이마를 조아렸다.

"그만두게. 그 장삼성인가 하는 놈이 장안을 태워 없애건 어떤 노략질을 하건 방치해두게. 자네들은 여우를 잡는다면서 울타리 나뭇가지를 잡는 격이 아닌가. 앞으로 포도청은 장삼성 사건에서 손을 떼렷다. 내게 생각이 있어, 내가 그놈을 잡아보겠어."

흉중에 책략이 있는 것처럼 대원군은 말하고 있었으나 건성이었다. 그런데 이렇게 말하고 있는 동안 좋은 계략이 돋아날 듯싶긴 했다.

포도대장을 물리치고 난 뒤, 대원군은 영의정 조두순을 불렀다.

기왕의 이하응은 조두순 앞에 엎드려 그 눈치를 살피던 터였지만, 대원군이 된 이날에 와선 그 사정이 달라져 있었다. 대원군의 세위를 업고 영상이 된 조두순은 대원군의 부름이 있자 지체 않고 운현궁으로 달려왔다.

"영상에게 의논하고자 한 것은…."

이렇게 서두하고 대원군이 제안한 것은 장동 김씨의 일문 가운데 형조판서를 내어야겠는데 누가 좋을까 하는 것이었다.

"구름처럼 많은 장동 김씨의 인재 가운데 형조를 맡길 만한 사람이 없사오리까."

하고 조두순은 지금 한직에 있는 장동 김씨의 인물을 들먹이고 나서 물었다.

"그런데 형조를 하필이면 장동 김씨에게 맡기는 까닭이 뭡니까?"

"까닭은 차차 설명하리다. 하여간 대감이 이에 막 들먹인 사람 가운데 누구가 좋겠소?"

"기골로 말한다면 김병기가 적당하지만 분부의 순행順行을 위해선 김병지金炳地나 김병교金炳喬가 나을 것 같습니다."

"김병교로 합시다."

대원군은 그 자리에서 말했다.

김병교는 김영근金泳根과는 사촌인 교근校根의 아들이며 김병기의 생가生家로 쳐선 재종간再從間이다. 김병기가 재승강의才勝剛毅한 성격인 데 비해 김병교는 온건한 성품인 만큼 마음이 약하다. 대원군은 바로 이 점에 착안한 것이다.

대원군이 김병교를 불렀을 때 그는 불안했다. 무슨 난제를 뒤집어씌울 것인가 하고 겁을 먹기도 했다. 그랬는데 대원군이 활달한 웃음을 띠고 자리를 권하곤,

"김공이 형조를 맡아주어야겠소."

했을 땐 어안이 벙벙했다. 기히* 이조판서를 비롯해서 적잖은 관직을 역임한 바 있어, 형조판서라는 직책을 제수 받았대서 감지덕지한 것이 아니다. 무슨 난제를 걸어올까 봐 불안했던 차에 벼슬을 하라는 권고였으니 어안이 벙벙해진 것이다.

대원군은 이어 이런 말을 했다.

"김공도 들어 알겠지만 장삼성이란 화적이 환통을 치고 있는 판이라 나라의 체통이 서지 않네. 포도청에 맡겼더니만 창피만 당하고 말았어. 그래 생각하건대 김공이 형조를 맡아 사사로이 유지 장사를 규합해서 포도청과는 관계없이, 물론 필요할 땐 포도청을 쓰기도 하겠지만, 장삼성이란 놈을 붙들도록 해주었으면 하는데 어떤가?"

김병교는 뭐라고 대답할 수가 없어,

---

* 이미.

"원래 형조는 포도청이나 의금부가 붙들어 온 죄인을 관리하는 곳일 뿐…."

"그러니까 의논하는 거 아닌가. 포도청이나 의금부에서 잡아오기를 기다릴 것이 아니라 형조가 직접 나서서 죄인의 수색을 하도록 하잔 말이네. 그 권한을 김공에게만 주겠다는 얘기여. 그리고 장삼성을 붙드는 덴 관속의 힘만 가지곤 안 될 것 같아. 야野에 있는 모사와 책사, 그리고 무술인을 많이 등용해야 할 걸세. 그것을 서둘러보라 이걸세. 포도청, 의금부는 물론 어떤 관청보다도 상월上越한 권능을 형조에 줄 것이니 종횡무진으로 활약하도록 하면 어떨까."

그렇게 된다면 형조가 압도적인 권능을 장악하게 된다. 김병교는 슬그머니 구미가 돋았다.

"진심갈력하겠사오이다."

하고 머리를 조아렸다.

"고마우이."

하고 대원군은 잠깐 말을 끊었다가,

"그러나 만만찮은 비용이 들 걸세. 한데, 그 돈을 국고에서 내려면 당상의 의론이 시끄러울 테고, 그러니 일시 자변*하는 방법을 강구해야 할 텐데 어떨까?"

하고 넌지시 김병교의 눈치를 살폈다.

'아하, 바로 여기에 문제가 있었구나.'

---

* 自辨: 스스로 비용을 부담함.

싫었지만 김병교는 내색하지 않고

"사직을 위하는 일이라면 못 할 것이 있겠사옵니까?"

하고 순순한 태도를 취했다.

　그러자 대원군으로부터 구체적인 말이 있었다. 가능한 한 신실하고 능력 있는 인재를 모을 것. 무과에 낙방한 사람 가운데도 쓸모 있는 놈이 있을 것인즉, 그런 자들을 모으되 후하게 관위官位와 보수를 주어 활용하면 보람이 있을 것이란 얘기였는데, 관위는 김병교의 품신대로 재가해주겠다는 말도 잊지 않았다.

　장삼성의 쪽지 내용에 진실이 없지 않다면 당분간 그의 원성을 사지 않는 게 유리한 짓인데, 김병교를 앞장세워 내밀적으로 살피게 한다면 그런 점은 걱정하지 않아도 좋을 것이었다.

　뿐만 아니라 국고를 축내지 않고 김씨 일문의 재물을 소모시켜 장삼성을 잡을 수 있다면 이 또한 나쁜 일이 아니었다. 게다가 만일 김병교가 장삼성을 잡지 못할 땐 그만큼 김씨 일문의 세위가 움츠러들 것이 분명했다.

　혹은 김병교가 사조직을 만들어 장삼성을 붙들려고 서둘면 장삼성으로부터의 보복이 김씨 일문을 멸망케 할 계기가 될지도 몰랐다.

　대원군은 이렇게 상지상上之上의 계략을 꾸민 셈이다.

　대원군의 이러한 속셈을 전부 알 까닭은 없었지만 김병교는 신중했다. 그런 조처가 결코 병교 자신과 김씨 일문을 이롭게 하기 위해 꾸며진 것이 아니라는 짐작만은 할 수 있었던 것이다. 김병교는 정중하게 아뢰었다.

"분부이시라면 수화를 불사하겠습니다만, 감히 여쭙고자 하는 것은 적 장삼성이 호락호락한 놈이 아니라고 들었은즉, 상당한 시일이 요할 듯하옵니다. 그러하오니 모처럼 시작한 일이 중도이폐가 되지 않도록 소신께 충분한 시간을 주셨으면 합니다."

"얼마만한 시간이면 되겠는고?"

"장담하긴 외람되오나 일 년 남짓한 시일은 있어야 하지 않겠습니까. 사람을 모으는 데도 그렇고, 일을 진행하는 데도 그렇다고 할 수 있습니다."

"좋소, 좋아."

대원군은 쾌히 승낙했다.

"그리고 또 한 말씀 있사옵니다."

"뭐고, 기심 없이 말해보게."

"이런 중책을 맡으면 자연 말썽이 나기 쉽고 중상 모함하는 자도 나타나게 마련이옵니다. 그러하온즉 일의 도중에 있어선 철두철미한 비호가 계셔야 하겠사옵니다. 더욱이…."

"알았소."

하고 대원군은 김병교의 말을 가로막았다.

"김공이 말하고자 하는 것 내가 다 알았소. 귀문과 나 사이를 이간하려는 자를 나도 모르는 바 아니니 과히 염려 마슈."

"황공하오이다."

김병교가 물러가려고 일어서자 대원군이 그를 붙들어 앉히고 이런 말을 했다.

"장삼성이란 놈은 예삿놈이 아니오. 신출귀몰하기가 얘기책에 나오는 홍길동과 같아. 천안에서 잡은 놈이, 아니 제 발로 걸어 들어온 놈이 장삼성임에 틀림없는데, 칠중 팔중으로 한 결박을 풀고 감쪽같이 도망을 쳤으니 기가 막힌 놈 아닌가. 게다가 언제 달려왔는지 내 집에 무엄하게도 화살을 쏴 넣어 협박을 하는 놈이니 범상한 수단으로 잡힐 놈이 아닐세. 하나, 기는 놈 위에 나는 놈이 있다고, 공이 애써 인재를 찾으면 놈을 꺾을 사람을 만날 터이니 조급하게 서둘지 말고 해보게. 포도청처럼 시끌벅적하게 떠들지 말고 소문나지 않도록 가만가만 진행함이 가할 것이오. 놈은 일부 세궁민들의 마음을 사고 있는 모양이니 낌새를 채지 않도록 더욱 조심해야 할 걸세. 글쎄 화적 놈에게 희롱을 당한대서야 어디 나라의 꼴이랄 수 있겠는가?"

병교의 심정은 복잡했다. 대원군이 보여준 신임으로는 한시름 놓을 수도 있는데, 그에게 맡긴 임무를 봐선 마음이 무거워질 수밖에 없었다.

집에 돌아가니 김병기가 기다리고 있었다. 김병기는 병교에겐 재종형뻘이 된다. 병기는 객월* 9일 광주유수로 좌천되었다가 보름 후에 판돈녕判敦寧으로 임명되어 한양에 돌아와 있었는데, 장동 김씨 가운데선 출중한 인물인 탓도 있어 대원군의 바람을 가장 세차게 맞는 입장에 있었다.

그런 만큼 항상 긴장되어 있는 판이었는데, 병교가 대원군에게

---

* 客月: 지난달.

불려갔다는 소식을 듣고 궁금해서 그를 찾아와 기다리고 있던 참이었다. 병기와 함께 김병국, 김병학도 와 있었다.

"무슨 일이던고?"

병교가 좌정하자마자 병기가 물었다.

"날더러 형조를 맡으라고 합디다."

병교의 답이 있자 모두들 '으음' 하는 심정으로 서로의 얼굴을 살폈다.

보통의 집안인 경우에는 판서 자리가 제수되었다면 환호성이 일판인데, 워낙 식상하도록 벼슬을 해온 터전이고 보니 그 벼슬에 따른 갖가지 의미를 생각해봐야 되는 것이다.

병교는 차근차근 대원군의 의도를 설명했다. 장삼성이란 이름이 나오자 김병기의 얼굴에 긴장의 빛이 감돌았다.

"이상한 일도 다 있군."

병기가 자기도 모르게 중얼거린 말이었다.

"뭐가 말입니까?"

병교가 물었다.

"나는 장삼성이란 놈이 홍선의 앞잡이라고 생각하고 있었지."

"홍선의 앞잡이요?"

병교는 놀라는 얼굴이 되었다.

"나는 그놈에게 이만 냥을 가로채였어."

뚜벅 이렇게 서두를 하곤 병기는 다음과 같이 말했다.

"그놈, 장삼성이란 놈이 내게 지독한 편지를 보냈어. 십 년 전 내가 좌찬성을 지내고 있을 때 무슨 일이 있었는데, 그 사실을 귀신

128

같이 알고 쓴 편지였어. 이만 냥을 보내주면 덮어줄 것이고 불응하면 모처에 알리겠다는 거라. 하도 괘씸해서 배짱을 부려볼까 했지만 세상이 세상 아닌가. 꿀꺽 참기로 했지. 그때 생각한 거라. 그처럼 대담한 짓을 하는 덴 뒤에 든든한 줄이 있을 거라구. 그렇지 않고서야 어떻게 안하무인으로 일개 화적이 장안에서 설쳐댈 수 있겠는가. 나는 장삼성이란 놈을 홍선이 조종하고 있는 게 아닌가, 조종까진 뭣해도 내통하고 있는 게 아닌가 하는 생각을 했지."

"그런 건 아닌 것 같습니다. 어젯밤 홍선군의 집에 화살이 날아들었는데 그게 장삼성의 부하가 쏘아 넣은 화살이었답니다. 홍선의 격분은 이만저만한 게 아니었어요."

"그렇다면 다행한 일일세. 그러나 그놈을 잡는 일이 쉬울 것 같진 않으이."

하고 김병기는 팔짱을 꼈다.

"그러니까 집안 여러 어른들의 도움이 있어야 할 것 같습니다."

김병교는 좌중을 둘러보며 도움을 청했다. 우선 돈을 모을 의논부터 있었다. 결국은 집안을 보위하는 결과도 될 것이란 의견이 합쳐져 대소가에서 십만 냥쯤을 모으기로 했다. 그러고 나서 기구를 만드는 방법, 인재를 모으는 수단 등으로 화제가 옮아갔다.

당시 형조엔 상복사詳覆司, 고율사考律司, 장금사掌禁司, 장례사掌隸司 등 4사가 있었다.

김병교는 장금사를 확충하여 그 안에 장삼성을 잡는 기구를 둘까 하다가, 전연 별도의 조직을 만들기로 했다. 그 조직은 눈에 띄지 않는 게 좋다고 해서 이름을 추풍회秋風會라고 짓고, 그 본거지

를 김병교 자택 사랑 가운데의 한 채에 두기로 하고 별도로 문을
내었다. 추풍회라고 이름을 지은 것은 원래 형조를 추관秋官이라고
하는 데 인연을 둔 것이다.

첫째, 책임자의 선정에 착수했는데 김병기가 김용우金容禹를 천
거했다. 김용우는 판의금부사 김학성의 아들로 하준호와 어울려
술을 마시던 자리에 함께 있던 자이다.

"김용우는 판의금부사 김학성의 아들이니 의금부와 기밀한 협
동을 할 수 있을 것이고, 성격이 명랑 활달하니 아는 사람이 많아
인재를 모으는 데도 도움이 될 것이다."

하는 것이 병기가 용우를 천거한 이유였다. 병교도 용우를 잘 알고
있는 터라 즉각 그 천거를 받아들이기로 하고,

"품계品階는 어떻게 하면 좋을까요?"

하고 물었다.

"별정직이니까 종삼품 참의쯤은 줘야 하는데, 홍선이 응할까?"

병기의 대답이었다.

"국록과는 관계가 없으니 응하지 않을 바는 아닐 것입니다. 품신
을 하는 대로 재가하겠다고 했으니까요."

이와 같은 병교의 말을 듣자 병기는,

"벼슬아치만 자꾸 만들어놓고 장삼성을 못 잡으면 탈인데."

하고 웃었다.

대강의 원칙이 정해지자 병교는 김용우를 불렀다. 용우는 그날도
하준호와 어울리기 위해 기방으로 갈 참이었는데, 돌연 형조판서 김
병교가 부른다는 전갈을 듣고 의아한 마음으로 발길을 돌렸다. 사

람을 시켜 조금 늦겠노라고 하준호와 한복에게 기별을 해두었다.

병교와 용우는 허교하는 사이였다.

병교는 용우가 들어오기가 바쁘게,

"자네, 벼슬을 해볼 생각은 없는가?"

하고 말문을 열었다.

"벼슬? 난 그런 것 싫다. 한운야학閑雲野鶴이 내 성미엔 맞아. 한데, 아닌 밤중에 홍두깨지 그게 무슨 소린고?"

하고 용우가 자리에 앉았다.

"대뜸 참의 벼슬이라면 나쁠 것이 없지 않은가?"

하고 병교는 대강의 설명을 했다.

"나는 원래 벼슬을 싫어하지만, 평양감사쯤이면 못 할 바도 아니라고 생각했는데, 나더러 화적을 잡으라고?"

"내 얘기를 들어보게."

김병교는 차근차근 설명을 했다.

"하여간 장삼성이란 놈만 잡아봐. 그 이튿날 자네는 평양감사다. 그만큼 흥선군은 이 일을 중히 여기고 있어."

하고 용우의 관심을 돋우었다.

"평양감사는 탐이 나지만…."

하다가 용우는 언뜻 하준호에게 생각이 미쳤다.

"나와 같이 참의 벼슬을 시킬 사람이 있어. 그 사람만 응해준다면 인재를 모으는 것도 과히 힘들지 않을 거야."

용우는 하준호의 사람 됨됨이를 설명하기 시작했다.

술자리가 파할 무렵에 김용우가 나타났다. 그는 대뜸 하준호를 보고 참의 벼슬을 안 하겠느냐고 물었다.

"벼슬? 영의정쯤 시켜주면 못 할 바도 아니지."

하준호는 담담하게 말했다.

"평양감사는 어때?"

"난 장안을 떠나기가 싫어."

"그 평양감사, 나 한번 해보자."

한복이 나섰다.

"아버지는 경기감사, 아들은 평양감사. 그것 경치가 좋겠군."

하준호가 한 농이었다.

"아닌 게 아니라, 한공도 한자리 시키긴 해야겠어."

하는 말을 받아 한복이,

"이 사람이 형조판서를 만나고 오더니 혹시 간이 부은 것 아냐?"

하고 깔깔댔다.

"그런 게 아닐세."

김용우는 먼저 장삼성을 잡는 얘기부터 꺼냈다.

"장삼성 잡는 얘긴 안 하는 게 좋을걸."

하준호가 금란에게 눈을 주며 말했다.

"무슨 말씀을 해도 좋사와요."

금란이 슬쩍 눈초리를 치켰다.

"왜 마음이 변했나?"

하준호가 물었다.

"천만에요. 일편단심이랍니다. 그러나 그분은 절대로 잡히지 않을 테니 무슨 말을 해도 좋다는 거예요. 그날 밤 학사님께선 용케도 말씀하셨지. 한양까지 붙들려 오는 놈이면 장삼성이 아닐 거라구요. 전 그 말씀 두고두고 잊지 않을 거예요."

금란이 열이 올라 새살떨었다.

"역적을 두둔하면 어떻게 되는지 알지?"

김용우가 겁을 주었다.

"그분이 뭐 역모를 했나요?"

금란이 새침해졌다.

"나랏일을 그르치면 그게 역모지, 역모가 따로 있나?"

용우가 정색을 했다.

"김공."

하고 하준호가 중간에 끼었다.

"금란이 있는 곳에서 장삼성 잡는 얘기는 하지 말게. 비밀이 모두 새어나가겠다."

"그럴 염려가 있군."

한복이 맞장구를 쳤다.

"제가 그럴 여자로 보여요?"

금란이 시비조가 되었다.

"왜 이렇게 설쳐, 금란이."

하준호가 준절히 나무랐다. 그리고 넌지시 이었다.

"김공, 막중한 소임을 맡은 셈인데 국사는 되도록 술자리에선 피하게."

"장삼성이 잡는 얘기가 어디 국사라고 할 수 있겠는가?"

하고 용우가 웃었다.

용우가 나타난 바람에 다시 한 순배 돌리기로 했는데, 그러나 화제는 계속 장삼성의 둘레를 맴돌았다.

"이상도 하지. 무슨 도술을 하는 사람이 아니면 어떻게 그런 결박을 풀 수 있단 말인가?"

한 것은 한복이었고,

"도술이지. 그자는 도술을 하는 자야."

한 것은 하준호.

"이 세상에 도술이란 게 어디 있겠어? 약간의 무술을 익혔다는 정도겠지."

한 것은 김용우. 그래 놓고 용우는,

"하공, 한공. 내 힘이 되어주게. 하공은 아는 사람이 많지 않은가. 복록과 벼슬은 톡톡히 줄 테니 인재를 모아봅시다."

그 이튿날 김용우의 사랑에서 본격적인 조직에 착수했다. 하준호가 사양하는 바람에 한복이 그 보좌역을 맡았다. 품계는 용우와 똑같이 종삼품 참의로 했다. 그 아래 의금부에선 도사都事 한 사람이 차출되고 포도청에선 종사관이 파견되었다. 도사는 종오품이고, 종사관은 종육품이다. 훈련원으로부터는 참군參軍들이, 금위영으로부턴 초관哨官 다섯이 차출되었다.

대강 이렇게 골격을 만들곤 인재를 야野에서 모으기로 했는데, 그 재간에 따라 동반東班을 원할 땐 정랑正郎 또는 좌랑佐郎 벼슬을 주고, 서반西班이 되길 원할 땐 부정副正, 첨정僉正, 판관判官의 벼슬에 임任하기로 했다.

"하공, 하공이 명리에 초월하여 유유자적하겠다는 취향은 모르는 바 아니지만, 차제에 명정감이라도 장만해두는 게 어떻겠소?"

하고 용우가 권했다. 한복도 이에 동조했다.

"뜻밖인 기회가 아니겠소. 하공, 우리 같이 일합시다."

"두 분이 나의 뭘 보구 그렇게 권하는지 모르겠구려. 내 재간이란 술이나 마시고 풍월을 읊는 게 고작인데, 어찌 그런 대임을 맡을 수 있겠소이까."

하고 하준호가 완곡하게 거절했지만,

"하 학사의 깊은 사려를 우리가 모를 까닭이 있겠소이까. 의논 상대가 되어주는 것만 해도 고맙겠소."

하는 강권이었다.

"꼭 그렇다면 대사성大司成 벼슬이나 주시구려. 그러나 의논 상대나 할 뿐이니 그 밖의 일은 기대하지 마슈. 물론 참근參勤하는 일도 없을 터인즉 그렇게 아시구."

"좋소이다."

하고 김용우는 무릎을 쳤다.

"그 대신 내 좋은 사람을 하나 천거하지."

하준호는 마음에 꾀하는 바 있어 이렇게 말했다.

"어떤 사람이오? 하공이 천거하는 사람이라면 오죽하겠소만."

김용우가 물었다.

"이름은 권대복權大福이라고 합니다. 나이는 스물일곱. 나와는 동행인데 어릴 적부터 무예의 소질이 탁월해서 검술, 창술은 물론

이요, 사술射術과 권법에 특히 능한 사람입니다. 주야로 옆에 두고 중용하면 백인력百人力의 호신護身이 될 것이며, 일단 유사시엔 천인력千人力의 투사가 될 것이올시다."

"꼭 그 사람을 천거해주시오."

"그런데 그 사람은 조금 먼 곳에 있는지라 기별을 해서 오라 하려면 닷새쯤은 걸려야 할 것 같소."

"좋습니다. 한데, 그 밖에 또 천거할 인재는 없습니까?"

"당장 생각나는 사람은 권대복뿐이외다. 눈치 빠르고 부지런하고 날쌔고 신의가 있는 인재를 모아야만 할 테니, 그런 사람이 어디 그처럼 흔하겠사오이까. 그러나 차차 모이게 될 테죠. 그런데 대강 몇 사람이나 필요합니까?"

"경향 각지에 풀어야 할 테니 오십 명은 있어야 할 것 같소."

김용우의 계획은 이랬다.

"이름은 추풍회라고 지은 모양이니 김병교 대감과 의논해서 추풍패秋風牌를 만들 작정입니다. 이 패는 암행어사의 마패와 맞먹는 것으로, 제시하면 역마驛馬의 편의는 물론, 각 관서에서 최대한의 이편利便을 도모해주게 할 것입니다. 그 패를 내놓고 협력을 청하면 포도청은 말할 것도 없고 훈련원, 진영鎭營의 병사들이 출동하도록 통첩할 계획도 서 있습니다."

"오십 명은 모자라오."

하준호가 뚜벅 말했다.

"방불한 인재만 있다면야 백 명도 좋고 이백 명도 좋습니다. 이건 김병교 대감의 뜻만이 아니라 홍선대원군의 뜻이기도 합니다."

"그렇다면 백 명쯤으로 책정하시오. 백 명의 출중한 문무관이 경향 각지에 깔려 수색을 벌이면 장삼성도 빠져나가지 못할 겁니다."

"문제는 출중한 인재를 모으는 데 있겠죠."

"그러니 재물을 아껴선 안 됩니다. 백만금을 쓰고 장삼성을 잡는 것하고 오십만 냥을 쓰고 장삼성을 못 잡는 것하곤 의미가 전연 다를 것이 아니겠소."

"그렇죠, 그렇습니다."

"그리고 그 추풍패를 만든다는 계획은 썩 잘된 것입니다."

하준호의 칭찬에 김용우는 흐뭇하여 말했다.

"우리 대사성 하공에겐 순금으로 된 추풍패를 만들어 올리겠소."

"그거 반가운 말씀이구려. 추풍과 황금은 원래 운치가 맞는 겁니다. 그걸 가지면 아무리 밤늦게 돌아다녀도 순라졸의 성화는 받지 않을 것 아니겠소."

"어디 그런 공덕뿐이겠소."

하고 한복이 한 말은,

"미희美姬를 찾아 월장을 해도 시비할 놈 없으리다."

"이 사람, 제사엔 정신이 없고 젯밥에만 마음을 쓴다더니 자네가 꼭 그 꼴이군."

김용우의 농 섞인 핀잔이었다.

"장삼성도 잡고 미희도 잡으면 될 것 아닌가."

"하하하."

"핫핫하."

김용우와 한복은 그 성격이 원래 초탈한 데다 벼락감투를 쓰고 나니 으쓱한 기분으로 부풀어 있었다.

이윽고 술상이 들어왔다. 상 위를 훑어보곤 한복이 익살을 부렸다.

"참의 벼슬을 하고 나더니 밥상의 면목이 일신했구나."

"에잇, 이 사람."

미상불 술맛과 안주 맛이 종전과 달랐다. 벼슬을 하면 장맛부터 달라진다는 속담은 결코 망발이 아닌 것이다.

그러나 하준호는 그날 밤 과음하지 않았다. 좀 더 있다가 가라는 만류를 굳이 사양하고 중좌한 하준호는 자하문 쪽으로 걸음을 옮겨가고 있었다. 동쪽 하늘에 초승달이 있었다.

'자하문외영삭월紫霞門外迎朔月' 하고 나직이 읊어보는 것은, '명륜당상송회월明倫堂上送晦月'*이란 대구對句가 그의 일상日常에 있었기 때문이다. 이어 하준호가 중얼거린 말은

"장량張良 소식을 문장량問張良**이라더니."

그리고 그는 묘한 웃음을 지었다.

인가가 끝나고 산길이 되었을 때 하준호의 표정은 일시에 변했다. 거나하게 취한 마음 좋은 선비의 얼굴로부터 세상만사를 저주하는 마음이 표정으로 나타난 사나운 얼굴로 변한 것이다. 5월에 들어 공기는 신록의 내음을 섞어 향기롭기까지 했으니, 여느 때 같으면 호젓한 산길을 걷는 기분이 시 한 수쯤 읊을 수 있었을 것인

---

* 자하문외영삭월: '자하문 밖에서 초승달을 맞이하다', 명륜당상송회월: '명륜당 위에서 그믐달을 전송하다.'
** 장량의 소식을 장량에게 묻다.

데, 그러질 못했다. 하준호의 눈앞에 평양감사가 될 수 있을 것이란 기대로 들떠 있는 김용우의 얼굴이 나타났다 사라졌다, 또 나타나곤 했다.

하기야 김용우를 지기知己로 할 양으로 사귄 것은 아니다. 어쩌다 사귀고 보니 정이 들었고, 들고 보니 무던하게 여겨진 정도에 불과했지만 그처럼 경박한 인간인 줄 몰랐었다. 벼슬을 안중에 두지 않는 초탈한 호기 같은 것은 기대할 수 없다고 하더라도, 자기 소임이 아니라고 생각하는 것은 거절할 줄 아는 기골쯤은 있으리라고 믿었던 것이다. 그런데 장삼성을 잡기만 하면 평양감사를 주겠다니까 역량도 방법도 아랑곳없이 덤비는 꼴이 얄밉게 보일밖에 없었다.

'제가 장삼성을 잡아? 백 명이 아니라 천 명이 있어봐라! 그리고 또 무엇? 금으로 패를 만들겠다구? 하나, 그것은 받아두지.'

어차피 그 정도의 인물이라는 것을 안 것만 해도 다행이었다. 마음을 허許할 생각까진 없었다고 해도, 무슨 때 어떻게 말이 미끄러져 나갈지 모르는 일 아닌가.

하준호는 광대가 줄을 타고 있는 것처럼 살고 있는 스스로를 새삼스럽게 반성하는 기분이 되며, 앞으로는 더욱더 빈틈없이 행동해야겠다고 마음먹었다. 동시에 인생과 세사에 허무를 느꼈다. 뜻이 있어도 펼 수가 없고, 마음이 있어도 베풀 수가 없고…. 악은 한없이 부풀어나가고 정도正道는 이를 찾을 수가 없으니 모든 것이 허망한 것이다.

하는 짓은 더럽기 짝이 없으면서 입을 열면 성현의 말씀을 들먹이는 탐관과 오리와 부유腐儒들의 상투를 무단을 엮듯이 한꺼번에 묶어 기름 속에 처넣어 지글지글 끓여보았으면 직성이 풀릴 것 같은 잔인한 공상에 한동안 마음을 뺏겼다.

하준호는 증오에조차 철저하지 못한 스스로에게 혐오를 느꼈다. 그는 마음 한구석에 백운白雲과 청산을 생각하는 자신에게 멍청함을 느꼈다.

태백산이나 소백산의 인연人煙이 먼* 골짜기를 찾아 이 세상을 염리厭離**했으면 하는 유혹을 이기지 못할 것 같은 두려움마저 느꼈다.

이 생각 저 생각 하고 있는 동안에 자하문까지 왔다. 파수꾼이 누군가고 물었다. 하준호가 달그림자에 얼굴을 비춰내자,

"아아, 하 학사님이시군요. 오늘은 조금 늦으셨네요."

하고 하준호를 알아보았다.

그리고,

"하 학사님이시다, 문 열어라."

하고 동료들에게 나직이 속삭였다.

하준호가 자하문 밖으로 나올 때는 으레 해가 있을 무렵인데, 오늘은 예외였던 것이다.

"팔자에 없는 벼슬을 하라기에 이런저런 얘기를 하다가 그만…"

하준호가 심히 취한 체했다.

"학사님이야 한자리하실 만큼 돼 있지 않습니까요."

---

* 인연이 먼: 인가가 멀리 떨어져 있는.
** 사바의 더러움을 싫어하여 떠남.

파수꾼의 아첨 섞인 웃음이 있었다.

"그러나 나는 과히 탐탁하지 않은 걸 어쩌나."

하준호는 부러 살큼 비틀거리기까지 했다. 성문이 끼익 소리를 내며 열렸다. 하준호는 술 취한 사람의 너그러운 웃음을 띠고 성문을 지나면서 허리춤에서 돈 한 꾸러미를 끌러 길바닥에 던졌다. '찰그랑' 하는 소리가 울렸다.

"출출할 테니 이걸로 술이나 한잔씩 하슈."

"번번이 이렇게 마음을 쓰시니…."

하며 파수꾼들은 준호의 뒷모습을 향해 고개를 꾸벅거렸다.

등 뒤로 성문이 닫히는 소리를 들으며 하준호는 씁쓸한 웃음을 웃었다.

'불쌍한 놈들! 개와 뭣이 다르단 말인가! 뼈다귀를 던져주면 좋아라고 꼬리를 치는 개나, 돈을 던져주면 머리를 꾸벅거리는 놈들이나….'

상부의 지시나 암호의 일치가 없으면 밤에 성문을 열 수 없게 되어 있는데도, 몇 푼의 돈으로 성문은 수월하게 열린다. 그것은 나라의 체통을 그대로 말하고 있는 것이나 다를 바가 없었다. 국법이 돈에 따라 닫히기도 하고 열리기도 하는 것이다.

'법이 서지 않는 나라는 망한다!'

그런데 법 위에 돈이 있는 세상이었다. 사람 위에 돈이 있는 세상이었다. 그런 세상에 살면서 장삼성이 뭐가 나쁘단 말인가. 진짜 대적大賊들은 조정에 있는 것이 아닌가.

길은 후미진 산길이 되어 있었다. 멀리서 부엉이 우는 소리가 났다. 짐승이 짖는 소리가 겹쳤다. 만 호 장안을 바로 옆에 두고 이곳의 산들은 사납기만 하다. 호랑이가 출몰하기도 한다.

세검정 경치가 좋아 춘화추엽春花秋葉의 계절이면 유산객遊山客이 모여들기도 하지만, 그것도 낮 동안에 있는 일이다. 이곳저곳 민가 또는 대관들의 별장이 산재해 있다고는 하나 밤이면 그저 적막한 산속이다.

그러나 하준호는 그 후미지고 호젓한 산속의 비탈길을 백주대로를 걷는 활달한 걸음걸이로 내려가고 있었다. 그런데 뭔가 이상한 느낌이 그가 걸어가고 있는 모습의 주변에서 풍겨나고 있었다. 근처에 다른 인적기가 느껴지는 것이다. 이를테면 혼자 걸어가고 있지 않다는 안심감 같은 것 말이다. 아니나 다를까, 양편의 숲 사이로, 어둡고 험한 길 아닌 길을 헤쳐 두세 사람이 하준호와 방향을 같이 하여 따라가고 있었다. 언제부터 그렇게 동행하고 있는 것일까. 김용우의 집에서 나설 때부터인가. 그렇다면 그들은 성벽을 뛰어넘었단 말인가. 아니면 성밖 어디엔가 숨어 기다리고 있다가 행동을 같이하게 된 것일까.

그런데 하준호는 그런 일엔 관심과 반응을 보이는 흔적도 없이 걸어 내려가다가 산허리의 갈림길에 우뚝 섰다. 그리고 세검정 쪽을 한동안 우두커니 보고 있더니 갈림길을 왼쪽으로 잡았다. 따르고 있던 사람들도 같이 방향을 바꾸었는데, 길을 건널 때 그들의 모습이 잠깐 보였다. 그건 사람이라고 하기보다 원숭이라고 해야할 느낌이었다. 검은 장속裝束 때문이기도 하지만, 그 동작이 사람으로는 볼 수 없을 만큼 빠르고 민첩했기 때문이다.

세검정을 바로 눈 아래로 한 절벽 위에 반쯤을 숲속에 묻고 제법 큰 집이 서 있었다. 대관 집의 별장을 방불케 하는 집이다. 첩첩 기와지붕을 겹친 불빛도 소리도 없는 집.

하준호는 하늘을 보고 주위를 살피는 눈이 되었다. 저편 돌담 부근에 그림자가 어른했다. 반대편 돌담 근처에도 그림자가 어른했다. 박쥐가 날고 있는 인상이었던 것은 그들이 검은 옷을 입고 있기 때문일 것이었다.

하준호는 성큼 대문 앞으로 걸음을 옮겨놓았다. 대문이 소리 없이 열렸다. 하준호는 그 문 안으로 사라졌다. 간일발의 사이도 없이 문은 역시 소리 없이 도로 닫혔다. 동시에 박쥐를 닮은 그림자가 이편에서 두세 개 날아 그 집 안으로 들어갔다.

뜰이 몹시 황폐해 있다는 것은 희미한 달빛으로도 알 수가 있었다. 길은 풀밭 사이로 나 있었다. 뜰을 건너 중문中門이 있었다. 그 중문도 아까의 대문처럼 소리 없이 열렸다. 닫히는 양도 마찬가지였다.

중문에 들어선 뜰도 황폐해 있었다. 황폐한 뜰을 끼고 사랑채가 있었다. 이번엔 그 집을 돌아야 했다. 왼쪽에 문이 있었다. 그렇게 몇 집을 지나면 절벽에 바싹 붙은 집이 나온다. 준호는 그 집 축담으로 해서 마루로 올라 가운데 방으로 가선 오른편으로 미닫이를 차례대로 열고 북쪽 골방으로 갔다. 방마다 사람은 없는데 방향과 발목을 지켜볼 수 있을 만큼의 관솔불이 기둥마다 켜져 있었다. 그런데 워낙 안채가 되어 불빛이 바깥에선 보이지 않았던 것이다.

그 골방의 미닫이를 열었다. 마루방이 나타났다. 동시에 그 마루가 한가운데서 두 쪽으로 열렸는데, 계단의 윗부분이 불빛에 떠올랐다. 하준호는 그 계단에 발을 디뎌 밟고 내리기 시작했다. 가파른 계단이긴 하지만 계단 양쪽이 쇠로 된 난간이어서 위험할 건 없었다.

그렇게 해서 얼마를 내려갔는지 모른다. 거긴 벌써 암굴이었다. 절벽 안쪽을 세로로 파고 들어간 것이다.

시간으로 보아 암벽 반쯤의 위치에 닿았을 만할 때 계단이 끝났다.

계단이 끝난 곳에서 동굴은 옆으로 되고, 거기 불이 환히 켜져 있었다. 거기에 고의 저고리 바람으로 세 명의 장정이 기다리고 섰다가 정중한 절을 했다.

계단 있는 쪽에서 열 걸음쯤 간 곳에 널찍한 방이 있고, 그 방엔 격자풍으로 된 쇠창살을 밖으로 하고 미닫이창이 달려 있다. 낮의 채광과 통풍은 그 창으로 하는가 보았다. 그리고 절벽도 돌출부인데다 발판이 없어 어떤 사람도 바깥으로부턴 접근할 수가 없을 것이었고, 가는 격자 때문에 불을 켜놓고 있어도 거리가 멀어서 누구도 거기에 사람이 있으리라곤 짐작 못 할 것이었다. 그리고 그 암실은 수직으로 된 입구 이외에, 동굴로 통하는 길이 두 군데 더 있었다. 동굴과 그 길 사이엔 안쪽에서만 열리는 벽을 눈에 띄지 않게 만들어두었을 것은 물론이다.

그런데 무슨 까닭으로 이러한 곳, 이러한 집의 밑을 파서 암굴과 암실까지 만들어놓았단 말인가. 미리 말해둘 것은 분명히 하준호는 지금 이 암실에 내려와 있는데, 세검정 아래쪽에 있는 그 마을에선 하 학사 댁이라고 부르는 집으로 하준호가 방금 들어서고 있었다는 사실이다.

하준호는 방으로 들어가 방 한쪽에 있는 보료에 앉아 팔걸이에 왼팔을 걸었다. 그러자 세 명의 장정이 들어와 방바닥에 양손을 모으고 이마를 갖다대는 공손한 절을 했다.

체구가 출중하게 큰 청년은 임任으로 불리었다. 검은 피부 빛을 가진 청년은 홍洪가로 불리었다. 이李라고 불리는 청년은 구레나룻을 갓 기르기 시작한 모양으로, 양쪽 뺨에 까뭇까뭇 털이 돋아나고 있었다.

"이공, 수고했네."

하준호의 첫말이었다.

"수고가 뭡니까? 그저 분부대로 대과 없이 일을 치른 것을 다행으로 압니다."

구레나룻의 청년이 한 대답이었다.

"아래 친구들도 무사하구?"

하준호가 물었다.

"예, 모두 속리산으로 보냈습니다."

구레나룻 청년이 공손히 답했다.

"이공은 당분간 여기에 있게. 우선 그 구레나룻 수염이 길어야 할 테니까."

하더니 하준호는,

"홍공."

하고 불렀다.

"예."

하고 홍이 고개를 들었다.

"자넨 내일쯤 전주로 가봐야겠다."

"예."

"기한이 닷새가 지났는데도 정공이 아직 돌아오지 않는구나."

"예."

"그럼 우리 오래간만에 술이나 한잔하자."

하준호의 말이 떨어지기가 바쁘게 안쪽 미닫이가 열리더니 주효를 가득 차린 술상이 들어왔다. 더벅머리 총각들이 들고 온 것이다.

총각들이 나가고 난 뒤 곧 순배가 있었는데, 하준호가 뚜벅 이런 말을 꺼냈다.

"흥선이 장삼성을 붙들 묘한 계교를 세운 모양이다."

청년들의 얼굴에 약간 긴장의 빛이 돌았다. 그리고 다음 말을 기다렸다.

하준호는 김병교가 형조판서에 앉았다는 얘기로부터 김용우를 시켜 추풍회를 만들게 했다는 얘기까지 차근차근 설명하고 나서,

"자네들 장삼성을 붙들 자신이 있나?"

하고 청년들의 얼굴을 둘러보았다. 언동에 장난기가 없지 않았다. 청년들은 침묵한 채 말이 없었다.

"장삼성 덕택으로 어쩌면 내가 평양감사가 될 것 같다."

하준호는 웃음을 머금었다. 그리고 덧붙이길,

"자네들이 장삼성만 잡으면 내가 평양감사가 된다, 이 말이다."

"꼭 그러시다면 장삼성을 한번 잡아보겠습니다."

임가라고 불리는 청년의 말이었다.

"그런데 나는 평양감사 할 생각이 없거든."

하준호는 큰 잔의 술을 들이켜고 잔을 홍에게 내밀었다. 잔을 받아 상 위에 놓고 홍이 말했다.

"장삼성을 잡아다 주고 평양감사로 앉아보는 것도 재미있지 않겠습니까?"

"그러나 장난이 너무 지나치면 못쓰는 법이야. 우리는 잡아주는 척만 하면 돼."

하고 하준호는 쾌활하게 웃었다.

"권대복을 만들어야 해."

하준호가 다짐하듯 말했다.

청년들은 말이 없었다. 그러나 까닭을 알고 싶어 하는 마음이 표정에 떠올랐다.

"추풍회에 정랑쯤으로 끼워 넣어야 하겠다."

정랑이면 정오품의 벼슬이다.

임이란 청년이 물었다.

"추풍회인가 뭔가에 끼울 필요는 알겠습니다만, 꼭 권대복으로 해야 할 이유가 뭡니까?"

"이유가 있지. 권대복은 나의 친구였어. 우리와 같은 처지는 아니었지만 같은 스승 밑에서 수련을 했다. 그런데 수련 도중 폭포에서 떨어져 죽었다. 오 년쯤 전의 일이다. 나는 뒷일을 생각하여 그의 죽음을 그의 향리에 전하지 않았다. 그 향리에선 아직 살아 있으되 행방을 모르는 것으로 되어 있을 거다. 혹시 신분을 알아보려는 경우가 있을지도 모르니 근거가 확실한 사람을 끼워두고 싶은 거다."

하준호가 준절하게 설명하자 홍이 장난기를 섞어 물었다.

"그렇게 하고서라도 장삼성을 잡을 작정이옵니까?"

"잡아야지."

하는 하준호의 말투에도 장난기가 없지 않았다. 그러자 구레나룻의 이가 빙그레 웃으며 말했다.

"한 번 더 붙들리긴 싫은데요."

"두 번 붙들리도록은 안 할 테니 걱정 말게."

하곤 하준호가 핫하 웃었다.

좌중의 모두가 웃었다.

그 웃음이 가라앉길 기다려 하준호는,

"우람한 체격, 과묵한 성격, 그러면서도 눈치가 빠르고 민첩한 놈이라야 하는데 누구가 좋을까?"

하고 일동을 둘러봤다.

한참 동안 침묵이 흘렀다.

먼저 입을 연 것은 임이었다.

"주삼경이 좋을까 하는데 어떻겠습니까?"

"그것 좋겠습니다."

홍이 말했고 이도 동의하는 듯 고개를 끄덕였다. 하준호도 그 제의엔 납득이 갔다. 주삼경을 알고 있었기 때문이다.

"그럼 내일에라도 주삼경을 불러라. 그놈 지금 어디에 있느냐?"

"안성에 있습니다."

"그놈을 불러서…"

하고 하준호는 다음과 같이 일렀다.

"고향은 경상도 산청군 덕천으로 해라. 그 부친은 권사용이다. 권

사용은 죽었다. 본관은 안동, 안동 권씨 시조는 권행權幸, 원래 신라 종성宗姓인 김씨였는데 경애왕景哀王이 견훤甄萱에게 시해되자 안동별장安東別將으로 있던 권행, 그때는 김행金幸이 견훤군을 쳐부수고 왕건王建에게 귀부, 그 창업을 도왔다. 그 공으로 해서 태사太師의 작위를 받고 능병기달권能炳機達權*하다는 뜻으로 권성權姓을 하사받았다. 그리고 십세十世를 전후하여 십사 파派로 나뉘었다. 당대 구봉군九封君을 비롯하여 많은 인물이 권문에서 배출되었다. 그런 사실을 샅샅이 챙겨 익혀 안동 권씨의 자손답게 행동하도록 그놈을 가르쳐라. 그 연후에 내게로 데리고 오라."

"예."

하고 세 청년은 동시에 조아렸다.

경애 넘치는 그 잔치는 밤이 깊은 줄을 몰랐다.

이 무렵 최천중과 연치성은 가역을 맡은 고한근을 따라 광주廣州 삼전도三田渡 근처에 가 있었는데, 역시 화제는 장삼성이었다.

그만한 인물이 화적이 되었다는 것은 최천중으로서도 납득이 가지 않는 일이었다.

"필시 대단한 곡절이 있는 사람인 것 같은데, 그 곡절이 대관절 뭘까?"

최천중은 몇 번인가 되풀이한 의문을 또 한 번 입 밖으로 냈다.

"패거리가 대단한 모양입니다. 본가가 어디에 있는진 알 수가 없

---

* '기미를 잘 알아채고 권도에 통달함'.

으나 일에 따라, 때에 따라 본거지를 옮겨가며 설쳐대는 걸 보면 열 명, 스무 명 갖고 될 일이겠습니까?"

연치성은 이렇게 말하고,

"장삼성이 안양 근처에서 그 다부진 결박을 풀고 도망을 갔다는데, 사실이 그렇다면 그것은 무술이 아니고 도술이 아니겠습니까?" 하고 물었다.

"무술이건 도술이건, 나는 안양에서 도망친 사람은 장삼성이 아니라고 생각하네. 그 많은 부하를 거느리고 있는 사람이 자기 발로 걸어가 관에 붙들리겠는가?"

최천중의 말도 그럴듯했다.

"그렇다면 그 배하에 특출한 무술가가 많다는 얘기 아닙니까?"

"그렇지."

"그럼 내가 본 장삼성도 장삼성이 아닐지도 모르겠는데요."

"그럴는지도 모르지."

최천중은 왠지 질투 비슷한 감정을 가졌다. 자기가 꿈꾸고 있는 일에 앞을 차인 것 같은 기분인 것이다.

최천중이 삼전도에 큰 가역을 일으킨 것은 천하의 인재를 모으기 위함이고, 천하의 인재를 모으려고 하는 것은 썩어가는 사직을 딛고 패권을 잡아보려는 것이 아니었던가.

그런 뜻으로서도 장삼성의 정체를 알고 싶었다.

"구철룡이란 놈만 돌아오면 대강의 사정을 알 수 있을 텐데."

최천중은 거의 조바심이 날 지경이었다. 그러다가 문득

"천주학을 하다가 죽은 사람들 가운데 살아남은 유족들이 아닐까? 장삼성부터 말야."

하고 생각에 잠겼다.

"그럴는지도 모르죠."

하다가 연치성은,

"그렇지는 않은 것 같습니다."

하고 얼른 부인하곤 덧붙였다.

"그들의 행동에 천주학을 하는 것 같은 흔적은 전연 없었으니까요."

"아니지. 그들이 천주학을 한다는 뜻은 아니다. 원수를 갚기 위해선 천주학을 버려야 했다. 아니, 우선 원수를 갚아놓고 천주를 찾아, 이렇게도 될 수 있을 것 아닌가. 천주학을 하는 낌새를 보이면 꼬리가 잡힐 염려도 있을 거고…."

연치성은 잠자코 자기 생각을 쫓았다. 그는 장삼성 일당이 출중한 무술의 소유자들이란 사실에만 관심이 있었다. 아무리 생각해도 장삼성에겐 모자란다는 자각이 그를 괴롭혔다.

연치성은 다시 중국으로 건너가야겠다는 생각까지 해보았다. 아무래도 무술 선생은 중국에 있는 것이다. 최천중과 연치성은 이렇게 마음이 엇갈려 있으면서도 장삼성에게의 관심만은 동일했다.

거의 같은 시기, 문경의 조령을 넘고 있는 30세 전후의 장년이 있었다. 백립白笠에 두루마기를 걷어 올린 차림으로 어깨에는 괴나리봇짐이 있었다. 그는 조령 어느 산속에 신기라고 할 만한 무술의 도사가 있다고 듣고 그를 찾아가는 도중이었다.

오월의 더운 햇볕 속을 걷기보다 달빛이 있는 밤길이 낫겠다고 나선 길인 것 같았는데, 사나운 짐승, 그보다 더 사나운 산적이 출몰한다는 소문이 있는 조령을 밤에 넘으려고 하는 것을 보면 만만한 담력의 소유자는 아닌 것이다.

사나이가 고개를 넘어 문경의 장터에 도착한 것은 이른 새벽이었다. 장터의 주막은 장꾼을 맞이할 요량으로 벌써 깨어 분주히 준비를 하고 있었다. 사나이는 그 가운데 한 집을 찾아들어 해장국과 막걸리로 요기를 하곤 봉놋방 구석진 곳으로 가서 드러누웠다. 한숨 잘 작정이었다.

사나이는 곧 잠에 빠져들었는데, 봉창이 밝아옴에 따라 그 얼굴의 윤곽이 드러났다. 그는 천안의 형방으로서 안양까지 장삼성을 호송해 오다가 거기서 장삼성을 놓친 실수로 곤장 50대를 맞는 형벌을 받고 형방에서 물러난 제석호였다.

제석호는 아버지의 대를 이어 형방의 관속이 된 서른 살의 사나이. 신분은 비록 중인 아전衙前에 불과했으나 기골은 사내다운 데가 있었다. 그래 웬만한 양반쯤은 안중에도 없는 도도한 태도로 처세해온 놈이기도 했다.

그러한 그가 장삼성 때문에 욕을 당하곤 절치부심 원을 세웠다. 땅이 끝나는 곳까지라도 뒤져 장삼성을 잡아 분을 풀어야겠다는 것이었다. 딴엔 힘깨나 쓰고 담력이 있다고 자부하고 있었는데, 일개 도둑놈에게 어깨를 밟혔을 뿐만 아니라 이만저만한 망신을 당한 것이 아니었기 때문에 천안 땅에선 얼굴을 들고 살 수 없는 처지가 되었던 것이다. 제석호는 장독이 풀리자 아내를 불러 앉혔다. 일곱 살을 맏이로 젖먹이까지 세 아들이 있었는데,

"나는 지금부터 집을 떠난다. 장삼성인가 하는 놈을 잡지 않고선 돌아오지 않는다. 논 열 두락, 밭 일곱 두락이면 굶지는 않을 것이다. 여기서 혼자 살기가 뭣하면, 이곳 토지를 대토代土해서 오산 친정집에 가서 살아도 무방하다."

하고 일방적으로 선언하곤, 울부짖으며 바짓가랑이에 매달리는 처자를 모질게 뿌리치고 집을 떠났다.

그런데 장삼성을 붙들려는 자가 왜 조령 근처에 있는 무술자를 찾아가는가. 제석호는 무술 없인 장삼성을 만나도 소용이 없다는 것을 알았기 때문이다. 그리고 천안의 포졸 가운데 줄잡아 다섯은 장삼성에게 매수되어 있었다는 짐작도 할 수 있었다. 그런데도 포도청에서 그 일을 발설하지 않은 것은, 그중 포졸 둘은 연전에 제석호 스스로가 뇌물을 먹고 채용한 사람이고, 나머지 셋도 불과 한 달 전 그 두 놈의 알선으로 역시 제석호 자신이 그 채용을 성사시켰기 때문에 그것을 문제로 했다간 자신에게 누가 미칠 염려가 있었기 때문이다. 장삼성의 도주와 때를 같이해서 그 다섯 놈들이 온 데간데없는 것을 보아도 제석호의 짐작은 옳다고 할 수 있었다. 하여간 제석호는 만만치 않은 각오로 집을 나와 조령을 넘은 것이다.

제석호가 한창 깊은 잠에 빠져들고 있을 때 그 봉놋방 안으로 성큼 들어선 두 사나이가 있었다. 두 사람 모두 남루한 옷을 입고 있었으나 행동은 늠름했다. 그 가운데의 하나는 마춘상이었다. 마춘상은 지난겨울 최천중과 연치성이 청풍으로 갈 즈음 길을 헛들어 악현惡峴의 어느 폐옥에서 하룻밤을 지낸 적이 있었는데, 그때 연치성에게 단단히 경을 친 산적 패거리의 소두목이다. 동행한 사나이는 그때 같이 있었던 졸개의 하나이다.

마춘상은 고깃국에 막걸리를 곁들여 해장을 하고 나서 자고 있는 자의 얼굴을 슬쩍, 그러나 날카로운 눈초리로 스쳐봤다. 마춘상은 그즈음 문경 장터를 빙빙 돌며 수상한 사람, 또는 수상한 동정을 알아내는 역할을 맡고 있었다. 조령 근처에 소굴을 두고 화적노릇을 하려면 관의 동태, 또는 정탐군의 동태를 살펴 사전에 수를 써야 하기 때문이다.

마춘상은 잠자는 얼굴만 보고도 제석호가 관속 또는 그 근처에 있는 놈이란 걸 알았다. 베고 있는 괴나리봇짐엔 약간의 노자가 들어 있을 것이었다. 마춘상은 이런 짐작으로,

"꿩 먹고 알 먹는 횡재가 있을 것 같기도 한데…."

하고 의미 있는 눈짓을 졸개에게 보내며 속삭였다. 정탐꾼도 잡고 돈도 가로챌 수 있다는 속셈을 말한 것이다.

한참만에야 제석호가 잠을 깨어 털털 일어나 앉았다. 그때 마춘상은 제석호가 일어난 동작에 부딪혀 그렇게 된 듯 꾸며 술이 반이나 들어 있는 잔을 방바닥에 떨어뜨렸다. 술이 흘러 괴나리봇짐 쪽으로 갈 판이었다.

"여보슈, 그 보따리나 빨리 치우슈."

마춘상은 제법 호의를 보이듯 이렇게 말했다. 제석호는 엉겁결에 괴나리봇짐을 들어 무릎 위에 놓았다. 그 동작으로 보아 보따리가 꽤 묵직하다는 것을 알 수가 있었다. 마춘상은 시비조로 시작했다.

"당신, 남의 잔을 떠받아 엎질렀으면 미안하단 말 한마디쯤은 있어야 할 것 아뇨."

"아아, 그랬던가요? 그랬다면 미안하게 됐구려."

제석호의 말투엔 얼마 전까지 관속이었다는 냄새가 묻어 있었다. 그래도 마춘상은 아랑곳하지 않고,

"미안한 줄 알면 그만이지. 이렇게 이 봉놋방에서 만난 것도 인연이 아니겠소. 자 술이나 한잔하슈."

하고 제석호 코앞에 술잔을 쑥 내밀었다. 제석호는 일순 망설였다. 형방으로 있었다는 의식이 불상놈의 잔을 받길 거북하게 한 것이다. 고래로 중인이나 아전이 상놈 업신여기는 건 양반보다 훨씬 더하다 하지만, 낯선 곳에 와서 거만하게 굴 수도 없었다. 제석호는 순순히 잔을 받아들었다. 그리고 잔을 돌리며 물었다.

"당신들은 이 고장 사람이우?"

"이 고장이긴 해도 이 장터는 아니오. 우린 산골 두메에 사오."

마춘상이 답한 말이다.

이런 말이 오가고보니 제석호도 가만있을 수가 없었다.

"이번엔 내 술 한잔하시오."

하고 주모를 불러 달리 술상을 차리게 했다. 딴은 수양 길에 들어서면 못 먹게 될 술이니 지금 실컷 마셔두자는 그런 생각도 있었다.

서로의 이름을 밝혔다. 그러고 난 후 제석호가 물었다.

"용곡이란 델 아시오?"

"이 근처에 사는 사람이 용곡을 모르겠소?"

마춘상의 대답이다.

"거기 가려면 어떻게 하면 되우?"

"가마가 있으면 가마 타고, 말이 있으면 말 타고 가면 되죠."

"그 말엔 약간 신맛이 들어 있군."

제석호가 빈정댔다.

"길을 물으면 될 일인데 어떻게 하면 되겠냐니까 그렇게 말할 수밖에."

마춘상도 버티었다.

이렇게 말에 가시가 돋치려 하다가 다시 화해의 기분이 돌았다.

"한데, 용곡엔 뭣 하러 가려고 허우?"

이번엔 마춘상이 물었다.

"그곳에 용담사란 절이 있다면서요? 그 용담사에 무술에 능한 도사가 있다기에 찾아가는 길이오."

"무술을 배우려고?"

"그렇소."

"무과 벼슬이나 하겠다, 이거요?"

이에 대해선 답을 않고 제석호는,

"그 도사가 지금 살아 계시는지 모르겠소?"

하고 중얼거렸다.

"용담사에 무술을 잘하는 도사가 있는지 없는지는 모르겠소만, 어느 해 악현에 나무하러 갔다가 그야말로 기막힌 무술자를 보았지."

하고 마춘상은 연치성을 만난 얘기를 달리 꾸몄다. 물론 연치성이란 이름을 몰라 들먹이지 못하고, 젊은 무술자의 무술이 신기에 가깝더라고 입에 침이 말랐다.

그 얘기를 듣고 제석호는 돌연 긴장했다. 바로 그 사람이 장삼성이 아닌가 해서다. 세상에 신기한 무술을 가진 사람이 그렇게 많을

까닭이 없을 것이다.

"그래, 그 무술자의 이름이 뭐라고 합디까?"

"이름은 말하지 않았소. 그러나 그 무술자와 동행한 사람은 알고 있소. 최천중인가 하는 이름이었소."

"어디에 사는 사람이라고 합디까?"

"그저 팔도를 유랑하고 있다고만 합디다. 팔자치레는 한 사람들이드만."

"최천중, 최천중."

하고 되뇌다가 제석호는 돌연 뇌리에 떠오르는 일이 있었다. 얼마 전 성환에서 행패가 있어 포졸들이 달려들었다가 혼이 난 적이 있었는데, 그 사건 얘기를 듣는 가운데 나타난 이름이 바로 최천중이었던 것이다.

'그렇다면 놈들이 장삼성 일당이란 말인가?'

하다가 제석호는 젊은 무술자의 체격과 용모를 물었다.

"그런데 그게 신기하단 말이오. 그 무술자의 체격은 자그마하고 얼굴은 백옥처럼 희어 그대로 여자를 만들었더라면 절세의 미인이 되겠더란 말요."

마춘상이 신이 나서 지껄였다.

그리고 덧붙인 말이,

"형씨가 무술을 배우려면 용곡으로 갈 것이 아니라 그 최천중인가 하는 사람을 찾는 편이 나을 거요. 최천중인가 하는 사람을 찾으면 그 무술자 있는 곳을 알 테니까요."

그러고는 마춘상은 연치성의 갖가지 기술을 들먹이며 자신이 흥분했다. 그러나 제석호는 막연한 얘길 좇을 수는 없었다. 용곡으로 가야만 했다.

그 주막에서 점심을 먹고 나서야 세 사람은 같이 떠났다. 같은 방향으로 한참을 같이 가야 했기 때문에 동행이 된 것이다. 마춘 상은 제석호가 짊어진 괴나리봇짐에 미련이 없는 바는 아니었으나 그걸 노리는 건 포기하기로 했다. 어느 모로 보나 힘깨나 쓸 것 같은, 그리고 약간의 무술도 없지 않을 것 같은 제석호의 허우대에 압도된 것이다.

길을 걸으면서 마춘상이 물었다.

"보아하니 형씨의 무술도 보통이 아닌 것 같은데, 그 위에 또 무술을 익혀 뭘 할 작정이오?"

"기는 놈 위에 나는 놈이 있다오. 나도 어려서부터 무술을 익히긴 했는데, 나 정도의 무술을 갖고 어림이 없다는 걸 요즘에야 알았소."

"사람은 분에 맞도록 살면 그만이지, 꼭 나는 놈을 닮아야 할 까닭이 뭐 있소?"

마춘상의 이 말엔 대꾸도 않고 한참을 묵묵히 걷더니 제석호가 뚜벅 말했다.

"나는 처자까지 버린 몸이오."

"그건 또 왜요?"

"분이 나서 그랬소."

"분?"

"그렇소. 분이오. 사내가 세상에 나서 구질구질하게 살 필요가 없다고 생각했소. 그런 생각을 하게끔 한 일이 있었소. 아니, 사람이 있었소."

"그게 누군데요?"

"나는 그놈에게 가슴팍을 채고 어깨를 밟히는 곤욕을 받았소. 뿐만 아니라 그놈 덕분에 곤장 쉰 대를 맞았소. 보통 사람 같으면 병신이 되었을 것이오."

제석호는 이를 뿌드득 갈았다.

"대체 누구한테 당했단 말이오?"

마춘상이 호기심에 겨워 물었다.

"그것도 사람다운 사람에게 당했으면 분함도 덜할 것이오. 화적 놈에게 당했단 말이오."

화적이란 말에 마춘상이 찔끔했다.

"누군지 모르지만 형씨 같은 사람을 그렇게 해치울 수 있는 사람이라면 대단한 사람이구려."

"나는 그놈을 이 세상 끝까지라도 쫓아가서 잡고야 말 것이오. 그러기 위해서 무술을 배우려는 거요. 십 년이 걸리건 이십 년이 걸리건 해낼 것이오."

제석호의 눈은 이글거리고 있었다.

마춘상은 할 말을 잃었다.

제석호의 말은 계속되었다.

"기고만장해서 강산을 범하는 놈! 나는 그놈을 꼭 붙들고 말 테니까. 그래서 장안 한복판 네거리에 목을 걸어놓고 까마귀밥을 만들어줄 테니까."

마춘상은, 자기도 독종이지만 제석호는 자기 이상의 독종이라고 생각했다. 그래서 은근히 물었다.

"화적이라고 해도 그 가운덴 의적이라고 할 수 있는 축도 있지 않소."

"의적?"

하더니, 제석호가 화를 냈다. 그리고 도둑놈은 어떤 명분으로서도 용납할 수 없다는 장광설을 폈다.

갈림길에서 헤어지며 제석호가 한마디 남겼다.

"내가 붙들려는 놈은 장삼성이오."

마춘상은 벼락을 맞은 사람처럼 우뚝 서버렸다. 그러나 다행하게도 제석호는 그런 마춘상의 태도는 보지 않고 휘이휘이 걸어가버렸다. 마춘상 일당은 장삼성과 통하고 있었다. '짐념은 무서운 것인데…' 하는 불안이 마춘상의 가슴에 괴었다.

이경하李景夏가 좌변포도대장으로 임명된 것은 5월 8일이었다. 우변은 신명순申命純이었다.

이경하는 표독하기로 이미 이름이 나 있는 사람이다. 그 표독한 이경하에게 흥선은 거듭 이런 당부를 했다.

"도둑이라고 보면 가차가 없으렷다. 한데, 형조 김병교에게 장삼성을 잡으라고 특명을 내려놓았으니 좌포장은 우포장과 같이 형조가 시키는 대로 진심갈력할지니라. 연이나 형조가 하는 짓이 못마땅하거든 주저 없이 이실직고하렷다."

이것은 김병교의 거동을 살피라는 밀명과 다름이 없었다. 장삼성을 잡는 일엔 협조를 하되, 그 비행을 살피는 덴 주저하지 말라는 것이다.

하준호가 주삼경을 권대복으로 꾸며 김용우 앞에 데리고 온 것은 이틀 전이고, 김용우가 권대복을 형조판서 김병교에게로 데리고 간 것은 이경하의 좌포장 임명이 있은 바로 그날이다.

김용우는 즉석에서 권대복이 마음에 들었기 때문에 권대복에게 벼슬을 주기 위해 그처럼 서둘렀던 것이다.

김용우에 비하면 김병교는 사려가 깊었다. 권대복으로 둔갑한 주삼경이 정중한 절을 하고 얼굴을 들자, 김병교는 말없이 한참 동안 권대복을 바라보더니 질문을 시작했다. 주로 권씨 가문에 관한 것이었다. 며칠을 두고 익혀온 터라 그런 질문에 막힐 까닭이 없었다. 김병교는 그만하면 신임할 만하다고 생각했으나

"그러면 자네 권상돈을 아는가?"

하고 마지막으로 물었다.

권상돈은 김병교의 성균관 시절의 동학이었다. 권대복은 실재 인물이 아닌 것을 들이대어 진가를 판별하려는 수단일지도 모른다고 미리 짐작하고,

"돈敦자 항렬로 봐선 소생의 숙항叔行이 되는 듯하옵니다만, 전 경상도 산골로 낙향한 지손支孫의 자손이라 경내京內 일가엔 아는 사람이 별로 없사옵니다."

하고 조아렸다.

그 답이 김병교로선 만족이었다. 그러니 다음의 질문은 일종의 좌흥座興이었다.

"듣건대 무술이 출중하다고 하던데 왜 여태껏 무과에 응하지 않

왔는고?"

"무술엔 다소 자신이 있사오나 경학經學이 부족한 탓으로 미루고만 있었사옵니다. 내년엔 기필 응과할까 하옵니다."

"지금은 별정정랑別定正郎을 제수하지만 각고면려하여 장삼성을 잡기만 하면 기필 등과한 거나 다름없이 정직正職으로 돌릴 것이니 그렇게 알게."

"황공하나이다."

이렇게 해서 권대복은 특별금 백 냥을 받기까지 해서 김병교의 앞을 물러났다.

흐뭇한 건 김용우였다. 김용우는 추풍회의 본거로 쓰게 된 김병교의 바깥사랑의 한 방을 권대복의 거실로 제공했다. 이어 믿을 만한 사람이 있으면 얼마라도 천거하라는 말까지 했다. 권대복은 수일 후 일곱 명의 친구를 천거했다. 천거를 받은 일곱 명은 김용우 앞에서 각각 장기로 하는 무술을 선보였다. 검 잘 쓰는 놈도 있고, 도끼를 잘 쓰는 놈, 활을 잘 쏘는 놈도 있었다.

이래저래 김용우는 흐뭇했다. 추풍회의 진영이 차차 짜여가고 있었기 때문이다.

5월 20일을, 추풍회의 이른바 추풍패라고 하는 할부割符를 배부하는 날로 정했다. 하준호에겐 약속대로 금패가 증정되게 되어 있었다. 그날 밤은 김용우의 사랑에서 큰 잔치를 하기로 예정도 세웠다.

그런데 18일, 좌변포장 이경하의 집에 장삼성의 이름으로 된 쪽지가 화살에 달려 날아들었다.

"좌포장 듣거라. 너의 표독한 행위를 벌하기 위해 오는 20일 너의 집에 화마火魔가 덮칠 것이니 그렇게 알아라."

하는 협박장이었다.

이경하는 이를 뽀드득 갈았다.

"오냐, 네놈이 제 발로 걸어 들어오는구나."

하고 이경하는 5월 20일 밤, 자기 집을 포졸들로 하여금 삼중으로 둘러싸게 하고 장안의 거리 요소요소에 비상선非常線을 쳐두었다.

한편 그날 밤, 김용우의 사랑에서 추풍회의 대연大宴이 있었다. 하준호를 빈객으로 하고 총세 50명의 추풍회 간부들이 대배大杯를 들이켜며 기염을 토했다.

'역발산기개세'란 시창으로 흥을 돋우는 자도 있었고, 내달 이맘때면 장적張賊을 잡아 축배를 들자고 대언장어大言壯語하는 놈도 있었다.

하준호는 웃음을 머금고 이런 광경을 둘러보고 있더니, 잔을 비워 김용우에게 돌리며 한마디 했다.

"모란봉에서 잔치할 날도 머지않겠네. 인인성사因人成事라고 하지 않소. 이만한 인재가 모이면 하사불성何事不成이겠소."

김용우는 금방 평양감사라도 된 듯 으쓱하며 말했다.

"모두가 하공의 덕택이오. 하공의 노력이 아니면 어떻게 이런 인재를 모을 수 있었겠소."

말투에 벌써 대감 풍이 묻었다.

"내가 천거한 사람이래야 권대복 하나인데 뭐 대단할 게 있겠소."

하준호는 이렇게 겸손해했다.

"아니오. 권대복은 군계일학이오. 게다가 권공이 천거한 7명이 모두 일당백의 장사들이니 마음이 든든하오. 하나, 하공의 지혜는 계속 빌려야 하겠소."

하고 김용우는 잔을 하준호에게 돌렸다.

대청 바로 아래 뜰에서 진행되고 있는 잔치는 점점 무르익어가고 있었다.

'남아이십미평국男兒二十未平國'이면 하는 남이 장군의 시를 낭송하는 자가 있었다. 김용우의 표정이 약간 이지러졌다. 남이 장군의 그 시엔 반란의 냄새가 없지 않다고 해서 대개 이런 자리에선 기忌하도록 되어 있었던 것이다. 하준호는 김용우의 그런 눈치를 알아채고,

"개의할 것 없소. 저만한 기개가 있어야만 장삼성 같은 거물을 잡을 수 있을 것 아뇨. 앞으로도 장정들의 기개를 죽이지 않도록 하셔야 할 게요."

"그러하오."

라고 하면서도 석연치 않은 듯한 김용우에게 하준호는,

"미평국未平國을 미평적未平賊으로 고쳐 부르도록 하면 될 게 아니오."

하고 활달하게 웃었다.

바로 그 무렵이었다. 대문을 차고 뛰어든 사람이 있었다.

"크, 크, 큰일났습니다."

"크, 크, 큰일났습니다."

하는 소리가 되풀이되자 연회장의 소란이 뚝 그쳤다.

"기, 김병교 대감 댁에… 저, 저."

일이 급해서 더듬는지 원래 더듬는 사람인지 말이 거기서 맴돌았다.

"빨리 일러라!"

김용우가 호통을 쳤다.

"화, 화적이 대감 댁에 드, 드, 들이닥쳐…."

뛰어든 사나이는 이렇게 헐떡였다.

"뭐라구? 대감 댁에 화적이 들었다구?"

김용우가 고쳐 물었다.

"예, 예, 그, 그, 그러하옵니다."

"빨리 대감 댁으로 가자."

김용우가 소리쳤다.

그 소리에 앞서 권대복과 7인의 부하는 벌써 대문을 빠져나가고 있었다. 김용우가 헐레벌떡 신발을 찾느라 법석을 하는데 하준호는 벌써 자기 신을 찾아 신고 축담에 내려서서 침착하게 말했다.

"장將은 서두르는 법이 없어야 하오."

하인이 김용우의 새 신발을 안으로부터 가지고 나왔다. 김용우는 그 신발을 거꾸로 신고는 짜증을 내었다. 하인이 신발코를 앞으로 하여 내밀었기 때문이다.

"상常에서 비상非常을 생각하는 첫째에 신발이 들어 있습니다. 장부가 당황해서 맨발로 뛰어나갈 순 없는 거니까요."

김용우의 짜증스런 동작을 보며 하준호가 넌지시 한 말이다. 그러나 용우는 그러한 빈정거림에 응수할 마음의 여유가 없었다. 신발을 고쳐 신기가 바쁘게 바깥으로 뛰어나갔다. 종자가 뒤를 따랐다.

그들의 모습이 사라지자 하준호는 반대 방향으로 걸음을 빨리했다. 거짓말 같은 일이었다. 다음 순간 하준호의 모습은 자하문 앞에 있었다.

한편, 김용우가 김병교 댁 사랑에 당도했을 때는 화적이 한바탕 설치고 떠난 뒤였다. 문짝이란 문짝은 죄다 마당에 팽개쳐 있고 광의 문도 떨어져 나가 있었다. 내실의 장롱도 샅샅이 뒤졌다는 얘기였다. 그 약탈의 현장을 스무 날의 달빛이 어설프게 비추고 있었다. 대감과 대감의 가족은 이웃집으로 난을 피해 없었고 하인들만 갈피를 잡지 못하고 우왕좌왕하고 있을 뿐이었다. 권대복과 그 일당은 화적을 추격하러 갔다는 얘기였다.

"도대체 어떻게 된 셈이냐?"

하고 김용우가 하인 하나를 붙들고 물었다.

"술시戌時쯤이나 되었을까유. 몽둥이로 대문을 밀고 들어오는 한 패가 있었어유. 누구냐고 물을 겨를도 없이 중사랑으로 몰려 들어가지 않겠시유. 보니 뒷담을 넘어 들어온 패가 있었시유. 옆 담에서도 넘어 들어왔구유. 모두 검은 수건을 쓰고 있어 누군질 알 수도 없었시유. 삽시간에 수라장이 되었는걸유. 곡식 같은 건 손대지 않았시유. 안집 광을 털어 돈, 금, 은, 포목 같은 건 몽땅 가져갔는가 봐유."

"포도청엔 알렸나?"

"무서워 바깥에 나갈 수 있어야쥬."

"그렇다고 이놈들."

"알리긴 했시유, 뒤에. 그러나 순식간의 일인걸유. 눈 깜짝할 사이에 있었던 일이었지유. 정신을 차렸을 땐 아무도 없었시유."

김용우는 안사랑 대청의 기둥에 하얀 종이가 꽂혀 있는 것을 보았다. 그 종이엔 묵흔墨痕도 선명하게 '장삼성 왕림지석'이라고 씌어 있었다.

형조판서 김병교 집이 화적 장삼성 일당에게 털렸다는 소식을 듣고 흥선은 노발대발했다.

"그깟 놈에게 대임을 맡긴 내가 망령이 들었지."

그는 혀를 끌끌 차고 도승지 민치상閔致庠을 빨리 운현궁으로 오도록 하라고 측근에게 명했다. 그리고 일단 노기를 누르고 곰곰 생각에 잠겼다.

'장삼성, 참으로 감쪽같은 놈이다. 그놈이 들어 이 사직을 허물어지게 할지도 모른다. 철통같은 경비가 되어 있다는 이 장안에서 감히 대감, 그것도 대사헌이나 형조의 집을 노략하다니… 그놈이 마음을 내기만 하면 내 생명도 바로 그놈 마음대로 될 것이 아닌가. 어, 괘씸한 놈!'

괘씸한 게 김병교인지 장삼성인지 분간 못 할 심정으로 흥선은 타구에 가래침을 뱉었다.

"그래 김병교가 털린 재물이 얼마나 된다더냐?"

흥선은 그 앞에 부복해 있는 놈에게 물었다.

"아직 잘 알 수는 없으나 내당의 장롱까지 털렸다니까 김 대감 집의 금은보화는 물론 광에 있는 돈도 몽땅 털린 게 아닌가 합니다."

'그것 잘됐군.'

하려다가 홍선은 얼른 자제했다. 오늘날은 야인이 아닌 것이다. 나라의 추기를 잡고 있는 사람이 아무리 감정이 격해 있기로서니 도둑놈에게 노략질당한 꼴을 잘된 일이라고 할 수는 없다. 홍선은 장삼성에 대한 대책을 어떻게 세울까 하고 한동안 생각하다가 김병교를 파직시킨 뒤 누구를 형조에 앉힐지 생각하기 시작했다.

그때 민치상이 왔다는 전갈과 함께 민치상이 홍선의 거소에 들었다. 홍선은,

"상감의 신변에 이상이 없더냐?"

하고 묻고 없다는 대답을 받자,

"형조를 바꿔야겠다."

하고 담뱃대를 물었다. 측근이 담뱃대에 불을 그어댔다.

"형조를 임명한 지 아직 한 달이 차지 못하였는데 바꾸신다는 건 너무 성급한 처사가 아니오이까?"

하고 민치상이 아뢰었다.

"부적不適이면 하루인들 어떻고 반각인들 어떻소. 내 그자에게 간곡한 당부가 있었거늘, 초장부터 화적에게 농락당하는 꼴을 나는 견디고 볼 수가 없어."

이때 홍선의 염두에 떠오른 이름이 있었다. 그래,

"그럼 누굴 후임으로 하리이까?"

하는 민치상의 말이 있기가 바쁘게,

"신석희申錫禧로 하게."

하는 지명이 있었다.

홍선이 불우했던 시절, 신석희로부터 돈 백 냥을 얻은 적이 있었

다. 그 백 냥으로 홍선은 한 해의 봄을 굶지 않고 넘긴 것이다. 백 냥의 돈을 얻은 대신 난초 그림 한 촉을 쳐주긴 했지만, 그때 홍선은 그림 한 촉에 다섯 냥, 여섯 냥을 받으면 횡재한 것처럼 기뻐했던 때인 것이다.

홍선은 신석희의 이름을 기억하고 있었던 것을 다행으로 여기고 민치상에게 다음과 같이 일렀다.

"빨리 돌아가 대비 전하에게 알리고 영상에게도 그렇게 전하게."

자기의 입놀림 하나로써 대감의 자리가 왔다갔다한다는 흐뭇한 느낌으로 홍선은 일시 노기를 잃었다.

한편, 김병교는 홍선대원군을 의심하지 않을 수 없었다. 아무래도 대원군과 장삼성이 기맥을 통하고 있다고 느껴졌기 때문이다. 그러한 오해를 하게 된 데는 다음과 같은 식객의 말이 있었기 때문이기도 했다.

"그 육중한 대문을 부수고 들어섰을 때 나는 놈들이 화적인 줄 알았습죠. 그래 담을 뛰어넘으려고 하는데 그곳 담으로부터 놈들이 넘어오지 않겠어요? 보니 저편 담으로부터도 넘어왔어요. 하는 수 없이 측간 뒤의 담을 넘었습니다요. 그래 갖고 포도청으로 뛰어갔습죠. 한데, 파수꾼 몇 놈만 있을 뿐 포도청이 텅텅 비어 있습디다요. 포졸들은 전부 좌포장, 우포장 집에 모여 있다는 얘기였어요. 빨리 통기를 하라고 하니 한두 놈이 달려가긴 했는데 아무리 기다려봐도 누구 한 놈 나타나지 않더라 이겁니다. 그거 이상하지 않습니까요. 뭣 때문에 포졸들을 포장들 집으로 보냈겠습니까요. 대감댁에 이런 일이 있을 줄 미리 알고 포졸들을 이리로 보내지 않기 위해 꾸민 일이 아니겠습니까요…"

김병교는 땅을 치고 호곡을 하고 싶은 심정이었다. 재물을 노략질당한 일이 분한 것이 아니었다. 홍선의 그 계교가 얄미웠다.

'이 여우같은 홍선, 두고 봐라.'

이가 뽀드득 갈렸다.

좌포장 이경하의 입장으로선 장삼성이 협박장대로 하기 위해 김병교의 집을 습격하는 척해놓고 자기 집을 칠 작정이라고 판단하지 않을 수 없었다. 그 때문에 김병교 집의 위급을 알아도 포졸들을 분산시킬 수가 없었다. 지레 겁을 먹고 결연한 행동을 취할 수 없었던 것이다.

그러나저러나 김병교가 오해할 만큼 사태가 되어 있었던 것도 사실이다. 하지만 오늘에 와서 그런 의혹을 입 밖에 낼 순 없었다.

김병교는 홍선에게 불려가 호된 꾸지람을 들었다.

"바지저고리가 아닌 다음에야 어찌 그럴 수가 있나. 장삼성을 잡기는커녕 장삼성에게 당했다고 하니 말이나 될 소린가."

김병교는 복받쳐 오르는 감정을 억지로 참고 그저 부복한 채 있었는데,

"즉일로 파직이오. 칩거 근신토록 하시오."

하는 영이 떨어졌다.

넉넉히 기한을 줄 터이니 안심하고 일해보라고 한 것이 아직 순일旬日*을 넘기지도 못했는데 이게 무슨 꼴이냐 싶으니 김병교는

---

* 열흘.

억울했다. 이렇게 만들려고 홍선이 꾸몄다는 확신은 이제 움직일 수가 없었다.

'두고 봐라, 홍선!'

다시 한 번 이를 갈고 김병교는 홍선 앞으로부터 퇴출했다.

돌아오자마자 김병교는 김용우를 불러 추풍회의 해산을 명했다. 그리고 이미 쓴 돈은 할 수 없지만 남은 돈을 돌리라고 일렀다. 김병교가 추풍회를 만들라고 김용우에게 선도先渡한 돈은 5만 냥이었다.

"남은 돈은 지난번 화적패가 몽땅 가져가버리고 한 푼도 남아 있지 않습니다."

김용우가 통명스럽게 말했다. 평양감사는 고사하고 용우로서도 실컷 창피만 당한 꼴이었던 것이다.

이런 일이 있고 며칠이 지나서다. 세검정 청류를 사이에 두고 선비들의 일단이 잔치를 하고 있었다. 모시 도포를 각각 소나무 가지에 걸어놓고 바지저고리 차림으로 앉아 영창음주詠唱飲酒하는데, 그 옷들이 모두 명주요 갑사이며 허리에 찬 주머니의 금란의 수술이 호사로웠다. 대가명류大家名流의 귀공자들임을 한눈으로 보아도 알 수가 있었다. 한 가지 눈에 띄는 것은 그만한 잔치이면 기생들이 끼여 있어야 할 것인데, 기생의 모습이라곤 없었다.

심부름을 하는 것은 모두 더벅머리 총각들이었고, 자세히 보니 이 산 저 산 청류의 아래위 숲 사이에 앉아 길목을 지키고 있는 장정들이 상당수 있었다.

하루 종일을 그렇게 실컷 놀다가 해그림자가 끼게 되자 그 가운데 선비 하나가 섰다. 하준호였다. 그는 다음과 같이 말을 시작했다.

"자, 우리의 잔치는 이로써 끝났다. 먼길을 떠나는 형제들의 객지에서의 면식이 태안하길 빌 뿐이다. 우리는 오늘 헤어지지만 마음은 언제나 같이 있을 것이다. 삼 년 후의 이날, 바로 여기서 우리 다시 모이자. 그때 지금 이 자리에 있는 사람이 하나도 결함이 없도록 모두들 자중하고 자애하기 바란다. 우리는 태산준령을 넘는 힘을 가졌다. 강풍과 노도를 헤치는 슬기를 익혔다. 두려울 것도 없고 겁날 것도 없다. 다만 염려할 것은 우리의 행동이 때론 가열하여 백성들에게 억울한 누를 끼치지 않았나 하는 점이다. 그러나 그것도 우리의 장도가 이루어지는 날 보상될 수 있을 것이다. 원행하지 않고 남은 형제들에게 고한다. 바다에 가선 어부가 되고, 두메에 가선 농부가 되고, 산속에 가선 초부가 되고, 서실에 가면 선비가 되라. 결단코 이색異色이 있어선 안 되며, 수류殊類*를 뽐내서도 안 된다. 임중여목林中如木, 초중여초草中如草라야만 하는지라. 구천에 원혼이 있고 산하에 비통한 소리가 사무쳐 있다. 그 고혼들을 위해 우리가 발심한 것이 아니냐. 우리는 크게 뛰기 위해 지금 도사리는 것이다. 비류飛流가 되어 장렬한 폭포를 이루기 위해 지금 땅속으로 스며드는 것이다. 조그마한 실수로 만 리의 전정을 그르치는 일이 없도록 하라…."

하준호의 얘기는 순수하고 독실하며, 때론 울먹이는 소리가 되기

---

* 남들과 다름.

도 했다. 일동은 부복한 채 고개를 들지 않았다. 흐느끼는 소리가 끼었다.

산그림자가 길게 뻗었을 때 일동은 하준호 앞에 가서 읍한 뒤 삼삼오오 짝을 짓기도 하고 또는 단신으로 뿔뿔이 헤어졌다. 더벅머리 총각도 길목을 지키던 장정들도 온데간데없이 사라졌다. 하준호의 곁엔 세 사람만이 남았다. 하준호는 그 가운데의 하나를 돌아보며 나직이 속삭였다.

"월전 삼청동 송가 집에서 데리고 나온 구철룡인가 하는 총각은 아직 안성에 있는가?"

"예."

"그럼 앞으로 바깥출입을 삼가고 우리의 비밀을 누설하지 말라고 단단히 일러 집으로 보내주도록 해라."

"예."

땅거미가 끼기 시작할 때 하준호는 그 자리를 떠났다.

그날 밤 흥선대원군의 거처 운현궁의 사랑 대청의 기둥에 화살이 날아와 꽂혔다. 그 화살엔 쪽지가 있었다. 그 쪽지에 이르되,

'흥선대원군 들거라. 정사를 옳게 하려는 용심用心의 흔적이 보이므로 앞으론 거동을 않고 지켜보기로 했다. 활인지치活人之治로 궁행할지니라. 불연이면 천벌이 내릴지니 명심전일銘心專一하라. 우선 삼 년의 유예를 준다. 장삼성.'

흥선은 이 쪽지를 읽고 팔걸이를 치며 호통했다.

"고이한 놈, 이 대역무도한 놈을 징치할 자가 없는고. 이놈을 잡

은 자에게 내 천금을 주리라."

이튿날 아침, 좌변 우변의 포도대장을 불러놓고 대원군은 추상같은 명령을 내렸다.

"방방곡곡에 방을 붙여라. 장적張賊을 잡은 놈에겐 반상과 귀천의 출신을 불문하고 정삼품을 제수할 것이며, 상금 천만 냥을 하사한다."

좌포장, 우포장은 부복하여,

"필히 명감하겠나이다."

하고 연상했으나, 기실 마음은 갈피를 잡지 못하고 있었다. 그들의 집에도 각각 쪽지 달린 화살이 날아들었던 것이다.

좌포장 이경하의 집엔,

'좌포장 이경하 듣거라. 앞으로 우리를 잡을 양으로 무고한 양민을 괴롭히는 일이 있으면 멸족지화를 당할 것이니 명심하라. 이 뜻을 받들어 선행하면 이후 삼 년은 무사하리라.'

하는 뜻의 쪽지가 있었고, 우포장의 집에도 이와 같은 내용의 쪽지가 있었다.

도둑을 잡아 공을 세우는 것도 좋지만 신출귀몰하는 장삼성의 비위를 거슬렸다간 어떤 화가 닥칠지 몰라 전전긍긍하고 있었던 것이다.

그러나 영대로 방을 써붙이지 않을 수 없었다. 그날 오후 광화문 육조 앞에 큼직한 방이 나붙었다. 그 내용은 대원군이 포도대장에게 일러준 그대로였는데, 대원군은 상금 천만 냥이라고 했지만 방엔 일백만 냥으로 고쳐져 있었다. 천만 냥이라고 했다간 곧이듣지 않을 것이란 의견이 있었던 모양이다.

그런데 방 앞에 모여든 사람들의 표정엔 아무런 감정의 빛깔도 나타나지 않았다. 천만 냥이건 백만 냥이건 도시 허황한 이야기였다. 장삼성을 붙들 수 있을 것이라고 생각하는 사람은 아무도 없었다.

단 한 사람이 방에 관심을 가진 자기 있었으니, 조령 산중서 무술 수련을 시작한 제석호였다. 광화문 네거리에 방이 붙은 지 보름인가 지나서 문경장터에도 이와 같은 방이 붙었는데, 제석호가 그것을 안 것은 그러고도 열흘쯤 뒤였다.

"정삼품의 벼슬에 백만 냥 상금이라, 나쁘지 않지."

평생을 몇 곱 되풀이해도 이를 수 없는 벼슬이고 상금이었다. 그런데 그것이 자기의 갈 길에서 얻을 수 있게 된 것이다. 심혈을 기울여볼 만했다. 각고면려할 만했다. 그의 목적이 명리名利를 다 갖추게 되었기 때문이다. 가탈삼군지수可奪三軍之帥요, 불가탈필부지지不可奪匹夫之志*렷다. 제석호는 눈을 부릅뜨고 장안의 하늘을 바라보고 섰더니 성큼 열 길의 암벽을 뛰어내렸다.

구철룡이 돌아왔다.

남대문 안 최천중의 집에 경사가 난 것이다. 그 가운데서도 가장 기뻐한 사람은 최천중의 부인 박숙녀였다.

최천중과 혼례를 올린 박숙녀가 부안에서 배를 타고 한양으로 올 때 동행하여 시중을 든 사람이 구철룡이었다. 한양에 와서 삼개 최팔룡의 객관에 머물고 있는 동안에도 시종여일 보살펴준 것이

---

* '삼군의 장수를 빼앗을 순 있지만 보통 사람의 뜻은 빼앗을 수 없다.'

구철룡이었다.

그런 까닭도 있어 박숙녀와 구철룡은 형제의 의誼*로서 맺어져 있었다.

그러니 구철룡의 실종을 가장 심통해한 것도 박숙녀였는데, 그 구철룡이 살아서 무사히 돌아온 것이다. 숙녀는 정성을 다해 구철룡의 귀환을 축하하는 잔치 준비를 서둘렀다.

최천중은 구철룡의 몸에 아무런 상처가 없고 그 정신에 이상이 없다는 것을 확인하고 나서야 차근차근 물었다.

구철룡은 송 대감의 광에 실신한 채 있었는데, 정신이 든 것은 안성 임 진사 댁의 산정山亭에서였다고 한다. 구철룡은 누가 자기를 그곳에 데리고 갔는지도 모른다는 얘기였다.

정신을 차렸을 때 임 진사가 나타나,

"넌 앞으로 이름으로 황해도 장단에서 병영살이 하다가 병을 얻어 돌아온 성이백이란 사람으로 행세해야 한다. 성이백은 나의 종으로서 병영살이를 보냈었다. 한데, 그놈이 거기에서 죽었다는구나. 그런데도 아직 서부書簿엔 살아 있는 것으로 적혀 있다. 집안에는 이백이 살아왔다고 할 것이니 그렇게 알아라."

하고 약을 먹이고 바르고 하는 등 극진한 대접이더라고 했다.

"그동안 만난 사람은 없느냐?"

"주로 그 집의 하인들과 같이 지냈습니다. 몸이 성하게 되고 나서는 일을 돕기도 했는데, 바깥에 나가본 적은 없고 집 안에만 있었

---

* 우애.

습니다."

"혹시 장삼성이란 이름을 듣지 못했느냐?"

"송 대감 집에 붙들렸을 무렵 여러 차례 그 이름을 듣긴 했습니다만, 안성에 가선 일절 듣지 못했습니다."

"너를 한양으로 데리고 온 사람은 누구냐?"

"임 진사 댁 사랑지기 우도용이란 사람이 마침 한양에 올 일이 있다면서 절 데려다주었습니다."

"그때 무슨 말이 없더냐?"

"한양에 올 때까지 검문이 있거든 성이백으로 행세하고, 한양에 들어서선 성이백이었다는 사실을 잊으라고 했습니다."

"그뿐인가?"

"예. 그뿐입니다."

최천중은 그래도 미련이 남았다.

"장삼성을 본 일이 없다 이거지?"

"본 일이 없습니다."

"그 수하도 본 일이 없다 이거지?"

"없습니다."

"비밀 유지가 철통같이 돼 있구먼."

하고 최천중이 연치성을 돌아보며 장탄식을 했다.

이 무렵 하준호는 다방골 기방에서 금란과 더불어 실의에 빠진 김용우를 달래는 주석을 열고 있었다.

"추풍회가 추풍에 낙엽처럼 되었대서 서러워할 것까지야 있소?

조령모개朝令暮改는 조정의 상사常事인걸. 세속영화가 불여취중몽
不如醉中夢인 것이오."

김용우에게 잔을 권하며 하준호가 한 말이었다.

며칠 동안 구철룡을 방안에서 쉬게 해두었다가 장안에 두긴 안
심이 안 되어 연치성이 그를 데리고 삼전도엘 가기로 했다.

삼전도의 가역은 거의 끝나가고 있었다. 그 집의 특징은 네모난
담장의 한쪽 벽을 이용해 전부 행랑으로 만들어 전문과 뒷문을 통
하지 않고 집으로 들어오려면 지붕을 넘어야 하게 돼 있었다.

그리고 그 둘레 안에 십자형으로 건물을 배치하고, 건물과 건물
사이는 각각 비밀 통로로써 연결되도록 되어 있었다. 외인이 들어
와선 어디에서 어디로 갈지 모르도록 한 것은, 궁중 건물을 지어본
경력이 있는 고한근의 창안創案이었다.

"이 집에 들어가 있기만 하면 집을 송두리째 불태워버려도 찾지
못할 그런 장소도 만들어두었습니다."
하고 고한근이 최천중을 인도한 적이 있었다.

"그러나 외부에서 보면 아무것도 아닌 초가집으로 보이게 하기
위해 우선은 짚으로 덮었습니다."
하는 고한근의 말도 있었다.

그 삼전도의 집을 당분간 연치성이 맡기로 했다. 연치성은 그 집
에서 심 참판의 딸과 같이 살기로 되어 있었다. 심 참판이 죽은 뒤
최천중의 충고대로 먼 친척, 실부가 없는 아이를 데려다가 양자로
세운 것까지는 무난했는데 연치성과의 혼인이 집안에서 말썽을 일

으킨 것이다.

"유언이고 뭐고, 신랑의 집안은 알아둬야 할 것이 아닌가" 하는 강력한 의견이 나왔다.

양반 행세하는 집안으로선 당연한 일이었다. 그러나 연치성의 사정으로선 자기의 계통과 출생을 밝힌다는 것은 그 결혼을 불가능하게 하는 꼴이나 다를 바가 없었다. 그래서 궁여지책으로 삼전도로 피신할 계획을 세운 것이다.

그 결행은 심 참판의 일주기가 지난 연후에 하기로 했다.

연치성과 구철룡은 새벽에 성문을 빠져나와 한나절에 삼전도 나루터에 도착했다. 나룻배를 탔을 때였다. 구철룡이 소스라치게 놀라며 같은 배에 탄 구레나룻의 선비를 가리키고 연치성의 주의를 환기시켰다.

"형님, 저 사람 본 일 없어유?"

구철룡이 낮은 소리로 속삭였다.

"없어."

"이상하네요."

하고 고개를 갸웃하다가 구레나룻의 선비가 이편으로 시선을 돌리자 구철룡은 얼른 고개를 떨어뜨렸다. 연치성이 그 사나이를 주의 깊게 보았다. 어디에서인가 본 성싶은 사람인데 기억이 나질 않았다. 그리고 그의 기억 속엔 구레나룻을 그처럼 길게 기른 사람이 없었다.

'누굴까?'

하고 열심히 생각하는데 구레나룻의 사나이가 씨익 웃었다. 저편에서 연치성을 알아본 것이다. 그러나 연치성이 말을 건네려고 하자 손가락을 입에 갖다대며 수염을 쓰다듬는 체하곤 눈길을 돌렸다.

다른 사람이 있으니 말을 말라는 시늉으로 알았다.

그들은 나루를 말없이 건넜다. 배가 닿자 구레나룻의 선비는 훌쩍 뛰어내리며 힐끗 연치성을 보곤 걸음을 빨리하고 걸어가버렸다.

구레나룻의 선비는 길가의 주막을 아랑곳하지 않고 그 앞을 지나쳐버렸다. 무척이나 빠른 걸음이었다.

연치성과 구철룡도 주막에 들르지 않고 걸음을 계속했다. 구레나룻의 선비는 벌써 들을 건너, 모습이 저편으로 사라져버렸다.

"저렇게 걸을 수 있는 사람은 예사 인물이 아닌데."

연치성이 혼잣말처럼 중얼거렸다.

"형님, 꼭 어디선가 본 것 같은 사람인데 알 수가 없네요."

구철룡이 묻는 표정으로 말했다.

"글쎄, 나도 꼭 어디서 본 것 같다만…. 구레나룻은 본 적이 없거든."

"구레나룻이 없다고 치면…."

하더니 구철룡이 '잇' 하고 침을 꿀꺽 삼켰다.

"생각이 나나?"

"생각이 났어요. 몇 달 전 일입니다. 안성 임 진사 댁에서 봤어요. 그땐 구레나룻이 없었는데 눈이, 그렇습니다. 눈과 이마가 똑같았어요. 임 진사 댁에서 그 사람을 아주 극진히 대접하는 것 같았어요."

"그렇게 들으니 나도 본 적이 있어. 시구문 근처의 폐옥에서였지. 심 참판이 죽은 집에서, 두목의 바로 아래쯤 되는 모양이던데…. 그러나 단언이야 할 수 없지. 닮은 사람이 있는 법이니까."

이런 말을 주고받으며 들길이 끝나는 곳에서 산길로 접어들려는 참이었다. 소나무 사이에서 구레나룻의 선비가 쑥 나섰다. 연치성이 본능적으로 방어하는 자세가 되었다.

"그렇게 어려워할 건 없소."

하고 선비는 구레나룻 속에서 웃었다. 그리고 숲에 있는 어떤 무덤을 가리키며 앞장을 섰다.

"우리 저기에 가서 앉아 얘기 좀 합시다."

"그럽시다."

하고 연치성이 구철룡을 데리고 그리로 올라갔다.

"나를 알아본 것 같아서 여기에서 기다리고 있었소."

해놓고 그는 자기소개를 했다.

"나는 주삼경이란 사람이오. 고향은 충청도 서산이오."

연치성과 구철룡도 자기소개를 했다.

"신의가 두터운 줄은 알고 있습니다만, 두 분 다 내 비밀을 밝히는 일은 없어야 하겠소."

"두말할 나위 있겠소."

연치성이 긴장을 풀었다.

주삼경이 구철룡을 보고 말했다.

"내가 당신을 구한 사람인 줄은 아시오?"

"그것은 미처…."

"그럴 테지. 완전히 인사불성이었으니까."

"이 사람을 구해주셔서 감사하오."

"감사할 만하지. 우리가 그때 가지 않았더라면 죽었을 테니까. 한데, 내게 감사할 사람은 구공만이 아닐 거요."

"내 경우야 병 주고 약 주고 한 것 아닙니까."

"병 주고 약 주고 그랬던가요?"

주삼경이 호탕하게 웃었다.

"한데, 형씨께선 어디로 가십니까?"

하고 연치성이 물었다.

"조곡산旱谷山 수종사水鐘寺로 가는 참이오."

"거기 가서 뭣 하시려구요?"

연치성의 호기심이 시킨 말이었다.

"불도를 닦아볼까 하오."

주삼경의 대답이었다.

"중이 되시게요?"

구철룡이 한 말이었다.

"그렇지, 중이 되어도 좋죠. 그러나 삼 년 동안의 일이죠."

주삼경이 생각하는 빛이 되며 말했다.

"삼 년이라니?"

연치성이 물었다.

"삼 년 동안 세상에 나다니질 않게 되었소."

"…?"

"삼 년 동안은 행동을 않겠다는 얘기요. 그래 그동안 불도 공부나 하려는 것이오."

"우리를 믿을 수 있을 것이라고 생각하고 묻는 말입니다만, 장삼성이란 사람은 어떤 사람이우?"

하고 연치성이 주삼경의 눈치를 살폈다. 주삼경이 장난스런 얼굴이
되었다.

"형씬 장삼성을 한 번 만난 적이 있지 않소."

"그럼 그날 밤 나와 얘기한 그 사람이 바로 장삼성이오?"

"그날 밤은 그랬지."

"그날 밤은 그랬다뇨?"

"다른 날엔 다른 장삼성이 있다는 얘기지."

"그럼 여럿 있다 그 말씀인가요?"

"그렇소."

"천안에서 붙들렸다가 도망친 사람도 장삼성이었소?"

"물론이죠."

"그렇다면 도대체 어떻게 되는 겁니까?"

연치성은 호기심이 극도에 달했다.

"그 이상은 묻지 마시오."

주삼경이 정색을 하고 말했다.

"이번엔 내가 물을 차례요."

연치성이 대답하겠노라고 했다. 그리고 최천중을 둘러싼 자기들
의 인연을 대강 설명했다. 주삼경은 호기심이 인 모양이었다.

"최천중인가 하는 그 어른이 그처럼 관상의 명수인가요?"

"그렇습니다."

"지금 그분은 어디에 계십니까?"

"한성에 계십니다."

"그 댁 소재를 알았으면 하오. 누구나 청이 있으면 보아주시겠죠?"

"물론입니다."

하고 연치성은 남대문 안에 있는 최천중의 집 위치를 소상하게 일렀다.

"난세를 살려면 선견지명을 가지는 게 좋을 줄 아오. 그러니 주공께서도 우리 선생님을 찾으실 필요가 있다고 생각하오."

"내겐 그런 것이 필요 없소."

하고 주삼경이 웃었다.

"그게 무슨 뜻이죠?"

"우리에겐 선견지명과 후고지혜後顧之慧를 가지신 선생님이 계십니다. 우리의 생사와 그 밖의 운명을 송두리째 그분에게 맡겨두고 있으니 나 자신 선견할 필요가 없다는 거죠. 한데, 당신들은 어딜 가오?"

연치성이 거기에서 오 리허에 새로 가역을 하고 있다는 얘기를 하고 덧붙였다.

"팔월 초승엔 낙성할 것 같으니 낙성이 끝나거든 꼭 한번 놀러 오시오."

"고맙소. 저 산자락 안쪽이로군요."

하고 주삼경이 일어섰다. 그리고 떠나면서 다음과 같은 말을 남겼다.

"서로 신의를 지키면 피차에 좋은 일이 있을 것이오. 팔월이나 구월에 내 한번 놀러 가리이다."

新家

三田渡

신가 삼전도

삼전도 신가의 낙성을 보름쯤 앞두고 최천중은 황봉련에게 다음
과 같이 자랑했다.

　"왕유王維 망천輞川에 별업을 지어놓고 배적裴迪과 더불어 절구絶
句로써 장식한 바 있지만, 나의 삼전도장三田渡莊은 질박한 가운데
의 화미華美에 있어서 그런 유가 아닐 것이오. 삼분수류위일강三分
水流爲一江한 지점에서 남으로 오 리허, 남한산 자락이 유연히 굽이
진 한곳에 계류溪流 이쌍二雙이 청렬할 제 수만 평 평지가 아담하게
소천지小川地를 만들고 있소. 한성에서 광주로 가는 길손, 광주서
한성으로 가는 길손이 지척 이 리里의 저편을 걸으면서도 훔쳐진 치
맛자락 같은 산줄기가 가리고 있기 때문에 그 속에 소천지가 있다
는 걸 알 수 없게 돼 있단 말요. 낙성이 있기 하루 앞쯤 내 임자를
그곳에 모시리다. 원컨대 이삼 일 그곳에서 청유토록 하시오."

　그리고 동서남북 4랑廊으로 나누어진 구조부터 시작해서 그 집
의 세부를 일일이 설명했다.

"동랑엔 문인 묵객을 모시고, 서랑엔 무인 한량을 모시고, 남랑은 협객을 모시고, 북랑엔 잡기배雜技輩를 모을 것이오. 맹상군 이상으로 온정이 넘칠 것이요, 신릉군 이상으로 신의가 두터울 것이니, 삼전도장은 가히 천하 기재奇才의 화총이 되리다."

황봉련이 염연히 웃음을 머금고 있더니 물었다.

"삼전도장의 주인은 누가 될 것이오?"

"그야 물론 내가 주인 아뇨."

"집주인은 물론 당신이겠지만 손님을 대하는 주인 노릇을 누가 맡을 거냐 말이오."

"내가 맡을 참이오."

그러자 황봉련이 미간을 찌푸렸다.

"나는 당신의 소견이 그렇게 얕은 줄은 정말 몰랐소."

"그게 무슨 소리요?"

최천중의 들떠 있던 감정이 한꺼번에 움츠러들었다.

"생각해보세요."

하고 황봉련이 차근차근 말을 이었다.

"천하의 기재를 모은다면서 연치年齒 삼십 안팎인 당신이 주인 노릇을 어떻게 할 거요? 기부妓夫처럼 아첨을 할 건가요, 장자풍長者風으로 선비들을 대할 건가요, 학식으로 경복시킬 건가요? 그만한 집의 주인은 무위無爲로써 위신이 있고, 무언으로 온정이 유존케 되고, 그저 앉아 있는 것만으로도 대중을 압복할 수 있는 사람이라야 하오. 그렇게 해서 삼전도장에서의 나날이 충실하고 광명이 있게 되어 천하에 그 명성이 울릴 때 서서히 당신의 이름을 내놓아도 결코 늦지 않을 것이오. 삼전도장의 이름을 들어도, 아니 그 이름만으로도 천하의 명소가 될 때까진 당신은 그늘에 앉아 그 살림을 살아주는 역할만 맡으면 되는 것이오. 물론 그 일을 직접 맡아할 사람을 배치해야 하겠지만…. 당신은 한성에서 관상사로서 처세하고 가끔 그곳을 찾도록 하시오. 왕유가 망천장의 주인이 된 것은 공성명수攻城名遂*한 후의 일이오. 당신이 표면에 나서 설치다간 당신의 생명에 지장이 있을 것이오…."

최천중이 직접 삼전도장의 주인 노릇을 해선 안 된다는 황봉련의 말은 사리에 통한 지혜라고 할 수 있었다. 최천중이 새삼스럽게 놀란 눈으로 황봉련을 보며 물었다.

"그럼 어떻게 하는 것이 좋겠소?"

"노인을 모셔 어른으로 하고, 그 노인을 삼전도장의 주인으로 해야 합니다."

"왜 꼭 노인이라야 하오?"

"천지엔 질서가 있는 법이고, 그 질서의 첫 번이 노유老幼의 서序입니다. 그러니 대사를 경영하려 할 땐 반드시 이 서열에 어긋남이 없어야 합니다."

"사람에겐 원래 타고난 품질이 있는 것이어늘, 어떻게 노유의 서만으로 사람의 상하를 정할 수 있겠소?"

그러자 황봉련이 눈을 아래로 깔고 한동안 심사숙고하더니 입을 열었다.

---

* 공을 세우고 이름을 드날림.

"그렇다면 제가 말씀드리리다. 원래 노老라는 말엔 연달鍊達하다는 뜻이 있사옵니다. 당신이 좋아하는 두자미杜子美의 시에, 매승枚乘의 문장은 노老하다는 구句가 있지 않습니까. 그리고 또 노는 존경하라는 뜻이기도 합니다. 예기禮記에 있습지요. 상上이 노老하면 민民이 효孝를 흥興케 한다구요. 상로로이민흥효上老老而民興孝란 것입니다. 맹자도 말했지요. 노로위존로老老謂尊老라고. 그러니 바로 노유경야老猶敬也, 즉 노는 경敬이란 뜻입니다. 이렇게 해서 노는 존자尊者의 총칭으로 통하고, 장자長者의 존칭으로 쓰이는 것입니다. 고래로 문자文字는 지혜의 보람이온데 까닭 없이 노자老字를 그렇게 만들었겠습니까?"

황봉련은 여기서 잠깐 숨을 돌렸다. 상대방이 듣기 싫어하면 그만둘 그런 태도이기도 했다. 최천중의 말이 있었다.

"말씀을 계속하시구려."

"한마디로 말해 노인의 지혜를 경시하면 집안이 망하고 나라가 망합니다."

"그럼 이 나라가 이 꼴로 된 것이 노인의 지혜를 듣지 않아서입니까? 조정의 둘레에 썩을 만큼 우글우글한 게 노인들인데."

최천중이 투덜대는 투로 말했다.

"아닙니다. 경로敬老하는 체하고 기실 경로輕老한 것이 이 나라입니다. 역대의 조정이 책사의 농간에 놀아났지, 어디 상로上老의 지혜에 귀를 기울이기나 한 줄 아세요? 사례를 들어볼까요?"

"아냐, 아냐. 알겠어."

최천중이 손을 저었다. 황봉련의 말 그대로였던 것이다.

"젊은 사람은 행하고 노인은 치治해야 사리에 맞습니다. 기재奇 才에겐 상을 줄 만하고 총명엔 노약老若을 가릴 필요가 없습니다. 그러나 골고루 만반에 생각을 미쳐 유루가 없도록 하려면, 노인을 어른으로 모시고 그 하교를 받아가며 경영해야 합니다. 삼전도장은 우선 그것을 지키는 데 뜻이 있고 인재를 모으는 데 목적이 있는 것 아니겠어요? 그렇다면 먼저 그 서序를 만들어 존로尊老의 풍으 로써 제반사를 다스려야 합니다. 백론百論도 상서上序의 일갈一喝 로써 숙연할 수 있도록 상로를 모셔야 한다, 이거예요."

"임자가 말하고자 하는 뜻은 알겠소만 그렇게 되면 진취의 풍風 은 어떻게 되겠소?"

최천중이 겸손하게 물었다.

"그만하면 아시겠죠. 제가 장광설을 했군요. 부처님 앞에서 설법 을 한 셈인가요? 그런데 또 무슨 얘길 하라는 거예요?"

하고 황봉련이 화사하게 웃었다.

"아니오. 임자의 말을 좀 더 들어두어야 하겠소. 내게도 근사한 생각이 없지 않지만, 임자의 말을 들으니 눈이 트이는 것 같소."

"꼭 그러시다면 한마디 더하죠. 아무리 무식하게 산 사람이라도 오랜 인생을 겪고 보면 기재니 천재니 하는 젊은 사람도 도저히 볼 수 없는 것을 보게 되고, 듣지 못하는 것을 듣게 되는 거예요. 그런 데 그 지혜를 모두들 무시해버린단 말예요. 말하자면 한창 쓸모가 있게 되자 버림을 받는 게 노인의 처지입니다. 노인을 옳게 대접하 고 극진히 모시고 그 뜻을 간절히 살피면 가을철 단풍과 같은 오 묘한 지혜가 발할 것인데, 건성으로 대접하고 형식으로만 모시고 뜻을 살피길 소홀히 하니 노인 스스로가 자기의 지혜를 발할 수가 없게 될 뿐 아니라, 자기 자신을 업신여기는 자포자기지념自暴自棄 之念에 사로잡혀 드디어 노망을 재촉하고 마는 거예요. 정신은 그 것을 부단히 쓰기만 하면 육체의 건강보다 훨씬 길게 살아남는 법 인데, 그것을 쓰지 않으면 육체에 앞질러 쇠약하게 되는 거예요.

나라에 노인이 많다는 것은 지혜의 보고寶庫가 그만큼 많다는 얘긴데, 그 보고를 퇴물 취급하니 될 게 뭐 있겠어요? 대국의 경우 를 보세요. 연로한 임금 가운데 성왕聖王이 많았고, 노상老相의 보 좌가 있는 나라가 성했어요. 아까 진취의 기상을 말씀했습니다만, 순리순칙順理順則하고 주원무결周圓無缺*한 노혜老慧가 산하를 온전케 한 바탕에서라야만 진취가 보람을 다하는 것이고 비로소 진취할 수 있는 것이지, 그러한 노혜의 치治가 없는 바탕에서의 진 취는 서둘면 서둘수록 광풍狂風에 편주片舟요, 세목細木에 동반하 는 격이 되는 것이오.

천리마의 준족도 우선 그 체력이 왕성해야 가능할 것 아니오. 치 는 노에게 맡겨야 하는 까닭이 여기에 있지요. 삼전도장에 사람을 모을 것이면 거기에 치가 있어야 할 것이 아니오. 만세의 대통을 이 은 권위도 없고, 명진사해名振四海하는 학덕도 없고, 만민이 우러 러 받들게 하는 화력化力도 없을 때 무엇으로 치를 다할 수 있겠습 니까? 일죽일반一粥一飯**의 시혜施惠로선 집산集散이 무상한 도당

---

* 두루두루 원만하고 결함이 없음.
** 죽 한 그릇, 밥 한 그릇.

徒黨에 시달림을 받을 뿐이오."

최천중이 경청했다. 그리고 감탄했다.

"임자는 어디서 그런 지혜를 얻었소?"

"남의 신수를 점치다가 보니 많은 노유老幼를 알게 된 거예요.
그래서 얻은 소견일 뿐입니다."

"임자의 말 일일이 지당한데, 그럼 어떤 노인을 모셔야 하겠소?
이왕이면 그것까지 말씀해주시구려."

"아는 사람으로 말하면 당신이 나보다 더 많은 어른을 알고 계
실 것이 아니오."

황봉련이 수줍은 여자의 태도로 돌아가서 말했다.

"말이 나온 김에 우선 임자의 의견을 들어두자는 것이오."

"첫째, 불편부당한 어른이라야 할 거예요. 남인, 북인, 노론, 소론,
그 밖에 어떤 당파에도 속하지 않는 사람이라야 하오."

최천중이 고개를 끄덕였다.

"둘째, 기왕에 어떤 관직에도 있지 않았던 사람이라야 하오. 셋
째, 높은 학덕이 있어야 하오. 넷째, 탈속脫俗한 성품을 가진 사람
이라야 하오. 다섯째, 무언無言이 유언有言 이상으로 설득력이 있
는 사람이라야 하오. 따라서 앉아만 계셔도 태산처럼 무거워 사람
들이 저절로 옷깃을 바르게 하는 그런 어른이라야 하오."

"한데, 그런 사람을 어떻게 구하겠소?"

하고 최천중이 웃었다.

황봉련의 태도가 매섭게 변했다.

"그런 어른을 구하도록 힘을 쓰세요. 그와 같은 어른을 모실 때

까진 삼전도장의 낙성을 연기하세요. 끝내 그런 어른을 모실 수 없으면 삼전도장을 집 없는 빈민들에게 내주어 부근의 전답을 경작하여 먹고살도록 해주세요."

최천중은 약간 무안한 생각이 들었다. 보름쯤 후에 낙성할 요량으로 들뜬 기분이 되어 있었는데 찬물을 끼얹힌 기분이 된 것이었다.

"뿐만 아니라."

하고 황봉련이 말을 이었다.

"당신이 잡아놓은 토지에 농사짓고 먹고살려면 일호一戸 다섯 식구로 치고 몇 가호나 수용할 수 있겠소?"

"백 호쯤이면 양도糧道*는 이어나갈 것이오."

"그럼 지금 당장이 아니라도 좋으니 삼전도장 둘레에 백 호의 집을 지으세요. 그리고 거기에 각처에서 빈농들을 뽑아 와서 살도록 하세요. 주변에 집도 없이 삼전도장만 덩그러니 있고 거기 사람이 끓으면 화적의 소굴로 보이든지 역적 음모를 하는 모임으로 보일 것이오. 아무리 풍월만을 읊고 지낸다고 해도 관속의 눈이 어떤 트집을 잡을지 모르니 백 호의 마을은 이룩해야 할 거예요. 그 요량으로 우선 십 호쯤의 농가를 만드세요."

그 말도 또한 지당했다.

"하나, 무엇보다도 주인이 되실 어른을 모시는 일이 급선무입니다."

"글쎄, 그런 어른을 모시는 게 그렇게 쉬운 일이겠소?"

"꼭 그렇다면 삼전도장을 거지들에게 내주세요."

---

* 일정한 기간 동안 먹고 살아 갈 양식.

이 말이 농담이 아닌 것은 그 말투로써 알 수 있었다. 그러고도 다음과 같이 덧붙였다.

"제 말을 아녀자의 말이라고 듣고 소홀히 하시려면 제게 삼전도 장 얘기는 꺼내지도 마세요. 전 상관 않겠어요."

"사실 난 지금 막연한데 임자의 마음에 짚이는 어른이라도 있으면…."

"당신이 몸소 찾아보세요. 조선 팔도를 돌아다니며 찾으세요. 그래도 못 찾았을 때 제 의견을 말씀드리죠. 집을 만드는 게 중요한 게 아니라, 어른을 모시는 게 중요하다는 것을 아셔야 합니다."

말을 끊고 바깥 하늘에 눈을 보내며 매미 소리에 귀를 기울이고 있는 황봉련의 옆얼굴을 보며 최천중은 새삼스럽게 감탄하는 마음에 취했다.

'이 여인은 천년을 묵은 백여우일까, 하늘이 내게 내린 관세음보살일까.'

이런 생각을 하고 있자니 입언저리에 얇은 미소가 돋았다.

"나를 그렇게 보지 말아요. 나는 약한 여자에 불과한걸요. 추전하화秋前夏花가 감선성感蟬聲**하고 있는 여자일 뿐예요."

최천중의 심중에 거래하고 있는 마음의 자락을 꿰뚫어보고 하는 것 같은 황봉련의 말이었다.

"모든 것 다 집어치우고 임자와 함께 절해의 낙도에 나가서 살고파."

최천중이 자기도 모르게 탄식을 섞었다. 황봉련이 그러는 최천중

** 가을을 앞둔 여름 꽃이 매미 소리를 느낀다.

을 장난스럽게 쳐다봤다.

"절해의 낙도나 여기나 뭐가 다를 게 있어요?"

"그렇긴 하지."

"그리고 당신은 바삐 서두는 게 신상이에요. 서둘 게 없으면 그
때 당신은 이 세상 사람이 아닐걸요."

옳게 본 말이라고 생각했다. 이때 문득 최천중은 생각나는 일이
있었다.

"지난 오월 춘당대정시에 장원한 사람은 허식許栻이 아니랍디다."

"그게 그렇게 대단한 일인가요? 항용 있는 일인걸요."

봉련이 웃음을 머금었다.

"그게 대단한 사건이라서가 아니라, 진짜 장원은 당신의 고향 청
풍 사람으로서 황규석黃圭錫이란 선비라고 들어서 하는 말이오."

"황규석? 항렬은 아버지의 손주뻘인데 들은 적은 없군요."

"장원도 기막힌 장원이었답니다. 그런데 낙백*한 가보에 그나마
조실부모하고 외가에서 자란 사람이래요. 그래서 사대부로서 결격
사유가 있다는 이유로 등외로 쳐버렸다는 것이오."

"등외로?"

"부적사관자不適仕官者란 낙인을 찍은 거지. 다행히 나는 과거
에 응할 마음이 없었기에 망정이지 자칫 잘못 서둘렀다간 나도 그
런 꼴 당할 뻔했다 싶으니 남의 일 같지가 않아. 나도 조실부모하
여 외가에서 자랐거든."

---

* 落魄: 영락.

"그럼 향리에 편지를 내어 황천리 아저씨에게 그 황규석이란 사람을 알아보라고 할까요?"

"그러시구려. 분통이 목에까지 차 있을 터이니 본인이 원하거든 우리 당 선비로 모십시다."

이런 얘기를 하고 있는데 해가 서산으로 기울었다.

최천중이 일어서서 도포를 벗었다. 황봉련이 반갑게 도포를 받아 걸었다. 그건 최천중이 자고 가겠다는 의사표시인 것이다. '어찌 된 셈이죠?' 하는 물음으로 황봉련의 눈초리가 웃고 있었다.

"상로上老를 찾아 삼전도장에 모시기가 아무리 바쁘기로서니 추전하화 감선성한 임자를 그냥 두고 갈 수가 있소?"

황봉련이 날쌘 동작으로 방밖으로 나갔다. 최천중이 그날 밤 거기에서 유한다면 식사를 비롯해서 갖가지 준비가 있어야 할 것이었다. 이 애인들의 행복은 언제나 첫날밤 같은 감동을 잃지 않는 데 있었다.

술은 방준**하고 안주는 미미美味한데, 가인 황봉련의 섬섬옥수가 움직이면 그윽한 정취의 보일 듯 말 듯한 바람이 이는 것이다.

"임자는 기막힌 여성이오."

불빛에 녹색으로 술이 서린 유리잔을 들며 최천중이 새삼스럽게 감탄의 소리를 울렸다. 입을 열면 보살의 설법이 나오기도 하는데 함소정좌含笑靜坐***하고 있으면 아직 스무 살도 안 되어 보이는

** 芳樽: 맛 좋은 술.
*** 웃음을 머금고 다소곳이 앉아 있다.

소녀의 모습이다.

"당신은 기막힌 남자인가요?"

하고 수줍은 응수가 있었을 적에 최천중이 시 한 수를 읊었다.

"부해난위수浮海難爲水이며 유림난위관遊林難爲觀이로다."

황봉련이 갸웃했다.

"무척이나 어렵소이다."

"육기陸機의 아우 육운陸雲의 시구요."

"그것만 가지곤 알 수 없어요."

최천중은 다음을 이었다.

"용색귀급시容色貴及時 조화기일안朝華忌日晏."

그래 놓고 뜻을 새겼다.

"바다에 떠서 그 큰 바다를 본 사람은 어지간한 물을 보아도 물 같이 느껴지지 않고, 숲속 아름다운 경치를 본 사람은 웬만한 경치를 보아도 시들하다는 거요. 이와 마찬가지로 당신을 안 연후엔 어떤 여인도 내 마음에 들지 않는다는 뜻인데…."

라고 했을 때 황봉련이 손을 저었다.

"교언영색巧言令色은 정취를 잡칩니다. 그만두세요."

"어떻게 교언영색이라고 하시오?"

최천중은 무안한 표정이 되었다.

"미원촌 왕씨 부인, 신륵사에서의 홍씨 부인, 부안에서 정혼하신 부인 앞에선 어떻게 말할 것이오?"

"그들도 물론 나름대로의…."

황봉련이 다시 최천중의 말을 꺾었다.

"그런 말 치우시고 이 밤을 양소良宵*로 만듭시다."

달이 어느덧 솟아올랐다. 주렴 사이로 내다보이는 월야의 경치가 섬세하기만 했다. 최천중이 무릎을 치며 읊었다.

> 호소곡풍기虎嘯谷風起하니,
>
> 용약경운부龍躍景雲浮로다.
>
> 아정여자친我情與子親하고,
>
> 비여영추구譬如影追軀하니,
>
> 식공병근수食共並根穗에,
>
> 음공연리배飮共連理杯하고,
>
> 의용쌍사견衣用雙絲絹하고,
>
> 침공무봉주寢共無縫裯로다.
>
> 거원접슬좌居願接膝坐요,
>
> 행원휴수추行願携手趨인지라,
>
> 자정아부동子靜我不動이고,
>
> 자유아무류子遊我無留로다.
>
> 제피동심조齊彼同心鳥하고,
>
> 비차비목어譬此比目魚로다.
>
> 정지단금석情至斷金石하고,
>
> 교칠미위뢰膠漆未爲牢할새,
>
> 단원장무별但願長無別하여,

---

* 양야(良夜): 달이 밝고 바람이 없는 밤.

합형작일구合形作一軀니라.

생위병신물生爲倂身物에,

사위동관회死爲同棺灰할지니

진씨자언지秦氏自言至는

아정불가주我情不可儔로다.*

그러자 황봉련의 창화唱和는,

"생유동실호生有同室好인즉, 사성병관민死成倂棺民하고지고. 서
씨자언지徐氏自言至는, 아정불가진我情不可陳이로다."**

이때 달은 중천에 있었다.

방준한 주기는 최천중의 정신을 욕망의 철주로 만들고 그가 풍
기는 남성으로 해서 황봉련의 몸은 정염의 불덩이가 되었다.

그러나 종용안서는 성애의 극의이며 위세순리委細順理는 환희의

---

* '합환(合歡)'이라는 이 시는 4권 108쪽에도 일부가 나온다. '호랑이 포효하여 골
바람 이니/ 용이 치솟아 상서로운 구름 뜨도다./ 같은 소리 잘 호응하매/ 같은 기
운 절로 서로를 찾거늘/ 내 마음 그대와 친밀함이/ 비유하면 그림자가 몸을 따르
는 것과 같네./ 한 뿌리에 달린 이삭 함께 먹고/ 연리지 술잔 함께 마신다네./ 한
쌍의 실로 짠 비단으로 옷 해 입고/ 꿰맨 곳 없는 통이불 함께 덮는다./ 거처할 땐
무릎 나란히 붙여서 앉길 바라고/ 다닐 때는 손잡고 걸어가길 바라네./ 그대 고요
하면 나도 움직이지 않고/ 그대 놀러 나가면 나도 집에 남아 있지 않는다네./ 저
하늘의 동심조(同心鳥: 전설상의 길조)와 똑같고/ 이 연못의 비목어에 비유되네./
정이 지극하니 쇠나 돌이라도 끊고/ 아교와 옻인들 이보다 굳지는 않을새/ 다만
바라는 것은 오래도록 이별 없이/ 신체 합하여 한 몸처럼 사는 것/ 살아서는 나란
한 육신으로 지내다가/ 죽어서는 같은 관의 재가 되는 것/ 진씨가 스스로 지극한
사랑이라 말했지만/ 나의 사랑과 같을 수는 없을 것이로다.'

** '살아서는 한집에 사는 즐거움 있은즉/ 죽어서는 나란한 관 속의 사람 되고지고/
서씨가 스스로 지극한 말했지만/ 내 사랑은 이루 다 펼칠 수가 없더다.'

200

극치이니, 시간의 흐름을 섬세하게 행동으로 분分해야 하는 것이다. 이를테면 우주 생성의 이치를 건乾과 곤坤을 대표하여 행해야 하는 것이니, 추호도 소홀함이 있을 수가 없었다.

여체의 오묘奧妙는 오처五處에 있고, 남체는 그 전력과 정성으로 해서 오직 하나의 의지로써 그 오처에 빠짐없이 봉사하는 데 있는 것이다.

최천중은 이미 가쁜 숨으로 잔잔히 경련하는 황봉련의 무일사無一絲한 나체를 스스로의 태백에 끼워 누이고 속삭였다.

"이 밤의 향연은 유안자柳安子의 홍련제요紅蓮提要에 따를 것이오."

황봉련의 홍순紅脣에서 다음과 같은 말이 새어나왔다.

"원컨대 양춘곡陽春曲을 작하소서, 궁상상장심宮商相長尋케 하소서."

봉련이 자기의 육체를 악기에 비유한 것이다. 유안자의 홍련제요는 오묘의 오처를 홍련처럼 타오르게 하는 비법이다. 이때에 있어서의 오처란 지두趾頭, 슬측膝側, 옥대玉臺, 유방乳房, 경부頸部를 말한다. 그런데 유안자의 표현은 다음과 같다.

지두=옥조玉藻
슬측=옥주玉柱
옥대는 그대로 옥대
유방=옥구玉丘
경부=옥봉玉峯

합쳐 오옥五玉이란 것이다.

유안자는 또한 남녀의 상희를 홍옥지교紅玉之交라 하고, 홍은 정염을 이끄는 마음이며 옥은 정염을 태우는 육체라고 풀이하기도 한다.

홍련제요의 처음 체위는 동동남남東東南南, 다음은 동남동남東南東南, 그다음은 동서남북東西南北, 다시 그다음은 남서동북南西東北으로 되고 이어 동남남남東南南南, 남동동동南東東東으로 된다.

방법으론 곤륜지무崑崙之舞, 무협지용巫峽之踊, 황하지취黃河之趣, 장강지곡長江之曲, 절산지령絶山之鈴, 심연지고深淵之鼓, 그리고 마지막 호접지아蝴蝶之雅로서 끝난다. 그러나 호접지아는 영묘한 약을 복용해야 하므로 최천중의 순서엔 빠진다.

그 영묘한 약을 구하지 못해서가 아니라, 약을 장복하면 독으로 화하기 때문에 두 남녀는 그것을 그들의 희락 목록으로부터 빼버린 것이다.

그래도 홍련제요에 따르자면 일경一更에서 작동을 시작한다고 해도 계명鷄鳴을 들어야만 한다.

홍련제요에 심신心神*을 실은 최천중과 황봉련은 자기들의 생명을 확인하고, 또 하는 외의 모든 것은 말끔히 잊었다. 조선의 한양에 있는 것이 아니라 오직 천지간을 소요하고 있는 것이다. 명리名利의 거리는 이미 그들의 소관사가 아니었다.

왕자와 왕녀의 당당하고 현란한 희락을 위해 그 밤, 월색은 교교

---

* 마음과 정신.

하고 만물은 깃을 여몄으며 조제충어鳥啼蟲語도** 침묵을 지켜야
만 했다.

홍련제요 구곡통관九曲通貫은 계명과 더불어 끝났다. 잠깐 동안
의 진기안식鎭氣安息이 있고 이어 의상을 두르고 보정보양補精補
陽의 탕약으로 요기를 하고 다시 자리에 누웠다.

"천하에 상로를 찾는다고 하나 심히 막연하구려."

최천중이 팔을 봉련의 목덜미 아래로 넣으며 말했다.

"권 진사의 사랑에 풍류를 아는 식객들이 모인다고 하던데 그들
을 통해 알아볼 수도 있지 않겠수?"

봉련의 나른한 목소리였다.

"그럼 오늘 권 진사의 사랑에 가볼까."

"그렇게 하시구려."

하더니 봉련이 생각이 떠오른 모양으로 물었다.

"환재 대감을 아시우?"

"환재? 박규수朴珪壽 대감 말이오?"

"그래요."

박규수는 그때 홍문관弘文館 제학提學에서 대사헌의 자리로 옮
겨 앉아 있었다.

"박규수는 왜?"

"연암의 손주인 데다가 학덕이 높은 어른이니 반드시 좋은 어른
을 많이 알고 있을 것 아니겠수?"

** 새소리와 벌레 소리.

"그럴지도 모르지."

"게다가 청렴하기 백옥과 같아서 고덕高德의 선비가 주위에 많을 것이에요."

"너무나 맑은 물엔 대어가 없는 법이오."

"그 부인을 잘 알고 있으니 내가 부인을 통해 한번 알아보겠어요."

"청렴한 대감의 부인이 점술가를 상대합디까?"

"내가 그분과 친한 것은 점치는 여자로서가 아니에요. 세상을 알기 위해 간혹 날 불러요."

황봉련은 박규수가 벼슬은 높으면서도 봉록 이외의 것을 일절 탐하지 않은 까닭에 살기가 구차하기 짝이 없는데, 그 부인이 길쌈도 하고 농사를 짓기도 해서 살림을 꾸려나간다는 얘기를 했다.

"대대 현관顯官*이요, 본인은 곡산부사谷山府使를 비롯해 평안관찰사 등 이른바 금방석이랄 수가 있는 지방관도 지냈는데 부인이 길쌈을 해야 할 정도로 가난하단 말요?"

"그러니까 대단한 어른 아니에요?"

"대단한 어른인진 몰라도 내겐 흥미가 없소. 청이각淸而刻한 근처에 어찌 인걸이 있겠소. 설혹 인걸이 있대도 직목直木은 선벌先伐이고 감정甘井은 선갈先竭**이라오."

황봉련이 손을 뻗어 최천중의 입술을 닫게 했다.

---

* 높은 벼슬.
** 곧은 나무가 먼저 베이고 물맛 좋은 우물이 먼저 마른다.

"일을 꾸밀 때는 먼저 진眞을 노리고 청淸을 앞세워야 하오. 그래도 가다가 보면 위僞가 섞이고 탁濁이 가해지게 될 거예요. 우리 낭군은 길 아닌 길을 찾아 바삐만 가려고 하니 그것이 탈이란 말예요. 둘러가는 듯해도 길이 있다면 길 따라 가는 게 좋을 텐데 말요."

"나는 길을 만들어갈 작정이오. 이미 만들어진 길은 나를 비천으로 이끌 뿐 아니겠소."

"낭군의 말씀에도 일리가 있소이다. 그러나 한숨 주무셔야 할 것 아니에요? 신외무물身外無物***, 신외무물…."

하고 봉련이 최천중의 등을 다독다독했다.

최천중의 일상이 돌연 바쁘게 되었다. 삼전도장에 주인을 모시기 위해서였다.

의논을 받은 권 진사는,

"장안에 드나드는 사람들 가운데 그런 기우장대氣宇壯大한 어른이 없을 것이다."

라고 말하고 그 이유로서,

"벼슬을 노리는 사람, 고관들의 동정을 구하는 사람, 아니면 자식들의 과거 길을 터주기 위해 분주해하는 속물이기 때문이다."

라고 했다.

삼개의 최팔룡의 의견은 달랐다.

*** 몸이 가장 중요하다.

"만 호 장안에 그만한 사람이 없을라구. 시골로 돌아다니기 전에 장안을 한번 뒤져봐야지."

최천중은 최팔룡의 그 의견이 그럴싸하다고 생각했다.

대현大賢은 은어시隱於市*란 말이 있는 것이다.

황봉련의 거간으로 대사헌 박규수를 만난 것이 특히 의미가 있었다. 박규수는 훤칠한 키에 준수한 용모를 가진 사람으로, 오십이 훨씬 넘은 나이인데도 젊음을 횡일**해 있었다.

청렴하기 이를 데가 없다고 들어 성격과 몸가짐이 꼿꼿한 것이 아닌가 했는데 활달하기가 봄바람 같았고 가끔 섞는 농담엔 기지가 빛나고 있었다. 그러면서도 삼십을 갓 넘긴 관상사 최천중을 안하眼下에 두는 거만한 태도가 없었다. 심지어 최천중이,

"정업正業에 종사하지 못하고 관상사로서 도세渡世하는 것을 부끄럽게 여깁니다."

하고 겸손해했더니 박규수가 말했다.

"무전無田엔 부농不農, 무망無網이면 불어不漁이고, 반상적서班常嫡庶가 기목棋目과 같은 세상에선 재승덕후才勝德厚도 불관不官할밖에 없는데*** 정업 운운은 소용없는 말이오. 노형과 같은 사정이었다면 나도 관상 도세나 할 수밖에 없었을 것이오."

---

*   큰 현인은 시정에 숨어 있다.

** 橫溢: 흘러넘침.

*** '논이 없으면 농사를 못 짓고, 그물이 없으면 고기를 잡을 수 없고, 양반 상인과 적자 서자가 바둑판 눈과 같은 세상에서 재주가 뛰어나고 덕이 두터워도 벼슬을 할 수 없는데,'

"그러시다면 상학相學에 조예가 깊으실 것 같은데, 하교 계시면 감사하겠습니다."

"노형은 겸양만 할 것이 아니라 이렇게 알게 된 연분으로 내 상에 관해 한마디 평이 있으면 하는데."

"소인배가 용변할 상이 아니옵니다. 대감의 상은 귀상 중의 귀상이옵니다."

"고종명은 하겠소?"

"뿐이옵니까. 완천수完天壽가 지백至百이로소이다. 단 한 가지 유감인 것은 위位는 인신人臣을 다하고 명名은 사해에 진振하옵는데도 소지素志와 경륜經綸을 펼 수 없다는 데 있사옵니다."

그러자 박규수가 무릎을 탁 쳤다.

"최공의 말 지당하오. 내 한이 바로 그것이오."

최천중은 박규수를 찾은 동기를 설명하고 삼전도장을 도장道場으로 만들 수 있는 인재의 천거를 부탁했다.

박규수는 심사숙고하더니 한번 노력해보겠노라고 했다.

하직함에 있어 최천중이 물었다.

"대감은 어떻게 젊음을 유지하옵니까?"

"탐욕을 버리고 살면 냉수도 영양이 되고, 곧은길을 따라 걸으면 험난이 없으니 심신이 소모가 적지 않겠소."

하는 박규수의 대답이었다.

이렇게 장안의 사랑을 돌고 있는 동안, 어느 날 최천중은 전 경기도관찰사 김학성의 초대를 받았다.

김학성은,

"이름이 높은 관상사를 면대하게 되니 이런 기쁨이 없소."

하는 말과 더불어 바깥사랑에 만좌한 손님들에게 최천중을 안내

했다. 그러고는 중랑中廊으로 불러 자기와 자기의 아들 관상을 봐

달라고 했다.

김학성의 상은 그의 벼슬에 미급未及이었고, 그의 아들 김용우

의 상은 그저 호인의 상일 뿐 유위有爲*의 상은 아니었다. 그러나

최천중은 그들의 의중을 꿰뚫어본 다음, 그들의 희망에 맞도록 관

상평을 하고 가능한 한 그렇게 되도록 각자의 노력할 바를 세목적

細目的으로 나열해주고 그 집을 퇴출했다.

그런데 바깥사랑에 만좌한 사람 가운데에 최천중의 감정을 강렬

하게 자극한 상의 소유자가 있었다. 그래 그 사람의 상을 좀 더 소

상하게 볼 수 있었더라면 하는 아쉬움을 가지고 계동 골목을 걸어

내려오는데 그 골목의 어귀에서 기다리는 사람이 있었다. 한데, 그

사람은 아까 최천중의 감정을 강렬하게 자극한 사람이었다.

그는 최천중이 가까이에 오자,

"관상사."

하고 불렀다. 그 음성은 청명했다.

최천중이 걸음을 멈추자 선비는,

"고견을 듣기 위해 일석一席을 마련코자 하는데 귀의貴意는 어떻

소?"

하고 최천중의 눈을 정면으로 보았다.

---

* 미급: 못 미침. 유위: 쓸모 있음.

얇은 비단으로 한 꺼풀 싼 듯한 눈빛이었다. 그 얇은 비단이 걷힐 때 그 안광은 능히 사람의 심장을 찌를 수 있으리라 싶었다.

"좋습니다."

하고 최천중이 순순히 응했다.

"그럼 장소는 내가 정해도 좋소?"

"뜻대로 하시오."

"그렇다면 날 따라오시오. 수표교 근처에 아담한 주루가 있습니다."

선비는 앞장을 서서 걸었다. 최천중의 주의가 그 체구와 걸음걸이에 집중되었다. 키는 불고불소不高不小, 몸집은 불비불수不肥不瘦, 양쪽 어깨는 불편불락不偏不落하고 걸음걸이는 가벼우면서도 무겁고, 무거우면서도 가벼운데 그 보적步跡을 선으로 이으면 곧은 양선兩線이 될 것으로 짐작되었다. 그리고 그건 연치성을 방불케 하는 기분이 있었으나 연치성이 추수追隨할 수 없는 바는, 그 몸이 풍겨내고 있는 일종의 지향智香이랄 수도 있고 수련의 연조年條**라고도 할 수 있는 그런 것이었다.

'우리 연공도 앞으로 십 년만 학문을 닦고 무술을 닦으면 이렇게 될까?'

백주 장안에서 돌연 이런 귀인을 만날 수 있다고 하면 삼전도장의 주인을 장안에서 찾는 것도 무망한 노릇이 아니라는 희망이 솟기도 했다.

** 지향: 지혜의 향기. 연조: 연륜.

계동에서 수표교로 가는 길은 비교적 사람의 통래가 많은 편이다. 그 사람들이 모두 최천중과 최천중의 앞에서 걷고 있는 사람을 한 번씩은 되돌아봤다.

가을의 석양이 비끼고 있는 거리를 활보하고 있는 두 선비의 모습이 이채로웠던 것이다.

최천중의 호기好奇와 모험이 섞인 마음은 시라도 한 수 읊고 싶은 기분으로 기울어져가고 있었다.

수표교 근처의 지리는 최천중도 비교적 잘 알고 있는 편이다. 그런데 그 선비가 데리고 간 지점은 최천중에겐 전연 생소한 곳이었다. 흡사 길이 겹으로 되어 있어, 최천중이 걸었던 수표교 일대는 겉으로 걸은 길이고, 그 선비가 이끄는 길은 안으로 뻗어 있는 것만 같은 기분이었다.

그렇게 생소한 어느 지점에서 그 선비는 나직한 집의 나직한 대문을 밀었다. 외관으론 볼품이 없는 집이었는데 일단 집 안으로 들어서자 전혀 달랐다. 넓은 뜰에 가을의 화초가 피기 시작하고 있었고, 또 하나의 대문이 꽃밭 사이에 있었다. 그 대문 앞에서 선비가 기침을 했다. 상노로 보이는 더벅머리가 문을 열었다. 비좁은 골목의 시작이었다. 골목을 한참 걷자 다시 문이 나타났다. 다시 골목이 있었다. 그 골목은 좌우로 굴곡하며 계속되었다. 최천중은 그제야 그 집의 구조를 마음에 익혀두어야겠다는 생각을 했다. 그리고 또 다음 문 겉문에서 세어 여섯째가 되는 문으로 들어섰을 때, 다시 넓은 뜰이 나섰다. 아담하게 지붕이 낮은 집이 뜰 한가운데 서 있는 기분인데, 최천중은 자기들이 들어선 문 말고도 그와 비슷한 문이 뜰 양편으로 나 있는 것이 눈에 띄었다. 동남서로 각각 문이 달려 있는 것이 된다. 그렇다면 그 건물의 저편에 북문에 해당되는 문이 있을 것으로 짐작되었다. 최천중의 뇌리에 하나의 도표가 그려졌다. 지금 눈에 보이는 집을 중심으로 하여 육중六重으로 아까 자기가 들어온 요령으로 둘러싸여 있다. 이를테면 이 집으론 사방에서 들어올 수가 있고 사방으로 나갈 수가 있게 되어 있는 것이다. 한데, 그 이상의 생각은 할 겨를이 없었다.

선비와 최천중이 뜰에 들어서자 방문이 열리더니 중년으로 보이는 퇴기 출신 모양의 여자가 버선발로 뛰어나와 그 두 사람을 맞았기 때문이다.

"아이구 황공도 하셔라. 이렇게 오셔주시다니."

주인으로 보이는 여자가 국궁하는 자세로 반겼다. 그러나 선비는 표정을 바꾸지 않고,

"방으로 안내하고 달리 영이 있을 때까지 주위를 조용하게 하라."
하고 일렀다.

여자가 앞장을 섰다. 최천중은 선비를 따라 축담에 신을 벗어놓고 마루에 올라섰다. 어디선지 모르게 상노 아이가 나타나더니 그 두 신발을 거둬 들고 다시 어디론지 사라져버렸다. 방방에 사람이 있는 기척이었지만 소리는 없었다. 여자는 마루에서 골마루로, 그 골마루를 몇 차례 굴곡한 뒤에 어느 방문을 열었다.

그다지 넓진 않았으나 청정한 향취가 방바닥에서 벽으로 풍겨 나오고 있는 듯한 방이었다. 남향으로 병풍을 뒤로 하여 보료가 깔려 있고, 보료 앞엔 상궤床机가 놓여 있었다. 선비가 보료에 가

앉아 상궤를 격하고 깔려 있는 방석을 최천중에게 가리켰다. 최천중이 편한 자세로 앉았다. 정체를 알 수 없는 집에 이끌려온 이상한 감정을 대담한 동작으로 누르려 했던 것이다.

"대저 이 집은 어떠한 집입니까?"

최천중이 물었다.

"술집, 아니 기방이라고 함이 좋겠죠. 그렇고 그런 집이오."

선비는 아무렇지 않게 말했다.

차를 날라 온 사람은 아까의 그 중년 여자였다. 여자가 나가길 기다려 선비가 입을 열었다.

"나는 하준호라고 하오."

"나는 최천중이라고 합니다."

"선성은 익히 듣고 있었소."

하준호의 말이었다. 하준호는 최천중을 이미 알고 있었다. 그러나 최천중은 하준호의 이름을 듣기조차 처음이었다.

"선성이라고 할 건 없습니다."

최천중은 이런 겸양의 말을 안 할 수가 없었다. 왠지 압도당하는 기분이었기 때문이다.

"오늘 내가 최공을 모신 것은 다른 뜻이 아니고 내 관상을 봐달라는 뜻이오."

"관상사에게 관상 봐달라는 이외의 용건이 있겠소?"

하고 최천중이 웃음을 띠었다.

"그런 것만은 아니지만 하여간 오늘은 내 관상을 봐주시오."

하준호의 얼굴엔 웃음이 없었다. 그리고 물었다.

"채광採光은 이만하면 되겠소?"

"좋습니다."

최천중은 하준호가 채광을 아는 것을 보니 관상에 조예가 있는 것이라고 짐작했다.

이어 하준호가 말했다.

"세설細說은 필요 없으니 결언結言만을 하십시오."

"그게 나의 유의流儀*이오."

최천중이 역정을 얼굴에 나타냈다.

하준호는 조용히 기다렸다.

최천중은 단전에 힘을 주어 영감靈感을 청했다.

머리칼 나는 소리가 들릴 만한 정적과 긴장의 일순이 있었다.

최천중의 입에서 뚜벅 한마디,

"불혹不惑 이전에 출장입상出將入相인데."

하다가 '인데'에서 말이 뚝 그쳤다.

하준호의 얼굴이 상기上氣했다. 다음의 말을 기다렸다.

"연이나 불성불취不成不就임은 장재將材로되 그 장재를 쓸 주主가 없고, 상기相器**로되 그 상기를 쓸 상上이 없음이로다."

하준호의 얼굴이 다소 누그러졌다. 최천중은 그 이상의 말을 할 필요를 느끼지 않았다. 그 이상은 그의 도리로선 천기누설이기 때문이다.

---

* 방식.
** 재상이 될 만한 그릇.

최천중이 입을 열 기색을 보이지 않자,

"그것뿐이오?"

하고 하준호가 물었다.

"결언으로 만족하지 않습니까?"

"장재로되 불유주不有主이고 상기로되 불시상不侍上이면 주와 상을 스스로 겸할 수가 없을까?"

간단하게 말하면 자기가 왕이 될 수 없느냐는 질문이었다.

최천중이 정중하게 답했다.

"그 이상의 말은 천기누설이 됩니다. 앞날을 투시하고 예견하는 것은 인사人事에 국한하는 데 도리를 두어야 하온즉 양해 있으시길 바라오."

최천중의 이 답은 지당했다. 설혹 하준호에게 왕이 될 운이 있다고 해도 발설할 수 없는 일이었다. 그것은 바로 반역에 통하고 역모와 통하는 것이었다. 그런 비밀을 안 이상 바로 그 당자의 손에 죽어야 할 경우도 있는 것이다.

하준호는 움직이지 않았다.

하준호는 최천중의 어깨 너머의 어느 일점에 시선을 고정시키고 움직이질 않았다. 그런데 그 눈은 무엇을 보고 있는 것 같지 않았다. 스스로의 내면을 들여다보고 있는 것인지 몰랐다.

이상한 일이었다. 시간이 흐를수록 최천중은 하준호의 얼굴을 바로 볼 수가 없었다. 최천중은 이때까지 어떠한 사람 앞에서도 그러한 위압감을 느껴본 일이 없었던 것이다.

최천중은 하준호를 출장입상의 그릇이라고 본 것까진 자신이 있었다. 그리고 그 그릇이 여물지 않을 것이란 판단을 내린 것인데 그렇게 판단한 근거를 알아낼 수 없었다. 천기누설 운운한 것은 그가 이해할 수 없는 부분에 대한 변명, 또는 구실을 그렇게 말한 것이라고 풀이할 수도 있었다.

무거운 공기가 방안을 눌렀다.

최천중은 답답함을 느꼈다.

"내가 할 말은 다한 듯하니 물러갈까 합니다만."

간신히 한마디 했다.

하준호는 잠에서 깨어난 사람처럼 정신을 차리는 듯하더니,

"천기누설을 하라는 것이 아니오. 개인의 운명을 알아보자는 것이오."

하고 조용히 말을 이었다.

"나는 지금 일개의 표객漂客에 지나지 않으나 많은 친구를 가지고 있소. 내 작심 여하에 따라 그 많은 친구들에게 누를 끼칠까 그걸 두려워하는 거요."

최천중은 이 사람이 엄청난 일을 꾸미고 있는 사람일 것이란 자기의 짐작이 옳았다고 느꼈다. 그래서 점잖게 다음과 같이 말했다.

"해난海難을 피하려면 바다에 가까이 가지 않는 게 상책이고, 인재人災를 면하려면 작당作黨하지 않는 게 최상일까 하오."

"그렇게 되면 남아의 포부는 어떻게 되는 거요?"

"남아의 포부를 말한다면 진인사대천명할 일이지 섣불리 장래를 예견할 필요가 없을 것으로 아오. 뿐만 아니라 인인모사因人謀事는 상대방 인간의 운세로 합쳐지는 것인즉, 그 결과를 쉽게 알 수

도 없는 일이오. 이를테면 홍문지회鴻門之會에서 한고조는 죽어야할 명수命數에 있었소. 그런데 범증范增의 출현으로 무사함을 얻게 되었을 뿐만 아니라 고종명을 하게 된 거요. 이와는 반대로 항우는 구십 천수天壽를 가졌는데 번쾌의 신수를 합치지 못해 공도功圖* 중간에 쓰러진 것이오. 작당지사作黨之事를 개개인의 신수만으로 평정할 수 없다는 것은, 복합된 개인들 간의 신수이기 때문이오. 과단 또는 결단이라고 할 때의 단斷은 배려配慮의 일부를 단한다는 뜻이오. 그러니 하공께서 무슨 일을 도모하는진 알 까닭이없지만, 요는 단에 있는 것이라고 나는 믿소."

"나도 그것을 모르는 바 아니지만."

하고 하준호는 수연히 말했다.

"친구들 모두의 보전에 마음이 쓰여서 물어보는 거요."

이때의 하준호의 표정에는 최천중의 직감을 자극하는 것이 있었다. '혹시 이 사람이 장삼성, 아니면 그와 연관이 있는 사람이 아닐까…'

동시에 최천중의 뇌리에 반짝하는 것이 있었다. 연치성이 전한 주삼경의 말이다. 주삼경은 연치성에게 '불도를 닦을까 한다'고 하곤 '그러나 삼 년 동안의 일이오' 하더란 말을 기억한 것이다. 최천중은 눈앞에 있는 하준호가 장삼성인지, 또는 그와 관련이 있는 사람인지를 알아내려면 그 기억을 이용할 수밖에 없다고 생각했다.

참으로 묘한 인연이었다. 하준호는 장삼성으로부터 최천중이란

---

* 공을 도모함.

관상사를 만나보라는 편지를 받고 자연스럽게 그런 기회가 오길 기다리고 있던 터였다. 만일 풍문 그대로 그가 영특한 예견자라면 어떤 수단을 써서라도 그를 포섭해야겠다고 작정을 했다. 최천중은 최천중 나름대로 장삼성에게 호기심을 가졌고, 역시 자연스러운 기회에 그를 만나고자 하는 마음을 가지고 있었던 것이다. 그러나 두 사람 모두 섣불리 본심을 노출시킬 순 없는 노릇이었다.

하준호는 최천중을 좀 더 시험해볼 양으로 말을 다음과 같이 꺼냈다.

"아까 김 대감 댁에서 관상료를 얼마나 받았소?"

"세 사람을 보았기에 삼백 냥을 요구했소."

"그래 받았소?"

"내일 아침 집으로 가지고 오겠다고 하였소."

"만일 안 가지고 오면 어떻게 할 거요?"

"어떻게 하겠소. 속았다고 생각하고 말죠."

"속았다고 생각하면 기분이 나쁘지 않소?"

"나쁠 것도 없죠. 세상이 그런걸요."

"나도 백 냥만 내면 되겠소?"

"그건 안 되죠. 그릇에 따라 다릅니다. 김 대감 댁 사람들의 상과 하공의 상을 같은 값으로 칠 순 없으니까."

"그럼 얼마요?"

"만 냥은 받아야 하겠소."

"오천 냥쯤으로 해둡시다."

하고 하준호가 웃었다.

"공짜로 할 수 있어도 일단 내 입에서 나간 소릴 고칠 순 없습니다."

"그렇더라도 만 냥 돈이 없으면 도리가 없는 것 아니겠소."

"못 받아도 좋으니 값은 그대로 쳐둡시다."

"오천 냥이면 당장 낼 수가 있으니 하는 말이오."

최천중은 이 대목이 바로 시험이라고 생각했다.

늠름하게 대답했다.

"언제라도 좋으니 만 냥을 채워서 주슈."

"꼭 그렇게 고집하면 관상료는 영영 받지 못하고 말지도 모르는데."

"만 냥 돈을 갚지 못할 사람이면 내가 본 관상이 빗나간 것이니 받을 필요가 없고, 그런 힘이 있으면서도 갚지 않는 사람이면 더불어 얘기할 사람이 아닐 것이니 안 받아도 좋습니다."

최천중이 활달하게 이렇게 말하고 웃었다. 하준호가 웃음을 머금고,

"빚을 내서라도 관상료는 내야겠군."

하더니 기침과 더불어 소리를 높였다.

"게 누구 없느냐."

장지문이 열리더니 아까의 여자가 얼굴을 내밀었다.

"내게 만 냥짜리 어음 한 장 빌려주오. 그리고 요리상을 준비하도록 하시오."

얼마 지나지 않아 여자는 봉서封書 하나를 하준호 앞에 밀어놓고,

"술상 준비가 다 되었소이다."

하고 아뢰었다.

요리상이 차려진 방은 다른 곳이었다. 큰 절의 법당만 한 넓이의

방 한가운데에 상이 차려져 있었고, 좌우에 악기가 준비되어 있는 것으로 가희歌姬와 무희의 등장을 기대할 수 있었다. 반상은 진수성찬, 화면세요花面細腰의 아가씨들이 들어와 각각 한 사람씩 손님 옆에 앉고 요리상 양편엔 나이 많은 기생이 차지하고 앉았다. 나이 많은 기생의 할 일은 안주를 주선하는 것이고 양옆에 앉은 젊은 기생은 술심부름을 들었다. 하준호가 잔을 들고 읊었다.

"아각추흥일我覺秋興逸인데 수운추흥비誰云秋興悲뇨."

나는 가을의 흥이야말로 좋다고 생각하는데, 누가 말하는가, 가을의 흥취는 슬프다고.

최천중의 응수는 간발이 없었다.

"회남자淮南子에 있지 않소. '춘녀春女는 사思하고 추사秋士는 비悲한다'고."

두 사람은 각기 대배를 들었다.

아까까지의 그 긴박한 대결 의식은 없어지고 최천중이 비로소 관활寬闊*을 얻었다.

하준호는 자기가 자란 두류산頭流山의 풍정을 얘기하고 최천중은 소백小白의 산수를 말하기도 하며 간혹 고금古今의 시언詩言을 섞었다.

주흥이 일기 시작하자 하준호가,

"모두들 들게 하라."

하고 배석한 기생에게 귀띔을 했다.

---

* 도량이 넓고 활달함.

양편 벽에 붙은 장지가 일제히 열렸다. 왼편으로부터 고수를 비롯한 악사들이 들어오고, 오른편으로부터는 가희로 보이는 미인들이 들어왔다.

그래 놓으니 휑하니 넓기만 하던 방이 백화가 요란한 꽃밭같이 되어버렸다.

"추중秋中에 견춘경見春景은 한양의 조화로다."

하고 무릎을 탁 치며 하준호가 물었다.

"최공, 창연극을 어떻게 생각하오?"

창연극唱演劇이란 불과 몇 해 전에 시작한 놀이였다. 종래는 혼자서 하던 판소리의 사설을 여러 사람이 갈라 맡아선 창으로 연극을 꾸민다는 뜻으로 창연극이라고 한 것인데, 아직은 수인粹人*들 사이에만 알려졌을 뿐 일반의 오락으로 되진 않고 있었다.

그래 최천중이 답했다.

"말로만 들었지 아직 보지는 못했소."

"그럼 한번 감상해보오. 오늘 밤 춘향전을 특청해놓았으니 그저 판소리로만 듣는 것보단 별양**의 흥취가 있을 것으로 아오."

장면은 대뜸 춘향의 옥중가부터 시작했다. 잔인한 사또를 규탄하는 창이 청승맞게 사설을 엮으면 북소리가 장단을 맞추는데, 최천중은 혼자서 하는 판소리만 듣다가 그 입체화立體化된 창을 듣고 보니 하준호의 말마따나 전연 별양의 감동을 얻을 수 있었다.

---

* 전문인.
** 별다름.

최천중이 이렇게 도연***한 흥취에 젖어 있는데 하준호의 말이 있었다.

"이 창연으로 민심을 홍기시키면 일촉즉발의 기세에까지 몰고 갈 수가 있지 않겠소? 회천回天****의 대업엔 당랑螳螂의 도끼까지 필요할지 모르니까."

최천중은 하준호의 심중에 거래하는 것이 분명 자기와 같은 것임을 알았다.

'그렇다면 이자는 내게 있어서 동지냐, 적이냐.'

"저 세세통상성細細通上聲*****을 들어보오. 일품이외다, 일품."

하준호가 중얼거리듯 하는 소리에 최천중이 번쩍 귀를 세웠다. 선녀라고 할밖에 없는 화면세요의 미인이 창을 엮어나갔다.

"…천지 생겨 사람 나고 사람 생겨 글[文] 내일제, 뜻정자情字 이별별자別字를 어이하여 내었던고. 뜻정자 내었거든 이별별자 내지 말지. 이 두 글자 내놓은 사람, 나를 두고 지었던가. 도련님이 떠나실 적 지어주고 가신 가사歌詞, 한창恨唱하니 가성열歌聲咽은 동창의 슬픔이고, 수다愁多에 몽불성夢不成은 정부사征婦史의 설움이라… 추월 춘풍秋月春風을 옥중에서 다 보내니, 보이나니 하늘이요, 들리나니 새소리로구나.

낮이면 꾀꼬리, 밤이면 두견이가 서로 불러 잠을 깨니 꿈도 빌어 볼 수 없네. 도련님과 이생에서 영영 못 살 지경이라면 차라리 내가

*** 陶然: 감흥 따위가 복받침.
**** 하늘을 휘돌림. 형세를 크게 바꿈.
***** 가늘고 아랫배에서 끌어올려 내는 높은 소리.

먼저 죽어 임을 마저 모셔 갈까. 그리도 못 할진댄 적적무인寂寂無人 심야간深夜間에 실솔蟋蟀*의 넋이 되어 임의 방에 들었다가 밤중이면 시르르르르 슬피 울어 잠든 임을 깨워볼까. 아이고 언제 보리, 우리 도련님 어느 때나 뵈올거나."

마디마디가 한恨이요, 원怨인 가락이 최천중의 마음을 슬프게 했다. 그것은 곧 이 나라 백성의 가슴마다에 피고 있는 원한의 발작이라고 느꼈다.

이때 하준호의 말이 있었다.

"창연의 묘미가 여기에 있는 것이오. 저 소리는 이 도령, 성춘향에 가탁假託하여 하민下民들이 울부짖는 한성恨聲이 아니겠소."

최천중은 깜짝 놀랐다. 자기 심중의 말을 그냥 그대로 하준호가 대변했기 때문이다. 그래 감感이 극極해 이렇게 말했다.

"귀의貴意 즉 아의我義이니 동남풍東南風으로 혼연渾然이오."

창연은 도깨비가 나오는 대목으로 넘어가고 있었는데 하준호가 돌연 손을 들었다. 창이 그쳤다.

"그만, 도깨비장난까지 보고 들을 필요는 없어."

그러자 악사와 가희들이 일제히 물러갔다. 요란한 화원이 일시에 사라져버리고 공공막막한 빈 방만 남았다. 그야말로 도깨비에게 홀린 기분이었다.

"요이불음樂而不淫**이라야 되지 않겠소. 우리 장소를 바꾸어 조

---

*   귀뚜라미.
**   즐기기는 하나 음탕하지는 않게 한다는 뜻으로, 즐거움의 도를 지나치지 않음을 뜻함.

용히 한잔 더 합시다."

하준호가 이렇게 말하고 일어섰다.

다음에 하준호가 데리고 간 방은 단장緞帳***이 사방을 무겁게 둘러치고 수십 촉대가 휘황하게 빛나고 있는 호사스런 방이었다. 중앙에 탁자가 있고 교의 위에 앉게 되어 있었다.

'대국의 사신을 접대하기 위한 방인가?'

하는 짐작이 들었다.

"때에 따라선 이처럼 당풍唐風으로 앉아 노는 것도 좋지 않소?"

하고 하준호는 먼저 교의에 앉으며 최천중에게도 자리를 권했다. 그러고는,

"오늘 밤 우리 서양주를 마셔봅시다."

하고 따라 들어온 중년의 여자에게 최천중이 알아듣지 못하는 소리로 일렀다.

얇은 벽색碧色의 유리잔에 기묘한 형의 병으로부터 술을 따르며 하준호가 말했다.

"이것을 나파륜주拿破崙酒라고 한답니다."

최천중이 잔을 들어 코에 대보았다. 방순****한 냄새가 향기로웠다. 그는 때때로 황봉련가에서 대국을 왕래하는 상인들이 가지고 왔다는 갖가지 술을 마신 적이 있지만 그 '나파륜주'란 것은 처음이었다. 부드러우면서 강한 술맛이 혀끝을 미묘하게 자극했다.

*** 비단 장막.
**** 芳淳: 향기롭고 부드러움.

"법국法國에 나파륜이란 일세의 영웅이 있었다오. 그 영웅이 이 술을 좋아한다고 해서 이름이 나파륜으로 된 것이랍니다."

최천중인들 서양에 관한 이야기를 듣지 않았을까만 주석의 좌담으로 할 만한 지식은 없었다. 잠자코 술맛을 음미하고만 있었다.

"한데 최공, 인생에 무상을 느끼기만 하니 어떻게 살아야 옳겠소?"

하준호의 탄식이었다.

"보아하니 하공은 주변이 화려하고 체體엔 문혜文慧가 있고 용用으로 무술이 탁월하고…."

최천중이 선망을 섞어 말했다.

"문혜야 들은 풍월로 척하게 꾸미고 있는 것이오만 무술엔 전연 문외한이오. 약부피로풍류정弱夫避路風流庭*하고 있는 지금 이 신세가 아닙니까."

"모처럼의 만남인데 엉뚱한 도회鞱晦는 하지 맙시다."

하고 최천중이 정색을 했다.

이엔 응수가 없고 하준호는,

"방금 내 주변이 화려하다고 했지만 화華는 곧 허虛요, 려麗는 곧 무無요. 여리박빙如履薄氷**이 내 신상인데 화려하면 무슨 소용이 있겠소."

하준호는 잔을 비우고 비운 그 잔에 자작을 했다.

---

* 약한 사내가 큰길을 피해 마당에서 놀고 있음.
** 살얼음을 밟는 것과 같음.

최천중이 자세를 고쳐 앉았다.

"하공의 사주를 알았으면 하오."

"복합된 신수가 대세를 결정한다는 것은 최공의 말 아니었소? 내 사주는 알아 무엇을 하겠소."

"이렇게 서로 알게 된 인연으로 춘추나 알아두었으면 하오."

"신묘년이외다."

신묘년이면 최천중보다 한 살이 위인 서른셋. 최천중은 여기서 한번 넘겨짚어야겠다고 마음을 먹었다.

"하공은 서른여섯 살을 개운開運하는 해라고 생각하고 계시는 게 아닙니까?"

짐작한 그대로 하준호의 눈이 번쩍했다. 눈빛이 얇은 비단을 뚫고 밖으로 나온 느낌이었다. 살기마저 있었다. 최천중은 즉각에 알아차렸다.

'바로 이자가 장삼성이다. 아니면 장삼성을 조종하는 자다. 눈썹 하나 까딱하지 않고 사람을 죽일 수 있는 자…'

그러나 하준호의 얼굴은 선비 하준호의 부드러운 표정으로 돌아가 있었다.

"내 개운이 서른여섯이라는 걸 어떻게 알았소?"

아무 일도 없었던 것 같은 말투였다.

"분명 삼 년 후에 하공의 개운이 있을 것으로 내가 알았다는 것뿐이오. 그리고 그런 일쯤은 당자가 모를 까닭이 없다고 생각했기 때문에 물어본 거요."

이렇게 능청스럽게 최천중이 말을 꾸몄다.

하준호는 말이 없었다.

최천중으로부터 받은 충격을 바깥에 표시하지 않으려면 입을 다물고 있을 수밖에 없었던 것이다.

주삼경의 말이라고 연치성이 전한 '삼 년 동안 운운'의 얘기를 미끼로 꾸며낸 것이 그렇게 쉽게 효과를 거둘 줄이야. 미처 몰랐던 바지만 최천중은 회심의 웃음을 웃었다. 사람은 어떤 계기로 한번 사로잡기만 하면 사로잡은 자의 영향에서 벗어날 수가 없다는 사실을 최천중은 체험을 통해서 알고 있었다. 그는 너그러운 기분이 되었다.

"서른여섯 살의 개운은 하공 자신이 안 것입니까, 어떤 도사의 계시가 있었던 겁니까?"

경향京鄕을 한동안 놀라게 해놓고 삼 년 동안 자취를 감추겠다는 데에는 운세에 관한 무슨 판단이 있었기 때문이라고 짐작할 수 있었기에 최천중이 이렇게 대담한 질문을 한 것이다.

그러나 하준호도 만만한 인물이 아니었다. 그는 태연하게 말했다.

"서른여섯의 개운을 나 자신 믿고 있는 건 아니오. 그러니 그 얘긴 그만하고 최공의 나이나 알아둡시다."

"임진생이오."

하준호는 고개를 끄덕이더니,

"그래 최공은 일생을 관상사로 지낼 작정이오?"

"관상사로 지낼 작정이오만, 관상사로만 지낼 작정은 아니오."

"함축이 있는 말이군요."

하고 하준호는 다시 물었다.

"관상사로만 지낼 작정은 아니라고 했는데 그럼 무엇을 또 할 작정이오?"

최천중이 간단하게 삼전도장 얘기를 했다. 하준호는 대단한 흥미를 보였다.

"그래, 어떤 인재를 모을 참이오?"

"글 잘하는 사람, 무술 잘하는 사람, 그런데도 햇빛을 보지 못하는 사람을 비롯해서, 거짓말 잘하는 놈, 도둑질 잘하는 놈, 심지어는 남자로서의 연장이 큰 놈에 이르기까지 하여간 이채로운 사람은 죄다 모을 작정이오."

"그렇게 모아 뭣을 할 것이오?"

"모으는 데 목적이 있고, 그렇게 아울러 사는 데 목적이 있을 뿐이지, 모아서 어떻게 하겠다는 생각은 없소."

"모은 사람들은 어떻게 먹일 것이오?"

"천 명을 먹이는 데 만 석이면 가당치 않겠소. 맹상군 따라 삼천 명이면 삼만 석이면 될 테구…."

"삼만 석이 쉬운 일이오?"

"하공 관상료로 만 냥을 받지 않았소? 이게 모두 그 밑천이 되는 거죠."

"상당한 준비가 돼 있겠군요."

"삼전도장 근처에 천 석지기의 토지가 있으니 먼저 농부를 모아 농사를 지을 참이오."

하준호는 눈을 감고 생각하는 듯하더니,

"먹여 살리는 것보다 오히려 다스리기가 힘들겠군."

하고 뚜벅 말했다.

최천중은 황봉련이 한 말을 그대로 옮겨놓았다. 그리고 자기가 목하 서둘고 있는 것은 넉넉잡고 식객 삼천을 덕망으로써 거느릴 수 있는 노인을 찾는 일이라고 덧붙였다.

그러자 하준호의 말이 있었다.

"내가 한 사람 천거하리다. 나도 꽤 많은 노인을 알고 있지만 그런 분은 처음 보았소. 한데, 그분이 아직 살아 있을 것인지….'

"어떤 분입니까?"

최천중이 와락 흥미를 느꼈다. 하준호 같은 인물이 처음 보았다고 할 정도의 사람이면 예사로운 일이 아닌 것이다.

"내가 그분을 만난 것은 십 년 전 강원도 평해平海 백암산白岩山에서였소."

하준호는 추억을 더듬는 눈빛이 되었다. 감개무량한 사연이 백암산에 있는 것으로 보였다.

"백암산은 좋은 곳이죠."

최천중도 나름대로의 추억을 더듬었다.

"최공도 백암산에 가본 적이 있소?"

"있습니다. 어릴 때였죠. 열두세 살 때였으니까."

"백암산 어디쯤에 있었소?"

"바로 온천 옆에서 한 해 동안을 지냈죠."

"누구허구요?"

"내 스승 산수도인과 함께 지냈소."

"그 도인은?"

"살아 계시면 백 세가 넘으셨을 것이니 지금은 신선이 되어 있을 것이오."

최천중은 그렇게 믿고 있는 터였다.

"나는 온천에서 십 리쯤 떨어진 곳에 있었소. 동해가 바라뵈는 산봉우리에서 몇 핸가를 지냈소. 매일 온천에 갔었죠. 그러다가 그 온천에서 어떤 노인을 만났는데, 그때 벌써 육십을 넘어 있었으니까 지금쯤은 여든 남짓할 것이오."

"무슨 특기라도 있었던가요?"

"장자長者에 특기가 있겠소? 무기無技가 상기上技 아니겠소. 겨울엔 춘풍과 같고 여름엔 추풍과 같은 어른이었죠. 무욕무탐無慾無貪인데 세속을 깔보지 않았고, 융통무애하면서도 아이들처럼 장난을 좋아하고, 초연하면서도 염인厭人*하는 버릇이 없었으니…. 이제 최공의 삼전도장 얘기를 들으니 그런 분이 거기에 장자로 계시면 그 이상 바랄 나위가 없다고 생각한 거요."

"혹시 성씨를 아시는지요?"

"원주原州 원씨元氏이며 호는 여운汝雲이라고 하셨소. 운곡耘谷 원천석元天錫의 후예임에 틀림이 없는데 그 혈맥으론 직손이 아닐까 하오."

최천중은 원주 원씨가 고려의 명문이며 이조에 있어서도 현문顯門이라는 것을 알고 있었다. 특히 운곡 원천석은 태종이 후록厚祿과 고위高位로써 초빙했지만 끝내 절節을 지켜 전야田野에 묻혀 평

---

* 사람을 싫어함.

생을 마친 고절高節의 인사였다. 그러니 하준호가 여운을 가리켜 심맥으로선 운곡의 직손이라고 한 것은 그만큼 절개가 높다는 뜻이 되는 것이다.

"그분이 지금 어디에 계실까요?"

"여운 선생은 특히 평해 근처를 좋아하셨으니까 그 근처의 사찰 백암사, 선암사에 가서 물으면, 만일 살아 계신다면 거처를 알 수 있을 거요."

"그럼 내일에라도 사람을 시켜 찾아보겠소."

최천중이 말하자 하준호는,

"계시는 델 알거든 내게 연락해주오. 나도 그분을 꼭 만나뵙고 싶소."

하고 간절한 마음을 나타냈다.

최천중은 영월에 있는 유만석을 생각했다. 유만석을 데리고 올 겸 내일에라도 길을 떠나야겠다고 마음먹었다.

최천중이 수표동 그 집에서 나온 것은 밤이 이경을 지났을 때다. 중천에 달이 있었다.

달빛이 엮어놓은 빛과 그늘 사이의 길을 걸어가며 최천중의 기분 좋게 취한 마음은 그날 밤 있었던 일이 꿈같이만 여겨져 몽환 속에 있는 기분이었다. 전등야화 속의 한 토막을 몸소 겪은 듯한 기분이기도 했다.

이 기막힌 체험을 더불어 얘기하자면 회현동 황봉련의 집으로 가야 하지만, 그날 밤은 왠지 아내 박숙녀에게로 마음이 쏠렸다.

'회현동엔 내일 아침에 가지.'

하고 최천중은 용동龍洞에서 양생방 쪽으로 길을 꺾었다. 용동은 명동明洞을 조금 지난 곳이다.

거기서였다. 최천중은 장한壯漢 두 놈에게 앞뒤를 포위당했다. 둘 다 검은 복면을 하고 있었다.

"명이 아깝거든 가진 것을 모조리 내놔라."

최천중은 주머니 속에 있는 엽전을 죄다 꺼내 길바닥에 던졌다. 합해서 한 냥이 될까 말까 한 돈이다.

"푼돈 보고 네놈을 불러 세운 줄 아느냐?"

장한은 길바닥에 떨어진 돈엔 눈도 돌리지 않고 양쪽에서 최천중의 팔을 잡았다. 대단한 힘들이었다. 꼼짝달싹을 못 할 지경이었던 것이다. 그러더니 한 놈이 최천중의 도포 소매와 속옷 등을 뒤지기 시작했다. 하준호로부터 받은 봉투가 나왔다. 얼른 그 내용물을 꺼내 보더니 그걸 챙겨 자기의 호주머니에 넣곤 잡았던 최천중의 팔을 풀어주었다. 그리고 등을 탁 쳐서 밀곤,

"빨리 가. 이 어음을 섣불리 챙겼다간 목숨이 없는 줄 알아."

하고 뱉듯이 말했다.

몽환 속을 걷는 듯한 최천중의 기분이 일시에 가셨다. 동시에 맹렬한 분노가 솟았다. 하준호가 아무리 똑똑한 체 굴고 거창하게 행세해도 이 따위 짓을 하는 놈이라면 기껏 화적의 한패거리에 불과하다는 분노였다. 최천중은 하준호가 넌지시 만 냥짜리의 어음을 제법 대인 풍으로 내주어 뽐내고는 졸개를 시켜 뒤를 밟게 해선 그걸 되레 뺏어간 것이란 짐작을 했고, 그 짐작을 의심하지 않았다.

그러자 비열한 놈과 같이 술을 마셨다는 사실 자체가 메스꺼워

231

될 수만 있다면 도로 토해내고 싶은 충동이 뭉클뭉클 솟았다. 평해로 사람을 보내야겠다는 마음도 꺼져버렸다.

"더러운 놈."

최천중이 길바닥에 침을 탁 뱉었다.

만금이 순식간에 없어졌다는 허탈한 기분이 바탕이 된 것이고 보니 하준호에 대한 미움은 점점 억세게만 되어갔다. 이미 대강의 정체를 안 이상 그냥 두지 않으리란 각오도 생겨났다. 그런 점 하준호가 이편의 짐작을 알아차리지 못한 것은 다행이었다.

'나는 그놈의 정체를 알았는데 놈은 내가 그런 눈치를 챈 것을 모를 것이렷다.'

최천중은 틀어진 비위를 고치기 위해 엉큼한 웃음을 띠어보기도 했다.

'백만 냥의 상금을 타본다? 만 냥을 잃고 백만 냥을 얻으면 손해 될 게 없지.'

이런 생각을 하며 선혜신창宣惠新倉 옆 관정동館井洞까지 왔을 때였다. 사뿐사뿐했지만 달려오는 사람의 발자국 소리가 뒤쪽에서 들려왔다.

달이 천심天心에 있어 그늘은 처마 밑으로 움츠러들고 있고 골목은 환히 밝았다. 관정동, 그 근처엔 몸을 숨길 만한 곳도, 그늘도 없었다.

최천중은 걸음의 속도를 더하지 않고 그저 태연하게 걸었다. 위급을 피하는 최상의 방법은 태연한 마음, 태연한 태도일 수밖에 없다. 돈을 뺏고 후환이 두려우니 생명마저 없애버릴 궁리를 한 것인

지 몰랐다. 그러나 최천중은 그렇게 호락호락 맞아 죽진 않을 자신
이 있었다.

황급한 발자국 소리가 뒤에 있었다. 장한 하나가 바람을 몰고 앞
지르더니 최천중 앞에 버텨 섰다. 어깨가 들먹거리고 있었다. 거친
숨소리도 들렸다. 아까 최천중을 덮친 장한 가운데의 하나였다. 최
천중은 불의의 습격을 피할 양으로 한 발 물러서며 호통했다.

"만 냥 돈을 뺏어갔으면 그만이지 또 무슨 무례한 짓을 하려느냐."

장한은 숨이 가빠 말이 곧 나오질 않는 모양으로 봉투를 꺼내
최천중의 눈앞에 쑥 내밀었다.

"이게 뭐야?"

"소… 소인들의 불찰이었소. 도, 돌려드립니다."

하고 봉투를 최천중의 도포 속에 밀어 넣곤 장한은 왔던 길로 도
로 달려갔다. 꺼내 보나마나 그것은 아까 하준호가 건네준 일만 냥
짜리 어음이었다. 순식간에 겹친 일이라서 최천중은 갈피를 잡을
수 없었으나 다음과 같이 추측해볼 수는 있었다.

장삼성, 아니 하준호의 부하 가운데의 몇 놈들은 모임을 해체한
후에도 개별적으로 도둑질을 하는데, 오늘 밤 그들이 뺏은 어음이
하준호와 관계된 것임을 알자 당황한 나머지 빨리 돌려준 것이 아
닌가? 아니면 하준호가 최천중을 놀라게 할 목적으로 꾸민 장난이
아닐까?

아무튼 빼앗겼다고 생각한 어음이 도로 돌아온 것은 다행이었
고, 하준호에 대해 분격한 마음을 취소할 수 있게 된 것도 다행한
일이었다. 그는 다시 하준호가 일러준 원 노인을 펼해 백암산으로

찾아갈 계획을 세우기 시작했다. 최천중의 가슴속엔 춘풍이 일었다. 양생방 근처 자기 집 담장을 끼고 돌기 시작했을 때 낭랑한 독서 소리가 들려왔다. 그것은 강직순과 허병섭이 사략史略을 읽고 있는 소리였다. 최천중이 빙그레 웃었다. 밤이 이슥할 때까지 공부하고 있는 그들이 갸륵해서 마음이 흐뭇했던 것이다.

'저 두 놈을 데리고 백암산으로 가야겠다.'

그땐 부안에서 원숭이처럼 나무를 잘 타는 기술을 가진 정회수란 소년과 한 손으로 절구통을 들어 올리는 역사 심재현이 최천중의 양생방 집에 와 있었기 때문에 강직순과 허병섭을 데리고 원행遠行을 해도 무방하게 되어 있었다.

기침 소리를 내자 행랑을 지키고 있던 영감이 대문을 열었다. 최천중은 곧바로 내실로 통하는 중문을 들어섰다. 박숙녀는 벌써 마루 끝으로 마중을 나와 있었다.

월야심방月夜尋訪 미희허美姬許란 문자가 선뜻 최천중의 뇌리를 스쳤다. 최천중은 박숙녀가 정실인데도 언제나 애첩 곁을 찾아오는 기분으로 설레는 것이다. 그는 황봉련과는 또 다른 의미로 숙녀를 사랑하고 있었다.

발과 손을 씻고 잠옷으로 바꿔 입은 뒤 최천중은 자리에 누웠다. 그리고 자기의 한 팔을 베개로 해서 박숙녀를 안았다. 이런저런 얘기를 했다. 그러다가 오늘 밤 있었던 얘기로 옮겨갔는데,

"그 하준호란 사람 참으로 이상하다."

하자 숙녀가 물었다.

"몇 살이나 된 사람인데요?"

"나보다 한 살 위, 신묘년이라고 하던데."

"신묘년!"

하고 숙녀가 한숨을 쉬었다.

"신묘년이라는데 한숨은 웬일이지?"

"신묘년이라고 하니 생각이 나네요."

숙녀의 말투엔 정감이 묻어 있었다.

"무슨 생각이?"

최천중이 안고 누운 자세로 숙녀의 얼굴을 들여다보았다. 깊은 속눈썹이 그늘이 져 있는 청묘한 얼굴, 최천중은 황봉련에겐 요염을 느끼고, 왕씨 부인에게선 우아를 느꼈고, 서소문 정씨녀로부턴 단려端麗를 느끼고, 숙녀에게선 청묘함을 느껴왔던 것인데, 그 청묘함이 이 밤따라 더욱 새삼스러웠다.

"제 큰오빠가 신묘생이라고 들었거든요."

박숙녀의 나직한 속삭임이었다.

최천중은 숙녀에겐 오빠가 둘이 있었는데 그 생사조차 모른다고 이미 듣고 있었다.

"오빠를 지금 보면 그 얼굴을 알아볼 수 있겠소?"

"세 살 때 헤어졌는데 어떻게 얼굴을 알겠어요."

"아버지 어머니가 그랬으니까 오빠도 역시 천주학을 했겠군."

"그런데 그렇지 않았다는 거예요. 어머니의 말씀으론 천주학을 싫어하고 사냥꾼 흉내만 내고 놀았다고 했어요. 그러나 총명하긴 이를 데 없었다는 얘기였어요."

최천중은 '혹시' 하고 생각해보았다. 하준호와 박숙녀가 닮은 데가 없나 하는 마음으로 번졌지만 얼른 지워버렸다. 터무니없는 일이었기 때문이다.

오빠 생각이 원인이 된 모양으로 박숙녀는 이런 말을 꺼내놓았다.

"어머님의 무덤을 가까운 곳으로 모셨으면 해요."

설명하지 않아도 그 뜻을 알 수가 있었다. 최천중은 명년 봄에 그렇게 처리하겠노라고 순순히 답했다. 그리고 다음과 같이 물어보았다.

"교난을 당한 유족들이 몰래 서로 연락하는 그런 흔적을 눈치챈 적이 없소?"

박숙녀는 무언가를 골똘하게 생각하는 듯하더니 이런 말을 했다.

"서로 연락을 하는지 어쩐지는 알 수가 없지만, 일 년에 한 번꼴로 어머니를 찾아오시는 할머니가 있었어요."

"그래서?"

"이틀씩 묵어가시곤 한 것 같은데, 그때 어머닌 아무리 궁색해도 꼭 무언가를 줘서 보냈어요."

"그 일에 관해서 어머니가 하신 말씀은 없었어?"

"없었어요. 제가 묻지도 않았구요."

최천중은 숙녀를 끌어안아 빈손으로 숙녀의 어깨를 가볍게 애무했다. 거친 운명 속에서 자라난 숙녀에 대한 안타까움이 애절했던 것이다. 교난을 받은 유족들도 사람의 마음을 가졌을 터인데 가만 있기만 할 리가 없다는 마음과 하준호의 모습이 겹쳤다.

최천중은 새벽에 일어나 삼개로 갔다. 만 냥짜리 어음을 최팔룡에게 맡기기 위해서였다. 그런 거액의 어음은 대상끼리가 아니면 환전이 되지 못하는 까닭도 있었지만, 최천중은 모든 재산의 관리를 최팔룡에게 맡기고 있는 터였다. 최천중의 권에 의해 황봉련도 그렇게 하고 있었다. 최팔룡에게 돈을 맡겨두기만 하면 가만두어도 월 이 푼으로 이자가 붙어 올라가는 것이었다.

최천중은 삼개로부터 회현동 황봉련의 집으로 직행했다. 거기서 어젯밤 있었던 일에 관한 소상한 보고를 했다. 그러다가 백암산에 있을지 모르는 원여운을 찾아가야겠다는 얘기가 나왔다.

"여운이란 노인이 하준호와 결탁되어 있는 사람이라면 무슨 화를 입을는지도 모르는데…."

하고 황봉련은 생각하는 빛이 되었다.

"십 년 전에 만난 일이 있을 뿐이라는데 결탁이 또 뭐요?"

최천중이 일소에 부쳤다.

"만사는 불여튼튼이라고 하지 않소. 환재 대감은 숨어사는 은사, 고사高士도 많이 알고 계시니 한번 찾아가서 알아보도록 하시오."

하고 황봉련은 신중하도록 당부했다.

환재 대감이란 곧 박규수를 말한다.

최천중은 황봉련과 같이 점심을 먹고 한참 동안 시국담을 했다.

제주도에서 오는 공마貢馬가 도중에서 많이 죽었다는 얘기, 이흥민李興敏이 사헌부 대사헌, 윤행복尹行福이 사간원 대사간으로 임명되었다는 얘기도 나왔다.

"인재를 발탁한다고 떠들썩하더니 그놈이 그놈이란 뒷공론이 파다하게 퍼지기 시작하더구먼."

하고 최천중이 비웃는 얼굴이 되었다.

한성부에선 금번 마포강에 홍수가 졌을 때 많은 익수인溺水人을 구한 한량 조광춘曹廣春에게 후한 상금을 주었다는 얘기도 나왔다.

"조광춘이란 자의 물 재주는 대단하다오. 풍랑 탁류 속에서 물에 빠진 사람을 스물세 명이나 구했다니 기가 막히지 않소? 우리 삼전도장엔 그런 물 재주 잘하는 사람도 모아야 하겠소."

최천중은 이처럼 삼전도장에 온통 정신이 팔려 있었다.

지난 6월에 청나라 상인과 삼蔘을 밀무역했다는 죄로 붙들린 사람들이 모조리 참형 효수케 되었다는 얘기가 나왔을 땐,

"삼주蔘主 홍병구洪秉九만은 구해주고 싶었는데…"

하고 황봉련이 측은해했다. 홍병구의 외척이 한양에 살고 있는데 황봉련은 그들과 각별히 지내고 있는 덕분에 인삼을 흔하게 쓸 수 있었다는 얘기였다. 그 얘기가 하도 간절해서,

"그럼 홍병구라도 구하도록 해볼까?"

하고 최천중이 봉련의 의견을 물었다.

"대사를 앞두고 무리한 짓은 마십시오. 그래서 될 일도 아니구요."

하고, 봉련은 자기 나름대로 술수를 써볼 작정이라고 했다

이런저런 이야기를 하고 있는데 어느덧 해 질 무렵이 되었다. 최천중이 일어섰다.

"환재 대감을 한번 찾아볼 참이오."

"그렇게 하시구려."

황봉련이 문간에 나와 최천중을 전송했다.

환재 박규수는 최천중이 찾아왔다고 듣자 골방으로 모시라고 일렀다. 박규수는 마침 젊은 선비 세 사람을 앞에 하고 강론 중이었다.

"내 얘긴 곧 끝이 날 걸세. 잠깐 그 자리에 앉아 있게."

하곤 환재는 강강講을 계속했다. 최천중은 선비들과는 조금 비낀 자리에 꿇어앉아 귀를 기울였다.

"실實이 차서 형形을 이루는 경우도 있고, 형을 먼저 짜놓고 실로써 채우는 경우도 있으되, 공히 바람직한 것은 실이 아니다. 그러나 예禮에 이르러선 형선실후形先實後할 수 있다는 건 물이 그릇의 방원方圓을 따르는 이치라고 할 수 있다."

환재의 말은 장중하면서도 유창했다. 지혜가 말로 변하면 마땅히 그렇게 되려니 하는 짐작과 어울리는 조사措辭*였으며 실사구시實事求是의 원리를 설설說說하고 있는 것으로 판단할 수 있어, 그런 기회에 참여할 수 있었던 것을 행운으로 여겼다.

환재의 말이 계속되었다.

"형승실허形勝實虛하면 부화浮華의 징조이고, 형쇠실과形衰實過이면 혼란의 표징이니 이실형휘以實形輝하고 이형실광以形實光이 순치제민順治濟民의 요체이니라."

이에 이르러선 최천중의 이해력을 넘어 있었다. 처음부터 듣지 않았던 탓이라고 생각했으나 유감한 일이란 아쉬움이 남았다. 최천중이 만일 현대적인 교양이 있었더라면 환재의 그 말을 다음과 같이 풀이할 수 있었으리라.

'형식만 다듬어져 있고 내용이 빈약하면 곧 경박한 풍이 되고, 내용만 꽉 차 있고 형식이 다듬어져 있지 않으면 문화가 성숙되어

---

* 시가나 산문에서 문자를 선택하거나 배열함.

있지 않다는 증거라고 할 수가 있다. 형식은 그 내용으로써 빛이 나도록 해야 하고, 내용은 잘 다듬어진 형식으로써 보람이 있게 하는 것이 백성을 잘 다스리는 근본 방침이 될 수 있으리라.'

환재는 강을 끝내고 미심쩍은 것이 있거든 물으라고 했다. 그랬더니 선비 가운데의 하나가,

"이실형휘와 이형실광은 문장과 수사엔 그대로 들어맞는 요체라고 할 수 있지만, 정사와 유관할 땐 어떻게 될 것인지를 알지 못하겠습니다."

하고 물었다. 그런데 그 성음이 낭랑하고 이목구비가 청아했다.

환재는 그 질문을 받자 무릎을 탁 치곤,

"과연 문공의 현찰* 가상하다."

하고 감탄하곤 소상한 설명을 시작했다. 한데, 그 설명엔 현재의 정사를 비판하는 강개의 뜻이 역연하여 최천중은 주변에 엿듣는 자가 없을까 하는 걱정마저 느꼈다. 그러나 환재는 늠름한 태도로 말을 이었다. 그 가운덴 다음과 같은 말도 있었다.

"지금의 정사에 사로잡힐 것이 아니라 호연백년지대계로써 정사를 생각해야 한다."

환재와 젊은 선비들의 응수는 그러고도 한참 계속되었다. 최천중은 호학의 풀을 지란芝蘭의 향으로 비유하는 까닭을 비로소 안 것 같았다.

환재는,

---

* 賢察: 남의 살핌을 높여 부르는 말.

"맥식소찬이긴 하나 저녁을 먹고 가라."

하고 젊은 선비들을 다른 방으로 보내곤,

"지루하지 않았소?"

하고 최천중을 가까이로 불렀다.

"지루한 게 뭣이옵니까? 원래 소인은 목절이도目竊耳盜로 간신히 문맹을 면한 주제이온데, 오늘 환재 선생님의 친강親講을 지척에서 듣게 되니 감개가 무량한 바 있사옵니다."

이것은 최천중의 충정이었다.

"과한 말을 하는군."

하고 담백하게 받아넘기곤 환재가 물었다.

"무슨 요긴한 사유라도 있으신가?"

"예, 있사옵니다."

"말을 해보시게."

"일전 삼전도장 얘기를 여쭙던 도중에 그 집을 다스릴 어른을 찾는다고 하지 않았습니까?"

"그렇게 들었지."

"한데, 어떤 분으로부터 원여운이란 노인의 이름을 들었습니다. 그래서 만일 살아 계신다면 그분이 어떨까 해서 선생님께 의논하러 왔사옵니다."

"그렇게 할 수만 있다면 그 이상으로 좋은 일이 없겠지."

박규수는 서슴없이 말했다.

"그럼 선생님께서도 그분을 알고 계십니까?"

"알다 뿐인가. 바로 이 사랑에서 수년을 모신 적도 있소."

"그럼 지금 계시는 곳도 알고 계십니까?"

"알고 있소. 그러나 너무 먼 데 계시니…."

"평해 백암산 백암사에 계신다고 들었습니다만."

"옳게 들으셨구먼. 그러나 바로 백암사는 아냐. 백암사 근처에 초옥을 지어놓고 계셔."

"그분을 모실 수 있겠습니까?"

"글쎄…."

하더니 환재는 생각에 잠겼다. 그리고 한 말은,

"그분은 원래 평해 백암산을 좋아하고도 계셨지만, 그곳에 계시는 까닭은 한양에서 되도록 먼 곳에 있어야겠다는 뜻도 있느니. 그러니 여간해서 이곳으로 오시려고 할지…."

"삼전도는 한양이 아니지 않습니까?"

"상거 삼십 리면 한양이나 다를 바가 없잖은가?"

"내일이라도 평해 백암산으로 갈까 하옵니다. 선생님이 친서를 써주시면 크게 도움이 될까 하옵니다만."

환재는 고개를 살래살래 흔들었다.

"그럴 순 없소. 삼전도장의 취지는 들었소만 취지만 갖곤 나 자신 납득할 수가 없는데, 황차 여운 선생을 내가 모시고 올 순 없는 일 아니겠소."

최천중은 환재의 그런 태도를 충분히 이해할 수 있었다. 어떤 집단이 들어설지도 모르는 삼전도장으로 자기가 존경하는 어른을 모시려는 데 적극성을 보일 까닭이 없는 것이다.

"그러시다면 제 힘껏 노력해보겠습니다."

최천중이 이렇게 말하자 환재는,

"최공이 그분을 삼전도장으로 모시고 온다면 내 크게 최공을 치하하고 삼전도장을 위해 응분의 힘을 쓰리다."

하고 웃었다.

그리고 환재는 다음과 같은 말을 했다.

"최공, 나를 박정한 사람으로 치진 마시오. 난세에 사관仕官을 하게 되면 어설프게 필적을 남길 수가 없는 것이오. 그러니 말만은 전하시오. 나도 여운 선생을 가까이에서 모시길 바라고 있다고."

이어 환재는,

"그분을 설득하기 위해서 미리 배려가 있어야 할 것인즉, 내 몇 마디 해드리리다."

하고 이렇게 말했다.

"여운은 비승비속非僧非俗, 비선비유非仙非儒인 융통무애, 활달자애한 어른이오. 비승이로되 선지식禪知識을 능가하고, 비선이로되 노장老莊의 도에 통해 있으며, 비유로되 대성의 이치를 터득하고 있다는 것이오. 뿐만 아니라 입중入衆이면 화속化俗하고 여아종일락與兒終日樂하는 어른이오. 즉, 기생과 어울리면 탕아가 되고 어린아이들과 같이 놀며 하루 종일을 즐기는 희귀한 성품을 가졌다는 뜻이오. 그만큼 표일하고 치기稚氣가 있다*는 얘긴데…"

하다가 환재는 이 대목에서 피식 웃었다. 무슨 재미나는 얘깃거리가 있는 것이 분명했다.

---

* 태평하고 치기 어린 면도 있다.

"얘기를 마저 해주십시오."

최천중이 간청했다.

"그 어른의 기교한 일면을 전하는 일례니 말 못 할 바도 아니지."
하고 환재가 한 얘기는,

"내가 여운 선생을 모시고 있었을 때의 얘기요. 그때도 가을이었
소. 마침 경상좌도 암행어사를 하다가 귀임한 지 얼마 되지 않았을
땐데, 하루는 저녁밥을 같이 먹고 담소한 후 내 방으로 돌아왔더니
하인이 여운 선생이 주시더라면서 쪽지를 가지고 왔소. 펴보니 이
런 글귀가 들어 있었소. '홍안수금춘소단紅顔繡衾春宵短 백발단심
추야장白髮丹心秋夜長.' 젊은 시절 비단 이불을 쓰고 잘 땐 봄밤이
짧기만 하더니만 백발이 되어도 봄 마음은 있어 가을밤이 길기만
하다는 얘기가 무슨 뜻인지 알겠죠?"

"그래 어떻게 하셨습니까?"

"달리 도리가 있겠소? 돈 쉰 냥을 마련해서 기생방으로 보내드
렸지. 그땐 암행어사 하느라고 수고했다며 얼마간의 상여금을 받아
둔 것이 있었소. 다행이었지. 게다가 그 방면에 밝은 친구가 있기도
해서 편리하기도 했구."

"뒤에 무슨 말씀이 없으셨습니까?"

"닷새를 기생방에서 노시고 오시더니 견물생심한양화見物生心漢
陽禍라고 하시구서 백암산으로 돌아가셨소."

이 대목을 말할 때 박규수의 성색*엔 감회가 서렸다.

---

* 목소리와 얼굴빛.

"좀 더 모시고 있어야 하는 건데. 내게 노장의 지식과 불도의 지식이 있는 것은 모두 여운의 훈도에 의한 것이오."

"얘기를 듣고 보니 그 어른을 꼭 모시고 싶습니다."

"만나뵙거든 꾸밈없이 말하시오. 직정경행直情徑行**만이 그분을 움직이는 수단이 되리다. 그 밖의 술수는 되레 화가 될 것이오."

환재의 여운에 관한 얘기는 끝 가는 데가 없었다. 최천중도 그날 밤 맥식소찬을 얻어먹는 행운을 얻었다.

저녁 식사가 끝난 후에도 최천중은 좀 더 환재 곁에 머물러 있을 수가 있었다. 재와 덕이 희귀한 대관 옆에 단 얼마라도 더 머물러 있고 싶어 하는 최천중의 심지를 짐작한 모양으로 환재도 싫지 않은 태도를 보였던 것이다.

최천중이 용기를 내어 물었다.

"대감은 나라의 형편을 어떻게 생각하고 계십니까?"

"나라의 형편을 한마디로 말할 수야 없지."

하고 환재 박규수는 생각하는 빛이 되었다.

"아까의 말씀에 난세라고 하신 대목이 있어서 여쭙는 바이옵니다."

"공과 사의 분간이 없고, 형에 치우쳐 실이 없고, 백년지대계는커녕 하루 앞을 생각지 않는 정사에 대한 자격지심으로 한 말일 뿐이오."

"나라가 이대로 가선 안 된다는 뜻으로 듣겠사옵니다만."

** 생각한 것을 꾸밈없이 나타냄.

"이대로야 어디 지탱할 수가 있겠소?"

"그렇다면 대감께선 마땅히 경륜하는 바가 있어야 하지 않습니까?"

"내겐들 경륜이야 없겠소만 도도한 시류를 혼자서 막을 수야 없지."

"대감님이 선창하시면 뜻있는 동지가 모일 것이 아니오니까?"

"최공은 한유韓愈 선생의 붕당론朋黨論을 읽어본 적이 있겠지?"

"예."

"그 속에 군자는 의義로써 모이고 세인은 이利로써 모인다는 대목이 있잖소. 대성大聖의 말엔 군자는 화이부동和而不同이고 소인은 동이불화同而不和란 말씀이 있구. 지금의 시류는 이利로써 동이불화하는 소인이 편승하기에 알맞은 형편이오. 군자는 물러서 있을 수밖에 없는 판국이지."

"한데, 대감께선 관도官途에 계시는 까닭이 무엇이오니까?"

"분을 지키며 진심갈력할 뿐이지."

"그것뿐이오니까?"

최천중의 날카로운 추궁에 환재는 일시 말을 잃었다. 수만언數萬言을 두고도 말 못 할 그런 심정으로 보였다.

"후학을 지도하는 덴 관직에 있는 것이 편의할 경우가 있느니."

이 환재의 말을 받아 최천중이 다시 물었다.

"겨우 그런 정도이시라면 이처럼 궁색하게 사실 필요가 없잖습니까. 탐하지 않고 세상의 관례에 따라도 넉넉하게 사실 수 있을 것이고, 법에 어긋나지 않는 범위에서도 치부하실 수 있을 것이 아니오니까."

"법은 인간과 금수를 구분하는 한계선일 뿐 도의道義완 멀어 있소. 법을 지켰다고 해서 족한 것은 아니오."

"그렇더라도 대감님의 지금 형편은 너무나 딱하지 않습니까."

정말 환재의 생활 정도는 너무할 정도로 궁핍해 있었다. 그러나 환재는 웃으며 말했다.

"옷은 예의를 다할 수 있는 정도이면 족하고, 식은 요기할 정도이면 족하고, 주거는 이슬을 피할 정도이면 족한 것이 아닌가. 그 이상으론 되레 내 마음이 괴로울 거요."

그러고는 환재는 이런 얘기를 했다.

"내 사관 초기에 암행어사의 직책을 띠고 삼남 지방을 샅샅이 돌았는데 백성들의 생활은 실로 목불인견이었소. 그때 나는 백성을 잘 살리지 못하는 정사는 소용이 없는 것이라고 느꼈소. 어떻게 해서라도 기강을 바로잡고 백성들에게 생로를 틔워주어야 한다고 마음을 다졌소. 동시에 백성을 이처럼 도탄지경에 놓곤 설사 재물이 있어도 호의호식할 수 없을 것이라고 느꼈소. 굶어 죽는 창생이 수만이 있다는 것을 알면서 어떻게 사치할 수 있단 말이오. 부정한 돈인 줄 알면서 어찌 그것을 받아들일 수가 있단 말이오. 내관의 사치는 외관의 뇌물로써 이루어지는 것이고, 외관의 치부는 백성의 고혈을 짠 것으로 된 것인데… 나는 생각하였소. 그렇게 치부해서 안연晏然*할 수 있는 마음이 도대체 어디에서 생겨날 수 있을까 하고, 호의호식하고 양심이 편하지 않은 것보다는 파의소식破衣素

---

* 불안 초조하지 않고 차분하고 침착함.

食으로 마음 편한 게 나을 텐데 하고 생각하니 나는 탐관과 오리
들을 사람으로 볼 수가 없었소. 내가 우리의 지금의 상황에 실망하
고 있는 것은, 백성의 사부가 되어야 할 관이 기실 화적이나 다를
바 없는 형편으론 나라가 지탱할 수 없다고 보았기 때문이오. 뿐
만 아니라 내가 학문에 절망한 것은, 배웠다는 자들이 모조리 차지
한 관이 그런 꼴이란 사정에 기인한 것이오. 그렇다고 해서 거세개
탁擧世皆濁인데 아독청我獨淸*하다는 것을 뽐낼 생각은 없소. 그
것이 당연한 일이니까요. 당연한 일이 당연한 것으로 통하지 않을
때, 그것이 바로 난세란 것 아니겠소."

최천중이 고개를 숙이고 들었다. 그리고 다음과 같이 질문했다.

"지난번 춘당대시의 진짜 장원은 충청도 청풍의 황규석이었다고
합니다. 그런데 사고무친한 고아라고 해서 실격을 시켰다니 그게
될 말이옵니까? 대감께서는 반상별班常別의 폐단을 옳지 못하다고
생각하고 계신다는 말을 들었기 때문에 묻는 말이옵니다."

"황규석 실격의 건은 나도 알고 있소. 그러나 중에 과는 부적不
敵이었소. 슬픈 일이지만 어떻게 할 수가 없었소."

"대감님은 이 모든 일을 그대로 좌시할 참이옵니까?"

"좌시하지 않으면 어떻게 하겠소."

"분한 마음도 없으시단 말이옵니까?"

"지금의 내 심경은 일모로원日暮路遠**이란 느낌이오."

---

* 온 세상이 흐려도 나 홀로 맑다.
** 해는 저무는데 갈 길은 멀다.

"만일 여기에 경륜이 있고 혈기방장한 일당이 세월을 얻어 일어 서다면 어떻게 되겠사옵니까?"

"일모로원을 느낀 자가 동조할 수 없으니 용훼***할 주제가 못 되고, 용기 없는 자가 용기 있는 자를 두고 왈가왈부할 건더기가 못 되는 것 아니겠소. 그러나…."

하고 환재는 돌연 성색을 바꾸었다.

"최공의 심중에 끓고 있는 것을 모르는 바 아니오만 국운을 기다릴 줄도 알아야 하오. 최공은 백암산으로 가서 여운 선생이나 모셔 오도록 하시오."

국운을 기다릴 것이 아니라 만들어보는 것이 어떻겠느냐는 말이 목구멍에까지 나와 있었지만 최천중은 꿀꺽 삼켰다.

최천중은 삼전도장의 낙성식을 무기한 연기해놓고 8월 초 영동에의 길을 떠났다.

당초에는 허병섭이나 강직순을 데리고 갈 요량이었지만 생각이 바뀌어 정회수를 데리고 가기로 했다. 정회수는 다시 말할 것도 없이 장대 끝을 타고 올라갈 수 있는 독특한 기량을 가진 소년이다. 역시 부안에서 발탁한 것인데, 허병섭과 강직순과는 달리 뒤에 부안에서 한양으로 장사 심재현과 같이 왔다.

최천중이 금번의 영동행에 정회수를 데리고 갈 작정을 한 것은 그의 나무를 타는 기술이 심심유곡에서 혹시 필요하게 될지 모른

*** 참견.

다는 짐작도 있었지만, 긴 여행을 같이함으로써 정을 두텁게 해둬야겠다는 생각이 있었기 때문이다.

최천중은 먼저 영월 석선산石船山으로 유만석을 찾아보고 평해 백암산으로 향할 계획이었다. 한양에서 영월까진 4백 리, 한양에서 평해까진 970리, 영월에서 8일 동안을 잡고 거기서 평해까지는 10일을 넘게 잡아야 하니 왕래에 달 반이 걸릴 예정이었다.

최천중과 정회수는 천천히 당나귀를 걸렸다. 그 끈덕진 잔서*도 온데간데없고 들과 산엔 상량한 바람이 일고 있는데, 들엔 벼가 황금의 파도를 이루었고 산엔 가을꽃이 피기 시작하고 있었다. 이른바 행락의 계절, 여행을 하기엔 절호의 기회인 것이다.

최천중이 들길을 걸으며 정회수를 돌아봤다.

"회수야."

"예."

"가을 이맘때의 들은 좋지? 논엔 나락이 익어가고…. 한데 저 익어가는 나락들이 무엇으로 보이느냐?"

"익어가는 나락은 익어가는 나락이 아니겠습니까."

정회수의 말은 수줍었다.

"시인들은 이런 광경을 보고 황금의 파도라고 하지."

회수는 말없이 눈망울만 굴리고 있었다. 최천중이 설명을 계속했다.

"하늘과 땅의 축복이 가을에 그 열매를 맺은 것이다."

"그러나 하늘과 땅의 축복이 맺은 저 열매가 저것을 지은 사람에

---

* 殘暑: 늦여름의 한풀 꺾인 더위.

겐 아무런 소용이 없어요."

정회수의 그 말은 뜻밖이었다.

"너 무슨 소릴 하고 있는 거냐?"

최천중이 부드럽게 물었다.

"애써 농사를 지은 사람들에겐 지금 익어가는 벼가 조금도 축복이 안 된다는 말입니다."

정회수의 말은 조용했으나 그 투는 결연했다. 최천중이 그 말의 뜻을 알아들은 만큼 놀라는 빛이 되었다.

정회수의 말이 계속되었다.

"추수를 하고 나면 어디론지 나락이 날아가버려요. 우리 집에선 타작을 한 그 이튿날부터 굶은 일도 있었지요. 꼭 한 번 있었던 일이긴 했어두요. 그러나 대강 그런 꼴이에요."

회수의 말은 처량했다.

최천중은 생각에 잠겼다. 이 소년의 가슴에 어떤 한이 맺혔길래 이런 말을 할까 하고. 뼈 빠지게 일을 해서 농사를 지어놓으면 이리떼처럼 달려들어 뺏어가는 놈들이 있고 보면, 황금의 파도는 통곡의 파도일지 모른다는 생각에 최천중의 가슴은 어둡게 물들었다.

아직 해가 있었지만 첫날은 양주 불곡산佛谷山 불곡사佛谷寺에서 묵기로 했다.

나귀는 산 아래 주막에 맡겨놓고 불곡사를 찾아간 것인데, 산문 근처에서 어떤 여인들의 일행을 지나쳤다. 예불을 겸해 행락을 나온 여자들인가 했는데 뭔가 풍정이 이상했다. 그러나 지나쳐버린 일행을 두고 관심을 가질 것도 없었다.

주승을 찾아 사연을 고하고 하룻밤의 침식을 부탁했다.

그랬더니 속절없는 거절이었다. 방이 모두 차 있어 안 되겠다는 이유였는데, 최천중은 필시 다른 이유가 있을 것이라는 눈치를 챘다.

"공짜로 자고 가자는 것이 아니니, 대사께서 각별한 배려가 있었으면 하오."

하고 최천중이 공손히 간원했으나,

"우리가 어디 객사업客舍業을 하는 줄 아시오? 손님이 차서 방이 없는 것을 어떻게 하오. 해가 빠지기 전에 달리 숙소를 찾으시오. 양주읍도 여기선 멀지 않으니 말요."

하는 주승의 태도엔 일종의 초조감마저 있었다. 거만한 태도이면 시비라도 걸어보겠지만, 초조한 태도를 보이는 상대에게는 강하게 나올 수가 없었다.

주승을 그처럼 초조하게 만든 덴 까닭이 있을 것이었다.

최천중은 그 이상의 말이 없이 정회수를 데리고 발걸음을 돌렸다. 그리고 구경하는 척 절 이곳저곳을 돌아보았다. 퇴락한 느낌이 있는 가난하고 조그만 절이었다. 그런데 어딜 보나 손님이 차 있다는 것은 거짓말이었다. 뿐만 아니라 저쪽에선 사미승이 이제 막 들어선 듯싶은 구경꾼들을 쫓아내고 있는 광경도 있었다.

"이상한 일이로군."

하고 서성거리고 있는데 아까의 주승이 어디에선가 나타났다.

"해가 빠지기 전에 달리 숙소를 찾아가시라는 데 왜 이러시오. 빨리 가세요, 빨리."

최천중은 그 서두르는 꼴이 아니꼬웠지만 달리 작정이 있기도 해서 한번 주승을 노려보곤 그 절을 빠져나왔다. 산문을 지나 비탈길을 내려가다가 무슨 짐을 지고 올라오는 세 사람의 인부와 사령 물패로 보이는 사나이를 지나쳤다. 지고 있는 짐은 외양으로 보아 무슨 음식인 것 같았다.

'이상한 일이로군.'

최천중이 다시 한 번 속으로 중얼거렸다. 그리고 그냥 걸음을 재촉하고 있는데 왼편 송림 사이에 사람의 그림자가 있었다. 너덧 명으로 보이는 여자들인데 아까 산문 밖에서 지나친 그 여자들의 일행이었다.

'절에서 하룻밤을 묵으려다가 우리처럼 거절당한 일행인가?'

하는 생각을 하다가,

'그렇다면 빨리 집으로 돌아가든지, 달리 숙소를 찾아야 할 텐데 저렇게 태평스러울 수가 있을까?'

하는 생각이 들었다.

'이상한 일이로군.'

최천중이 한 번 더 마음속으로 중얼거렸다. 고빗길을 돌았을 때 산 아래 주막집이 보였다. 최천중이 정회수를 돌아보고 말했다.

"넌 사잇길로 해서 누구에게도 들키지 않도록 절 근처에 가 있거라. 거기서 망을 보아라. 무슨 변이 있거든 곧 내게 알려라. 나는 주막에 있을 테니."

주막은 정말 주막일 수밖에 없는 그런 차림이었다. 주청은 울퉁불퉁한 판자를 깔아놓은 마루방이고 흙벽이 군데군데 갈라져 바람이 새어들 형편이었다. 방은 단 하나 늙은 주모가 어린 계집애와 영감을 데리고 기거하는 것뿐이라서 손님이 발 뻗을 곳이 없었다. 그 밖엔 헛간이 있을 뿐인데 그 헛간에 최천중이 타고 온 나귀들이 매여 있는 것이다.

그러고 보니 손님도 가뭄에 콩 나듯 하는 형편이었다. 최천중은 벽의 흙이 떨어져 지저분한 주청 마루에 걸터앉아 초라한 술상을 받아놓고 지는 해를 바라보고 있었다. 저녁 식사를 위해서 미리 돈을 주어 닭이라도 삶으라고 시켰다. 영감은 닭을 사러 마을로 내려가고 없었다. 오늘 밤 불곡사에 무슨 일이 있는가 본데 하고 넘겨짚어보았으나 넘겨짚고 말고 할 것도 없이 늙은 주모에겐 '술 달라', '안주 달라' 하는 말 이외의 말은 전혀 통하지가 않았다.

어느덧 해가 졌다. 해가 지고 나니 돌연 공기가 쌀쌀해졌다. 주모는 방안으로 들어오라고 했으나 최천중은 행장을 진 채 마루에 앉아 정회수를 기다렸다.

해가 지고 얼마쯤 되어서였다. 정회수가 헐레벌떡하고 들어섰다. 첫말이,

"선생님 이상한 일이 있습니다."

최천중이 다음 말을 기다렸다.

"조금 전 어떤 사람이 왔는데 굉장히 높은 벼슬을 하는 사람인 모양이에요. 그 사람이 오자 미리 준비해놓았던 것 같은 요리상이 방으로 들어갔습니다. 그러고 있는데 여자들이 몰려왔어요. 여자 하나를 많은 여자들이 끌고 들어가는 것 같았어요. 그 여자는 한사코 빠져나오려고 하는 모양이지만 잘 안 되는 것 같습니다요. 그런데 그 여자들은 아까 우리가 산문 밖에서 본 일행 같았는데요."

"그것뿐인가?"

"절 안에 중 몇과 그들뿐입니다요. 높은 벼슬아치가 타고 온 사인교는 산문 밖에 있구요. 그 교군꾼들과 관속으로 보이는 사오 명은 절 안으로 들어가지 않고 절 밖에서 빙빙 돌고 있었습니다요."

최천중은 대강의 짐작을 했다.

약간 권세가 있는 놈이 양반집 과수, 아니면 난경*에 있는 유부녀를 탐하여 계교를 꾸민 나머지 절간을 빌려 야욕을 채우려는 것이었다. 주승이 초조해했던 것은 협박을 받았기 때문일 것이고, 하다가 최천중의 추측은 거기서 정지했다.

그 여자의 일행이 산문을 나온 것은 어떤 까닭일까 해서다. 미리 계교를 짜놓은 것이라면 여자를 절 안 어느 방에 미리 숨겨둘 수도 있었을 것이니 말이다. 아니, 때가 될 때까지 절 밖에서 기다리라고 한 것일까?

최천중은 산문 밖에서 그들과 지나쳤을 때 이상하다고 느낀 그 느낌의 내용과, 왜 이상하다고 느끼게끔 했는가의 그 이유를 캐내려고 해보았다. 그러자 뚜렷이 나타나는 하나의 인상이 있었다. 중년 여자들 사이에 끼여 있는 어느 젊은 여인의 안색이 백지장처럼 희었다는 인상이고, 그 여인의 용모가 백 인에 하나쯤 있을 일색이었다는 인상이 되살아났다. 최천중은 와락 호기심을 느꼈다.

최천중이 문득 생각나는 것이 있었다.

"회수야."

---

* 難境: 어려운 처지.

"예?"

"너 돌팔매질도 잘한다고 했지?"

"잘한다고까지야 할 수 없죠."

정회수는 겸손해했다. 그러나 최천중은 그의 실력을 부안에서 보고 알 수 있었다. 오동나무 꼭대기에 앉아 있는 참새를 돌팔매로 잡을 수 있는 정도이면 대단한 것이 아닌가.

"회수야."

"예."

"오늘 밤 우리 좋은 일을 해야겠구나."

"…"

"자네 말만으로도 대강 짐작이 간다. 아까 자네가 말한 그 높은 벼슬아치란 녀석이 그 권세를 업고 양가의 부녀를 농락하려는 거다."

"…"

"그러지 않고서야 어디 절에 잔칫상을 벌이겠니? 왜 모든 손님을 다 쫓아내겠니? 주승의 서두르는 꼴을 봤지?"

"대강 알 수 있을 것 같습니다."

"그리고 여자가 항거하더라며?"

"예. 이만저만 버티는 것이 아니었습니다. 그래도 막무가내로 끌고 들어가던데요."

"그러니까 하는 소리다. 무고한 양가의 부녀가 저런 꼴을 당하는 걸 보구 가만있겠니?"

"…"

"왜 말이 없는가?"

"서툴게 말려들면 귀찮지 않을까요?"

정회수는 신중한 성격을 가졌구나, 하는 반가움은 있었다.

"그러나 뒷일이 겁난다고 해서 의로운 일을 안 해서야 쓰나."
하고 최천중이 힐난하는 투로 말했다.

"그러나 이번의 걸음은 원여운 선생을 모시기 위한 것이 아닙니까. 괜한 일에 말려들어 그 일에 지장이 있지 않을까 해서 드린 말씀입니다."

정회수의 말은 옳았다. 응당 그렇게 생각해야 된다는 것을 최천중도 알고 있었다. 그러나 최천중은 그런 꼴을 보곤 견딜 수가 없는 것이다. 그것은, 의로운 일은 꼭 해야 된다는 의인으로서의 양심이 아니라, 아름다운 여자를 남에게 빼앗기기 싫은 탕아의 기분일지 몰랐다.

최천중은 정회수의 밸을 돋우어야겠다고 마음을 먹었다.

"회수는 벼슬아치나 관속을 대하면 언제이건 그처럼 움츠러드나?"

"도리가 있습니까요? 무엇보다도 겁나는 게 그들인데유."
하고 정회수는 고개를 떨구었다.

"그렇긴 하다만 아직 소년인 자네가 그처럼 기가 약해서야 어디…"

최천중은 조바심이 일었다.

"제 할아버지는 놈들에게 매 맞아 죽었시유. 제 아버지도 그때 매를 맞아 골병이 들었지유."

"그러니까 놈들을 해치워야 될 게 아닌가. 맨날 당하고만 있으면 어떻게 해. 간혹 풀어야지."

"되로 주고 말로 받는걸요."

정회수는 고개를 떨군 채 말했다.

최천중은 침착해야겠다고 마음을 다졌다.

"회수야, 신중한 건 좋지만 옹졸해선 안 돼. 눈앞에서 사람이 죽어가는데 뒤탈이 겁나서 가만있을 수 있어? 그건 사람의 도리가 아닌 거다. 우선 구해놓고 봐야지."

최천중은 이런 말을 하면서도 약간 양심의 가책을 느끼지 않은 바는 아니었다. 설혹 사람이 죽음의 위기를 앞에 두고 있다고 하더라도, 아까 본 바와 같은 미녀가 아니었더라면 이처럼 열을 내지 않을 것이란 짐작을 했기 때문이다. 정회수가 그 일에 대해 냉담한 것은 원래 겁이 많은 데다가 미녀에 대한 집착이 없는 탓이라고 풀이할 수도 있었다. 어떠했건 최천중은 그 미녀를 짐승과 같은 놈의 손아귀로부터 빼내야만 했다.

"회수야."

"예?"

"이편이 용의주도하면 뒤탈 없이 사람을 구해낼 수가 있다. 한번 안 해보련?"

"선생님이 원하신다면 뭐건 하겠어요."

"내가 원한대서가 아니라 자네의 심중에 의협심이 돌아나야 하는 거다. 자네의 의협심이 돌아나기만 하면 자네의 나무를 잘 타는 기술과, 돌팔매질 잘하는 기량으로써 아무런 뒤탈 없이 너끈히 해치울 수가 있어."

"어떻게 하면 되는 것인지 가르쳐주십시오."

최천중이 대강의 설명을 했다. 그리고 물었다.

"해낼 수 있겠지?"

"있겠습니다."

"그럼 좋아."

하고 최천중은 주인 방으로 들어가 보따리를 풀어 종이와 필묵을 꺼냈다. 한편 정회수는 그 근처를 돌아 알맞은 돌을 주워 모았다.

최천중은 창호지를 찢어 그 한쪽에 다음과 같이 썼다.

'천하무도자天下無道者, 빙관적행자憑官賊行者, 빨리 물러가라. 분연이면 천주天誅*가 내릴 것이다. 네놈이 누군지 나는 잘 안다. 나는 천하를 두루 살펴 네놈과 같은 인간을 적발 처단하는 임무를 맡은 자다.'

최천중이 이와 같이 쓰고 다시 행장을 차렸을 때 정회수의 소리가 방밖에 있었다.

최천중이 밖으로 나가 글을 쓴 종이를 회수에게 주며 뭔가를 간곡히 일렀다.

정회수가 주막을 빠져나갔다. 최천중은 돈 열 냥을 꺼내 주인에게 주며 나귀에게 먹이를 갖다주라고 이르고 방금 정회수가 나간 뒤를 따랐다.

절이 있는 근처까지 왔다. 산문 밖에 모닥불을 피워놓고 교군꾼

---

* 천벌.

네 놈과 파수꾼 두 놈이 불을 쬐고 있는 것이 보였다.

정회수는 담장을 소리 없이 타고 넘어선 지금 한창 잔치가 벌어져 있는 방을 정면으로 바라보고 있는 위치의 지붕 끝에 자리를 잡았다. 그리고 오른팔을 휘둘러 힘껏 돌을 던졌다. 돌은 장지문을 뚫고 잔치가 벌어져 있는 방안에 가서 뒹굴었다.

혼비백산한 가운데서도 그 돌을 집어 든 놈이 있었다. 돌을 싼 종이를 풀었다. 그 문맥을 읽고 와들와들 떨었다.

좌중의 하나가 장지문을 열고 '어떤 놈이냐' 하고 고함을 질렀을 때 그놈은 '악' 하고 쓰러졌다. 돌이 이마에 정통으로 맞은 것이다. 이어 서너 개의 돌이 연거푸 방안으로 날아들었다.

"큰일났다. 도망치자."

하는 소리가 어디에선가 들렸다. 방안에 있던 놈들은 의관이고 신이고를 챙길 겨를도 없이 밖으로 뛰어나갔다.

"큰일났다."

하고 소리를 친 것은 최천중이었다. 그 소리에 놀라 방안에 있던 놈은 물론이고 교군꾼들과 파수꾼들도 가마를 팽개쳐둔 채 뒹굴고 엎어지고 하며 산 아래로 도망쳐버렸다.

그들이 죄다 사라진 것을 확인하고 최천중이 절간으로 들어가 주지승이 묵고 있는 방을 향해 고함을 질렀다.

"주지승은 당장 이리로 나오라."

그 성화에 못 이겨 주지승이 상좌를 거느리고 바깥으로 나왔다. 으스름 달빛으로도 와들와들 떨고 있는 주지승의 모습을 알아차릴 수 있었다.

"황혼축객은 비인사라고 했거늘, 사람을 해 질 무렵에 쫓은 건 신성한 사찰을 음탕한 곳으로 만들 작정이었던가? 불제자로서 용서 못 할 소행, 빨리 그 사연을 직고하렷다."

최천중의 말은 장중했고 위엄이 있었다. 주지승은 그 말의 주인이 아까 저녁나절에 본 행인임을 알자, 하늘에서 내렸는지 땅에서 솟았는지 분간 못 할 그 출현에 우선 겁을 먹었다.

"소승에게 무슨 힘이 있사옵니까. 관가의 영에 그저 따랐을 뿐입니다."

하고 주지승은 굽실거렸다.

"영을 내린 놈이 누구냐?"

"사또 나리였습니다."

"그럼 아까 저 방에 든 놈이 양주 사또란 말인가?"

"예, 그러하옵니다."

"놈들이 끌고 온 여자들은 어디에 있는가?"

"저 뒷방에 있습니다."

놈들이 도망하는 사이 여자들을 그곳에 숨겨놓은 것인가 보았다.

"그리로 안내하라."

최천중의 말을 따라 주지승이 앞장을 서서 뒷방으로 갔다. 방문을 열고 등불을 안으로 비추었다. 여자 하나가 벽에 붙어 앉아 고개를 숙이고 있었다.

"아까는 여럿이었는데 다른 여자들은 모두 어디로 갔느냐?"

최천중이 또 한 번 고함을 질렀다.

"글쎄올시다."

하고 주지승도 고개를 방안에 들이밀고 두루 살폈다.

"다른 분들은 모두 도망을 친 것 같사옵니다."

상좌가 어물어물 말했다.

"내력을 알아봐야 할 터인즉, 주지승은 나하고 같이 들어갑시다."

하고 최천중이 주지승을 데리고 방안으로 들어가며 정회수에게는,

"무슨 일이 있을지 모르니 여기 서서 단단히 지켜라."

하고 일렀다.

방으로 들어가 자리를 잡곤 최천중이 물었다.

"나는 부인께 해가 될 일은 하지 않을 사람이오. 오늘 있었던 일을 소상하게 고하시오. 내 성의를 다해 부인을 도울 것이오. 어디에 사시는 누구입니까?"

부인이 얼굴을 들었다. 아까 여러 여자들에게 둘러싸여 낭패를 당한 것 같은 얼굴을 하고 있던 바로 그 여자였다. 나이는 스물을 넘겼을까 말까. 귀밑머리 언저리가 특히 청초하고, 갸름한 얼굴 전체에 수색愁色이 서려 있는 기막힌 미색이었다. 그 비운悲運으로 해서 더욱 아리따운 얼굴이며 맵시, 최천중은 너무나 화사한 얼굴 모양에서 그 여자의 팔자를 읽었다.

"사정을 알고 보니 스님을 심하게 탓할 일은 아니었소. 그러나 자비심은 불제자로서 마땅히 가져야 할 도리가 아니었소? 그러니 스님은 이 역경에 있는 부인을 살릴 궁리를 하시오."

최천중의 말은 준절했다. 주지승의 표정이 심각하게 이지러졌다.

"자비심도 힘이 있어야 보람이 있는 것이 아니겠사오이까. 소승에 겐 어떻게 할 방도가 없소이다."

최천중은 잠깐 생각한 연후 종이와 필묵을 가지고 오라고 하곤 양주목사 앞으로 다음과 같은 편지를 썼다.

'양주목사 조헌교 공 읽으시오. 나는 포의布衣의 신분으로 천하를 주유하는 바이오. 나는 사邪를 보면 참을 수가 없고 악惡을 당하면 좌시할 수 없는 성정이오. 그러나 공의 춘당椿堂*을 기왕 미원촌에서 뵈어 그 이래 지우知遇**를 얻고 있는 바이라, 그 어른의 체면을 보아서 불간불견不看不見할 것이니 불곡사 건은 없는 것으로 하고, 앞으로 그로써 일이 생기지 않도록 배하를 엄히 다스리도록 하시오. 산수도인 후학 씀.'

먹 흔적이 마르기를 기다려 그 편지를 접어 주지승 앞에 내밀었다.

"이 편지를 내일 아침에라도 일찍 목사에게 전하시오. 그렇게 하면 후환은 없으리다."

그리고 여자를 향해 말했다.

"부인께선 아무튼 양주 땅을 떠나는 게 무방할까 하오. 부인이 싫지 않다면 안전한 곳까지 내가 동행해드리리다."

여부가 있을 까닭이 없었다. 여자는 지금의 호구虎口에게서만 피하게 해준다면 그 은혜만으로도 백골난망하겠다고 울먹였다.

"자, 그럼 떠납시다."

하고 최천중이 자리에서 섰다.

주지승이 산문 밖까지 나와,

---

* 아버지.
** 대우.

"존함이라도 알아두었으면…."

하고 간청하였으나 최천중은

"산수도인의 제자라고만 알아두시구려. 다시 만날 날이 있으리
다."

하고 잘라 말했다.

주막에서 나귀를 풀어 이끌고 최천중과 정회수는 여자를 동반
하여 으스름 달빛 아래 길을 걷기 시작했다.

"이맘때의 밤이슬은 부인께 좋지 않을 것이오만, 장옷을 쓰시고
바삐 걸으시오. 뒤탈이 없을 것이라 생각되지만 위지危地는 빨리
벗어나는 것이 상책이오."

최천중이 이렇게 말하고는 더 말이 없이 길을 걸었다. 기내畿內*
의 길은 최천중이 환히 통효하고 있는 터였다.

도중에서 정회수가 물었다.

"대강 어느 방향으로 가시려는 겁니까?"

"우리는 지금 감곡산紺谷山으로 가고 있다. 감곡산엔 감곡사가
있지. 감곡사엔 여승이 거처하는 꽤 큰 암자가 있을 것이다. 부인을
일단 그 암자로 모셔야겠다."

그 말은 정회수에게 대한 것이라기보다 여자의 불안을 풀 의도
로써 한 말이었다.

그러고 한동안 말이 없더니 최천중은,

"감악산은 좋은 곳이다. 고려조 임춘林椿의 시에 이런 것이 있

---

* 경기도 일대.

어. '자산수미과수주玆山首尾跨數州하니 천외회상여무봉天外廻翔
如舞鳳**이라'고 읊었으니 야모감악이로행夜慕紺岳履露行도 나쁘지
않지."

하고 소리 없이 웃었다.

회명의 어둠이 사라져갈 즈음에 어떤 마을이 나타났다. 자세히 보
니 그 마을 입구에 외딴 집이 있고, 그 집에서 연기가 오르고 있었
다. 장꾼들을 위해 해장국을 끓이고 있는 주막일 것이라고 보았다.

밤새워 길을 걸은 피로에 겹쳐 잠이 오기도 했다. 여자의 보행을
감안하지 않을 수도 없었다. 최천중이 정회수에게 일렀다.

"너 빨리 가서 저 연기 나는 집이 주막인지 알아보아라. 주막이
거든 돈을 후하게 준다고 하고 안방을 치워두라고 해라."

정회수가 걸음을 빨리했다.

"아마 여기서 감악산까진 20리는 더 가야 할 것 같소. 그러니 저
주막에서 잠깐 눈이나 붙였다가 갑시다."

하고 최천중이 여자에게 말했다.

다행히 그 집은 주막이었고 파주읍을 끼고 있는 반촌의 주막이
어서 방도 여러 개가 있었다. 주인에게 일러 여자는 안방을 쓰게
하고 최천중과 정회수는 바깥방을 빌려 우선 한숨 자기로 했다.

최천중이 잠을 깬 것은 점심때 가까워서였다. 정회수가 옆에 없
어서 찾았더니 그는 벌써 일어나 나귀에게 먹이를 주고 있었다. 가

** '이 산은 머리에서 꼬리까지 여러 고을에 걸터앉았는데, 그 모습이 하늘을 뚫고
날아오르는 봉황과 같구나.'

난한 집안에서 고생을 하며 큰 탓으로 정회수는 부지런하고 알뜰
한 데가 있었다.

여자도 벌써 일어나 치장을 끝내고 있다는 안주인의 말이 있어,
식사 준비를 시키고 최천중은 세수를 했다.

식사를 끝내고 최천중은 안방으로 갔다. 여자의 사정을 좀 더 상
세하게 들어두어야 했기 때문이다. 어젯밤 대강 들었지만 그 정도
론 암자에 위탁할 이유가 안 됐던 것이다.

성을 양씨梁氏라고 하는 여자의 나이는 스물셋. 아버지는 가평
의 양재겸梁在謙, 시집은 양줏골의 정익제鄭益濟, 남편은 정화조鄭
華朝라고 했다. 한데, 그 사연이 기막혔다.

양씨 부인의 시부 정익제는 전라도 어느 지방의 목사牧使로 있
었다. 그때 어떤 친구가 와서 돈을 빌려달라고 했다. 화급한 용무란
것이고 상대가 믿음직한 데다가 대단히 친한 사이였으므로 정익제
는 그자에게 관곡 백 석을 빌려주었다.

그랬는데 그 후 얼마 안 되어 그자가 역적모의를 했다는 죄로 걸
려들었다. 추궁한 끝에 빌려준 관곡이 그 모의에 쓰였다는 사실이
밝혀졌다. 정익제는 역적모의의 연루자로 몰렸다. 그래서 정익제와
그 아들 정화조는 참수형을 받았다. 그 밖의 가족은 귀양 가기도
하고 노비가 되기도 하여 일가는 지리멸렬, 이산하고 말았다. 그것
이 5년 전의 일이며 양씨 부인이 시집온 지 두 달 만의 일이었다.

양씨 부인은 친정아버지가 천 석 재산을 봉납하여 노비 신세가
되는 것만은 면했으나, 그 친정이 온전할 까닭이 없었다. 절해의 고

도에 유배된 양재겸을 비롯하여 친정 식구들도 이산해야 하는 비운에 있었다.

양씨 부인은 먼 일갓집에 침모로 있으면서 호구해나가던 중 새로 도임한 양주목사 조헌교에게 걸려든 것이었다. 물론 조헌교 자신이 그런 간악한 꾀를 부린 것은 아니다. 그에게 아첨하는 아전속들이 꾸민 일이다. 양씨 부인은 불곡사에 불공을 하면 사자의 명복에 영험이 있다는 아전 여편네들의 권유에 못 이겨 모처럼의 나들이를 했다가 봉변을 당할 뻔한 것이다.

최천중은 얘기에 귀를 기울이며 양씨 부인의 상을 찬찬히 보았다. 옥중일하玉中一瑕*는 양미간에 있었다. 보일 듯 말 듯한 반점이 액사할 징조였다. 그런데 그 운수는 이제 빛깔이 가셔지고 있었다. 내년쯤이면 완전히 그 흔적조차 없어질 것이었다.

그걸 빼고 나니 그 이상의 귀상은 없을 것 같은 상의 소유자였다. 그 여자로 해서 남자가 귀하게 될 것인지 스스로 귀하게 만들 남자를 만날 운세인진 분간할 수 없었으나 그 얼굴과 몸 언저리에 귀태가 서려 있는 것은 확실했다.

최천중은 감곡사 암자에 양씨 부인을 맡겨둔다는 것은 위험한 일이란 생각에 이르렀다. 그러나 선불리 자기의 의견을 말할 처지는 아니었다.

"감곡사의 암자까진 모셔드릴 수가 있습니다만, 그로부터 뒷일은

---

* 구슬의 티끌 하나.

부인께선 감당하시겠소?"

"죽을 고비도 당해왔사온데 감당 못 할 일이 있사오리까. 전 항상 죽을 각오를 하고 있사옵니다."

가냘픈 음성이었으나 강철 같은 의지가 느껴지는 말이었다.

"죽는다는 건 최후의 일이 아닙니까. 살 궁리가 중요한 것입니다. 그런데 내 생각 같아선 감곡사의 암자도 편한 곳이 못 될 것 같습니다."

"편한 걸 바라진 않습니다."

"아니, 안전하지 않다는 말입니다."

양씨 부인은 말이 없었다.

"이왕 도와드릴 바엔 피차 안심할 수 있는 방도를 취했으면 해서 드리는 말입니다."

"나으리께선 바쁘실 텐데 저 같은 사람 때문에 이 이상 심로하시지 않는 것이 좋을까 하옵니다. 일단 위기를 벗어났으니 앞일은 제 스스로 처리할까 하옵니다."

여자의 의지가 시키는 말이리라 싶었다. 그럴수록 최천중은 양씨 부인을 놓치기가 싫었다.

"어떻습니까. 나는 평해 백암사로 가는 도중입니다. 그전에 영월에 잠깐 들를 일이 있습니다. 영월에 가면 안전한 거처를 마련할 수 있지 않을까 합니다. 부인의 의향이 좋으시다면 그리로 모셨으면 합니다."

양씨 부인은 고개를 떨군 채 생각에 잠겼다. 그 시간이 너무 길었기 때문에 민망한 생각이 들어 최천중이 다음과 같이 말을 보탰다.

"절로 가시는 게 좋겠거든 그렇게 하시고 그 밖에 다른 곳으로 가실 데가 있으면 그렇게 하십시오. 군이 권하는 건 아닙니다."

그래도 양씨 부인은 말이 없었다. 그제야 최천중은 여자가 망설이고 있는 이유를 알았다.

"아마 내 신분에 의혹을 품으신 것 같은데 인사가 늦었습니다. 내 이름은 최천중입니다. 한양에 살고 있습니다. 관상을 보는 재주밖엔 없습니다. 그러나 나쁜 놈은 아닙니다. 그렇다고 해서 별로 좋지도 못합니다."

그러자 양씨 부인은 조용히 얼굴을 들고 최천중을 일순 눈여겨 보는 듯하더니 고개를 떨구며,

"절에 남는 것보다 나으리를 따라갔으면 합니다. 어떤 천업도 하겠사오니 싫으실 때까지 곁에 두어주시면 고맙겠습니다."

하고 속삭이듯 했다. 그 말이 너무나 간절했다.

양씨 부인을 영월까지 데리고 가려면 남장을 시킬 필요가 있었다. 그러나 그 주막에서 남장으로 바꾼다는 것은 주막집 사람들의 의혹을 살 염려가 있고 따라서 후환이 있을 것 같았다. 주막집을 나서서 얼만가를 걸은 뒤에 최천중이 그 제안을 했다. 정회수가 먼저 찬성했다. 소년의 지각으로서도 묘령의 여자를 데리고 먼길을 걷는다는 것은 좋지 못하다는 것을 알 수 있었던 것이다.

"분부대로 하겠습니다."

하고 양씨 부인도 승낙했다. 최천중이,

"그럼 회수야. 넌 나귀를 타고 저 마을로 들어가서 부인의 몸에 알맞을 남복 일습을 구해 오너라."

하고 쉰 냥 돈을 회수에게 건넸다. 그러고는 오 리쯤 앞에 보이는 산을 가리키며 만날 장소를 지정했다.

회수가 마을로 향해 간 후 최천중과 양씨 부인은 천천히 걸었다.

따스한 햇볕과 시원한 바람이, 황금이 파도치는 들의 풍경을 추색秋色으로 엮었다. 최천중은 다시금 인생이란 것과 운명이란 것을 느꼈다. 어제까진 그 존재조차 알 수 없었던 미녀와 지금 나란히 가을의 들길을 가고 있다는 사실. 이 길이 이어져가는 아득한 장래에 과연 어떠한 일들이 나타날 것일까.

"시가를 이을 후사는 정해져 있는 겁니까?"

하고 최천중이 물었다.

"삼족이 멸한 처지이오니 감히 그런 엄두도 못 내고 있사옵니다."

"그렇겠죠."

하다가 최천중은 다음과 같이 말했다.

"먼 훗날, 그렇지, 먼 훗날 부인께서 다소의 재산을 이뤄, 당외 친척 가운데서라도 양자를 얻어 후사를 정해야 할 거요."

"그럴 수 있게만 되면 얼마나 좋겠습니까만…"

양씨 부인이 한숨을 지었다.

"그럴 수 있게 해야죠. 뜻이 있으면 통하는 법입니다. 그러나 부인, 평생을 수절하겠다는 마음은 버리시오. 허황한 일입니다. 개가를 하셔서 거기서 아들 몇을 얻으면 그 가운데 하나를 정씨가의 후사로 정해도 무방합니다. 당외 친척보다 부인의 핏줄을 받은 사람이 더욱 가까울 테니까요. 전래傳來하는 예법이 정리情理를 따르지 못하는 겁니다."

양씨 부인의 답이 없었다.

최천중이 다소 어색하게 된 기분을 물리칠 양으로 소리를 높였다.

"보시오, 부인. 하늘은 저렇게 드높고 들은 이처럼 아름답소. 저 산과 산이 첩첩이 겹친 모양 또한 묘하지 않소. 천지는 이처럼 광활하고 구김이 없는데 어째서 인사人事는 그처럼 각박하단 말이오. 모든 것을 잊고 가슴을 탁 틉시다."

이때 한 마리의 학이 날아오르는 것이 보였다. 최천중의 입에서 낭랑한 시창이 흘러나왔다.

자고봉추비적료自古逢秋悲寂寥

아언추일승춘조我言秋日勝春朝

공청일학배운상空晴一鶴排雲上

편인시정도벽소便引詩情到碧宵*

그리고 덧붙였다.

"부인, 이 시는 백낙천의 친구 유우석劉禹錫의 시입니다. '자고로 가을이 오면 슬프다고 하지만 나는 봄보다 가을이 좋다'는 대목이 내 마음에 듭니다."

산허리를 두른 길을 비껴 조금 떨어진 양지쪽에 풀을 깔고 앉아 정회수를 기다리기로 했다. 나란히 앉을 수가 없어서 네 발짝쯤 사이를 두고 최천중은 위쪽으로, 양씨 부인은 아래쪽으로 앉았다.

---

* '…갠 하늘 학 한 마리 구름 헤치고 나니, 시정(詩情)도 이끌려 푸른 하늘에 닿는다.'

부자연한 침묵을 메우는 수단으로선 시화詩話가 제일이다. 시의 효용이 또한 그런 데 있는 것이 아니었던가. 최천중은 유우석의 애기가 나온 김에 다음과 같이 말을 엮었다.

"유우석의 시엔 신추新秋 대월對月하여 기낙천奇樂天*한다는 수작秀作이 있습니다. 한번 읊어볼까요?"

"천식하오나 다소 시정詩情은 알고 있는가 하옵니다."

하고 양씨 부인은 귀를 기울였다.

최천중의 영창이 있었다.

월로발광채月露發光彩

차시방견추此時方見秋

야량금기응夜凉金氣應

천정화성류天靜火星流

충향편의정蟲響偏依井

형비직과루螢飛直過樓

상지진백수相知盡白首

청경부추유淸景復追遊**

---

* 新秋對月寄樂天: '초가을 달을 보며 백낙천에게 바친다.'
** '달빛 받은 이슬이 광채를 내니/ 지금이 바야흐로 가을이구나./ 밤의 서늘함은 가을 기운에 응한 것이고/ 하늘엔 고요히 화성이 흐른다./ 벌레 울음소리 우물가에 나고/ 반딧불이 누각을 똑바로 지난다./ 옛 친구는 모두 백발이 되었는데/ 아름다운 경치는 함께 놀던 때를 생각나게 하누나.'

"참으로 아름다운 시이옵니다."

하는 양씨 부인의 표정은 도연陶然히 취한 것 같았다. 최천중의 홍은 차츰 높아졌다. 그는 소리를 다져,

하처추풍지何處秋風至

소소송안군蕭蕭送雁群

조래입정수朝來入庭樹

고객최선문孤客最先聞***

이라고 읊곤 덧붙였다.

"이것도 유우석의 시요. 그는 특별히 가을을 좋아했던 것 같습니다. 유우석은 기골도 있었던 모양입니다. 필화사건을 일으키기도 하고 좌천당하기도 해서 많은 풍상을 겪은 사람이죠. 그러나 모두 허망할 뿐 아닙니까. 그러한 천재가 가고 천년이 이미 흘렀으니 인거시존人去詩存****이라, 우리도 헛되지 않게 살아야 할 것인데…."

최천중은 그 감상感傷의 여파가 양씨 부인의 그 다소곳하고 우아하게 흐르고 있는 어깨를 안아보았으면 하는 충동으로 옮겨가는 것을 느꼈다.

추산秋山의 고요 속에 심장 뛰는 소리가 역력했다. 지금 양씨 부인

*** '어디에서 가을바람 불어오는가./ 쓸쓸히 기러기 떼만 보낸다./ 아침 뜨락 나무 사이로 불어오니/ 외로운 나그네가 가장 먼저 듣는다.'
**** 사람은 가고 시만 남는다.

273

의 심중에 거래*하는 것은 무엇일까 하는 상념에 사로잡히기도 했다. 그러나 최천중은 그러한 정감을 억눌러야 하겠다고 마음먹었다.

"나으리께선 왜 과거를 보실 생각을 안 하셨을까요?"

양씨 부인이 조심조심 물었다. 짐작으로 최천중의 학식이 대단하다고 보고 포의布衣로 있는 것이 의아스러웠던 모양이다.

"과거를 보기엔 내 뜻이 조금 컸던가 합니다."

최천중의 대답은 짤막했다.

"그러나 공자님의 말씀에 부재기위不在其爲 불능不能이라고 하셨지 않았습니까. 뜻은 자리와 더불어 키워야 한다고 들었사옵니다만…"

양씨 부인의 음성은 나직했으나 말의 조리는 정연했다. 최천중이 빙그레 웃으며 답했다.

"자리란 원래 상시하솔上侍下率하는 것을 원칙으로 합니다. 그런데 나는 하솔하긴 좋아하되 상시하는 건 질색입니다. 아행오도我行吾道라, 오직 나는 내 길을 갈 뿐이죠."

이만했으면 양씨 부인의 가슴에 뭔가 자기의 인상을 심었으리라고 생각한 최천중은 풀을 털고 일어서서 들을 내려다보았다.

이윽고 나귀를 타고 오는 정회수의 모습이 파도를 이룬 나락논 사이로 가물가물 보이기 시작했다.

"저기 오누먼."

하고 최천중이 양씨 부인을 돌아보았다.

---

* 오고감.

"지금부터 남복을 하게 되는데 남복을 한 뒤엔 남자처럼 행동해야 하오. 낭자**를 내리고 총각처럼 머리를 땋아야 할 테구…. 모처럼 남복을 했는데 여자인 것을 간파당하면 되레 사람들의 의심을 살 뿐이니 각별한 조심이 있어야 할 것 같소."

양씨 부인은 최천중의 뜻하는 바를 알았다는 듯 고개를 끄덕였다.

"너무 오래 기다리게 했습니다."

하고 정회수는 나귀에서 내리며 옷을 구하는 데 적잖이 힘들었다면서 보퉁이를 내밀었다.

최천중이 그것을 받아 양씨 부인에게 넘겨주었다.

"우리가 여기서 망을 봐드릴 터이니 어디 으슥한 곳을 찾아 옷을 갈아입으시오."

얼마쯤 지났을 때 솔밭 사이로 청년이 나타났다. 머리를 총각처럼 늘어뜨리고 이마에 수건까지 쓴 행색으로 수줍은 표정이었다.

"그 수줍은 얼굴이 안 되겠어."

하고는, 최천중은 양씨 부인이 남장을 했기 때문에 그 모습이 더욱 여성적으로 보이는 사실에 놀랐다.

"얼굴에 흙칠이라도 해야 하겠어요."

하고 정회수는 조심스럽게 말했다.

"아무도 보는 사람이 없는 산중에서 흙칠까지야 할 게 없지."

최천중은 양씨 부인의 그 아름다운 얼굴이 지저분하게 되는 것을 원치 않았다.

** 쪽 진 머리.

"자, 그럼 가보자."

하고 최천중이 앞장을 섰다. 그리고,

"서둘 거야 없지. 먼길을 걸을 땐 힘에 부치지 않도록 조심을 해
야지."

하고 천천히 걸었다. 최천중이

"부인을 뭐라고 불러야 할까?"

한 것은 산 중턱쯤에서였다.

"전 이제 부인이 아니에요."

양씨 부인이 뜻밖의 명랑한 소릴 했다. 옷이 바뀌지니 마음도 따
라 바뀌진 모양이었다. 마음은 물을 닮는 것이다. 물은 그릇의 방
원方圓에 따라 그 모습을 취한다. 그런 이치인가 하고 최천중이 속
으로 웃었다.

"이름을 양인환으로 합시다."

최천중이 말했다.

"제 형제의 항렬이 환자였어요."

하는 양씨 부인의 답이 있었다.

"그것 잘 됐소. 앞으로 인환이라고 부를 테니 그리 아시고, 회수
야, 너두 인환이라고 불러라. 평교간平交間으로 경사敬辭를 쓸 건
없다."

하고 최천중이 연습 삼아 불러보겠다면서 '인환아' 하고 불렀다.
'예'하는 양씨 부인의 답이 있었다.

"인환인 앞으로 나를 선생님이라고 불러."

"예."

하곤 양씨 부인, 아니 인환이 다음과 같은 제안을 했다.

"말을 하면 아무래도 탄로 나기가 쉽겠어요. 전 벙어리 행세를 했으면 하는데 어떻겠습니까?"

"그것 좋겠군. 그렇게 하기로 합시다."

최천중은 양씨 부인의 기지에 감탄했다.

하루가 다르고 이틀이 달랐다. 양씨 부인은 벙어리 청년 양인환으로 변모되어갔다. 절에서 묵을 때도 있었고 주막의 봉놋방에서 뒹구는 경우도 있었지만, 사나흘 지났을 무렵엔 조금도 어색하게 느껴지지 않을 만큼 되었다.

"어떻게 저처럼 잘생긴 남자가 벙어리가 되었을까?"

하고 주위의 사람들이 안타까워할 만큼 그의 벙어리 노릇은 완벽했다. 최천중은 새삼스럽게 양씨 부인의 총명함을 느꼈다. 벙어리로 가장했기 때문에 양씨 부인이 그 품위를 잃지 않고 남자 노릇을 자연스럽게 해낼 수 있게 되었던 것이다.

최천중 일행이 영월 석선산石船山 아랫마을 곰골[熊谷]에 도착한 것은 팔월 한가위를 이틀 앞둔 날이었다. 한양을 출발한 지 꼬박 열흘이 걸린 셈이다. 최천중이 주막을 찾아들었다.

"손님들, 어디서 와서 어디로 가는 겁니까?"

하고 영접한 주막집 아낙네에게, 최천중은 박돌쇠와 유만석의 소식을 물었다. 혹시 알기라도 하느냐고.

"알고말고요. 아아, 그러니께 미륵총각이 기다리고 있는 손님인가요?"

주막집 아낙네는 단번에 반기는 얼굴이 되었다.

"미륵총각이라니, 누가 누굴 기다린단 말요?"

최천중이 되물었다.

"저 산골에 살고 있는 마음씨 착하고 힘이 센 장사를 이곳에선 미륵총각이라고 불러요."

"박돌쇠의 별명이 미륵총각인가?"

"그럼요."

"한데, 그가 누굴 기다린다고 합디까?"

"한양에서 손님이 찾아올 거라고 요 며칠 매일 왔어요."

"그래요? 한데 그 사람과 같이 사는 사람이 있을 텐데…."

"유 선비 말이구만요? 예쁜 각시하고 사는 사람 있어요. 그 사람도 가끔 와요."

최천중은 유만석이 이곳에선 선비로 통하고 있다는 것을 알고 속으로 웃었다. 예쁜 각시란 강 진사의 며느리를 말하는 것일 것이었다.

"그 사람들한테로 가고 싶은데…."

"거기까지 갈라몬 삼십 리나 더 들어가야 해요. 길이 험하고요. 조금 기다려봐요. 미륵총각이 올 때쯤 됐소."

하더니 주막 아낙네가 소리를 쳤다.

"아, 저기 오네요."

거구를 가진 박돌쇠가 사립문을 들어서더니 성큼 마루로 올라와선 최천중을 향해 넙죽 절을 했다.

"무사히 오셔서 반갑습니다."

"어떻게 내가 올 줄 알았지?"

"댓새 전에 황천리란 사람이 왔습니다."

"황천리가?"

"예."

황천리는 황봉련의 일가였다. 걸음을 잘 걷는다고 황천리라고 부르는 것이다. 최천중은 황봉련의 호의라고 짐작했다.

"그래서 미리 마중을 나가려고 했는데, 어느 길로 오실지 몰라서 여기까지만 와봤습니다. 먼길 오시느라고 고생이 많았겠습니다."

말 마디마디에 박돌쇠의 독실한 성격이 풍겨 있었다.

"고생이 뭔가? 4백 리 길을 열흘 걸려 왔는데."

하고 최천중은 회수와 양인환을 돌아보며 웃었다.

"꼭 집으로 모시고 싶기도 하고, 그럴 수 없다는 생각이 들기도 합니다."

박돌쇠의 말이었다.

"왜 그런가?"

최천중이 물었다.

"황천리 영감 말로는 선생님께선 평해로 가실 거라고 했는데 저의 집까진 삼십 리나 들어가야 합니다. 길도 험하고 해서 모시기가 거북합니다. 오래 계실 것 같으면 또 몰라도."

"여기까지 와서 자네 집엘 안 가볼 수가 있나. 만석이 놈도 만나고 싶구."

"만석 형님도 같이 오려고 했는데 꼭 오늘 오시리라고 생각을 못 했고 해서 제가 만류했습니다. 저는 후딱 하는 사이에 왔다갔다할 수 있지만, 만석 형님이 왔다갔다하려면 하루 종일 걸리니까요."

박돌쇠가 웃으며 한 소리였다.

하여간 가보겠다고 최천중이 말했다.

"꼭 그러시다면 지금 곧 떠납시다. 아직 해가 있고 오늘 밤엔 달이 밝으니 그렇게 힘들진 않을 겁니다."

하고 박돌쇠가 앞장을 섰다.

나귀는 주막집에 맡겨두고 최천중 일행은 박돌쇠의 뒤를 따랐다.

아닌 게 아니라 험로였다. 길은 기암절벽 사이를 누비는데 가끔 하늘이 빨랫줄만큼 길고 좁게 보일 때도 있었다. 그러나 이름 모를 꽃이 청초한 향기와 더불어 눈앞에 나타나고, 바람을 향해 산허리를 따라 나는 꿩의 날개가 비껴 흐르는 햇빛에 현란하게 빛나는 순간이 있기도 해서 숨이 가쁜 줄도 몰랐다.

칡덩굴을 붙들고 돌아가야 하는 데도 있었고, 나뭇가지를 잡고 기어올라야 하는 가파른 고개도 있었다. 그러는 도중 해가 빠졌다. 평지에서의 밤은 황혼이라고 하는 간색間色을 두고 시름시름 오는데 산속의 밤은 급격히 와 닥친다. 그러나 곧 달빛이 길을 비추기 시작했다.

낙락장송 사이로 계류의 소리를 곁들여 바라보는 달은 그윽하기만 했다. 잠깐 쉬어 가자고 이르고 최천중이 반반한 바위를 찾아 앉았다. 그런데 묘하게 최천중은 아득한 옛날, 꼭 그와 같은 정경 속에 있어본 것 같은 회상에 빠져들었다. 박돌쇠도 정회수도 양인환도 그 회상에 끼여 있는 것으로 보아 한갓 환상에 지나지 않는 것이지만, 그 환상엔 실감이 있었다.

"명월생요괴明月生妖怪런가."

최천중이 나직이 중얼거렸다.

최천중이 다시 일어나 고갯마루에 이르렀을 때 박돌쇠가 건너편 산허리를 가리켰다.

"저게 제 집입니다."

달빛이 아직 미치지 않은 그늘진 곳에 불그스름하게 등불에 물든 창이 두 개 보였다.

박돌쇠가 근처의 나무를 주워 모아 횃불을 만들더니 공중에 크게 원을 그렸다. 그것이 신호인 것 같았다.

그곳부턴 내리막이고 산허리를 도는 길이라서 조금도 고통스럽지 않았다.

조금 걸어가고 있었을 때,

"선생님."

하고 부르는 소리가 나더니 털썩 길바닥에 엎드리는 사람이 있었다. 유만석이었다.

유만석은 반가움에 겨워 엉엉 울었다.

최천중이 유만석을 끌어 일으켜 그 등을 툭툭 쳤다.

"만석이 잘 있었구나."

하는 그의 말이 울먹였다.

반 마장쯤 앞으로 절벽을 두고 골짜기는 남으로 트이고, 북으로 태산을 업었는데, 동편은 가파른 준령이고 서론 밀림에 이어져 있는 곳에 흰초萱草로서 지붕을 이은 열 칸 남짓한 집이 기역자형으로 깔끔했다. 서편으로 조그마한 초당이 있었는데, 거기 보살상이 안치되어 있었다.

산정山頂 가까이에 수원水源이 있는 모양으로, 계류가 그곳에선 완류緩流가 되어 뜰 한복판으로 흐르고 있었다. 가히 절경이라고 할 만큼 경치가 좋았는데, 군사의 입장으로 보아서 일기당만적一騎當萬敵할 수 있는 요지이기도 했다.

최천중은 이곳은 버릴 곳이 아니라는 생각을 굳혔다. 박돌쇠와 유만석을 데리고 한양으로 갈 작정이었지만 그 작전을 바꾸지 않을 수가 없었다. 장차 왕문이 자라면 이곳을 수도처修道處로 해야겠다는 마음을 가지게 된 것이다.

강 진사의 며느리였던, 지금은 유만석의 아내가 되어 있는 여자의 성씨는 김씨라고 했는데, 그 음식 솜씨는 일품이라고 할 수 있었다. 꿩고기와 산채로 만든 음식을 맛있게 먹고 하루를 지낸 그 이튿날, 최천중은 박돌쇠를 조용히 불렀다. 데리고 온 양씨 부인을 그에게 붙여줄 계획을 한 것이다. 박돌쇠의 귀상에 양씨 부인의 귀상을 합하면 기필 귀한 아들을 얻을 수 있을 것이었다. 최천중은 양씨 부인을 범하지 않은 것을 다행으로 생각했다.

꿇어앉은 돌쇠를 편히 앉게 하고 최천중이 말을 했다.

"사람이 홀몸으로야 어떻게 지낼 수가 있는가. 결혼할 생각이 없느냐?"

"자기 발로 걸어 이곳에 온 여자 말고는 결혼하지 말라는 어머니의 분부였습니다."

돌쇠의 말은 차분했다.

"이런 심심산곡으로 어떻게 여자가 찾아 들어올 수 있겠는가. 바깥에 가서 구해야 할 것이 아닌가."

"바깥에서 구하는 일이 없도록 하라는 굳은 분부였습니다."

"그렇다면 내가 데리고 온 여자이면 무방하겠지?"

"그렇습니다만, 선생님께 그런 수고를 끼칠 수는 없습니다."

"무슨 소릴 하는고. 나는 자네를 친아우처럼 생각하고 있는 걸세."

"감사합니다."

"그럼 백암산에서 돌아오는 길에 들를 테니 그때 결정하도록 하세."

"분부대로 하겠습니다."

최천중은 길을 떠날 준비를 했다. 한사코 따라가겠다는 유만석을 만류해놓고, 그 대신 며칠 전에 와서 묵고 있는 황천리를 데리고 가기로 했다. 떠나기에 앞서 양인환을 구석진 곳으로 불렀다.

"자넨 여기 남게. 내가 돌아올 때까지 벙어리 총각으로 그냥 있게. 그리고 이 집 주인 박돌쇠의 거동을 눈여겨보아두게. 장차 귀하게 될 상을 가진 사람이네."

양씨 부인, 즉 양인환은 최천중과 헤어지는 것이 싫었지만 그 명령엔 복종하지 않을 수 없었다.

"돌아가시는 길엔 절 한양으로 데리고 가주세요."

하는 양씨 부인의 눈에 눈물이 괴었다.

"그때 가서 생각해보지."

〈5권으로 이어집니다〉